香雪文学系列丛书

拾花入梦

孙仁芳 著

长江出版传媒

崇文书局

序 言

文化黄埔：又添一抹香雪色彩

江 冰

"怒潮澎湃，党旗飞舞，这是革命的黄埔。"20 世纪 20 年代，黄埔军校的校歌，至今在耳边回响。因为长洲岛，因为黄埔军校，黄埔给我强烈的红色文化印象。捧读了香雪文学系列丛书，我的心目中又铺开了"文化黄埔"新印象。请允许我逐个阐述——

军旅诗人赵绪奎：老兵的乡愁

赵绪奎是一位六次荣立三等功的军旅诗人。从故乡走来，经历军旅生涯，然后转业回到地方。他的诗集《久未谋面》内容可分三类：故乡回望，军旅生涯，中年感慨。

他对故乡一往情深，几乎对每一位亲人都有细致描写。比如，《好想成为小姑的儿子》里写道："只有小姑还一直坚持宠着我，她是上天派来罩着我的神。"小姑写完写大姑，大姑写完写小姑父的单车，还有奶奶，笑容满面，如观音在世；继父也进入了他的诗篇。

值得赞赏的是，赵绪奎诗歌中质朴的情感，与他描述的事物（无核蜜橘、纽荷尔橙子、雁窝菌榨的菌油、雷公屎地衣地脸皮、硬皮菜瓜、扯秆辣椒）保持着零距离。诗中情感恰似老家地里生长的果蔬。

"一个老兵心中的家，永远待在原地，老兵梦里的程序是灵魂的分解与连贯的动作。"可以看到，军旅的家在赵绪奎的人生

1

中有巨大的投影，因此他在《战地黄花》中缅怀先烈，回忆往事，期望与战友再次相遇。

中年的感慨化作《想对儿子说的话》："如果有可能，还想再挖一口塘，方便你饮水或者游泳，养鱼喂虾，与青蛙对话，那是我们当地人的口音与技能，忘了真不好见人，你最好能把它刻在骨子里。"当然，还有《旧相册里看到的灿烂星空》，给人以无尽的遐想。

我们可以看到这样一位诗人，在两个"家"的精神映照下，一直书写着他的人生，书写着他的"幸福的由来与出神的站台"。也许是因为行伍出身，赵绪奎的诗情感质朴，物象真实，语言率真。希望他能够继续从中国古典诗词中汲取营养，始终一贯地运用现代诗歌意象与修辞，写出意蕴更加深邃绵长，更令人回味的优美诗篇。

作家许锋：一只南方天空的候鸟

《享海》这本散文集收入的都是许锋近年在《人民日报》《光明日报》发表的作品。他的文字以及作品的内涵与美的表达，充分展现个人文学的功底与优势。

许锋并没有把自己的视野局限在黄埔、开发区，或者佛山。但空间又确实给予他创作的灵感和生命的体验。像候鸟一样生活，"移民""迁徙"的当下中国——许锋的空间描述颇具典型性。

首先，他是广佛同城的见证者。在《广佛候鸟》《开发区》《佛山的清晨》等文中，他纪实般地表达了作为广佛同城——城市建设进程日常见证者的观察感受。应当说，在作者个人情感的润泽下，一种非虚构的文字平添抒情般的诗意，纪实文字与抒写华章相得益彰。

其次，作者来自北方又居住在南方，南方北方，地域不同，中华之魂却息息相通。来来往往之中，故乡人事与主体精神互为参照，从而构成许锋散文最具风采的一个侧面。如《乡村外婆》《第三十七团》《黄杨河的晨》均表达了作者在南方北方往返的特殊体验。时空交替中的生命，呈现出别样的姿态与风采。

许锋散文浓郁的叙事风格，取胜于抒情中的诗意哲理。比如，《乡村外婆》《黄杨河的晨》《享海》等，就是文字精当的代表。那些避开众口一词同质化、呈现个性化的感悟，正是他作品中最珍贵的元素。

因为古往今来所有经典作品，证明了一个道理：愈是个性化的作品，愈可能传播久远。当然，前提在于你提供了非凡的描述与见解。世界因你而不同，且愈加精彩。

期望许锋在作品格局与视野上有进一步拓展，写出具有中国乃至世界襟怀的作品。

於中甫：为乡愁吹响一支竹笛

"床前明月光，疑是地上霜。举头望明月，低头思故乡。"李白的名篇《静夜思》已然深入骨髓，成为中国人的文化基因。於中甫的散文集《故乡的润泽》就是与李白同一主题的乡愁书写。

开宗明义，於中甫将自己安徽老家摆在读者面前，读他的《故乡的田园》时，刚开始担心缺少重点——深挖一口井。但随之发现，他对故乡的描述相当细致全面：祖母、黄鳝、桑葚、桃花、西瓜、油菜花、捉鱼、粽子……几乎所有的原生态元素一应俱全。乡愁故乡，童年记忆，挥之不去；中年回望，五味杂陈，感慨万千，成为散文中最可贵最耐读也最具有艺术气质的部分。

值得一说的，还有写岭南等地的篇目。青年入粤，中年回望，其实已分出第一、第二、第三故乡，吾心安处是吾乡，足下土地已然是温馨的家园。回望童年之后，中年奋战疆土，亦值得书写。

但如何写得刻骨铭心、荡气回肠，可与故乡祖籍文字一较高下，又是对新客家人写作者的一个考验。

於中甫显然做出了努力。细读《韩愈的阳山》《汕之尾兮》《哦，萝岗香雪》，真挚的情感已将人生轨迹从故乡延伸到岭南，中年历尽沧桑后的思绪更加开阔与深刻。蹚过河流浅滩，目光投向河床深处，探寻源头去向。

21世纪中国，随着城市化推进，记住乡愁，水到渠成地成为一种召唤，成为文学艺术创作的原动力之一。书写乡愁的作品，如何推陈出新，独树一帜，独具匠心？我以为至少有以下几个有效路径：题材新奇，比如李娟、刘亮程的新疆散文；意蕴开掘，比如梁鸿的《中国在梁庄》；艺术手法翻新，比如周晓枫的《有如候鸟》……或可是当下作家们互鉴和不懈探求的。

"雄关漫道真如铁，而今迈步从头越。"说回於中甫的创作，寄望他如以上所说的名家一样，求深求新求变，让创作再上一个新境界。

孙仁芳：文青襟怀，拾花入梦，芬芳自在

孙仁芳的散文集《拾花入梦》有花的芬芳，梦的亦真亦幻。显而易见，这位女作家的文青情怀、细腻情感，化作香雪、青花、荷花、使君子的花瓣，纷纷扬扬，形成自己独有的心理氛围：诗歌般的句子，呈现摇曳多姿之态。

孙仁芳散文以抒情取胜，但总体上仍以叙事散文为主，其中抒情应占多少比例，值得谨慎把握。恰到好处地抒情，可以提升哲理，赋予诗意。若比例过半则有可能导致空泛乃至矫情。同时，散文抒情还需要叙事去铺垫，铺垫愈充分愈厚实，抒情就愈可能达到最佳艺术效果。

作家作为文字的巧匠，还需要将每一个字词稳妥安放：各得

其所，各显光彩，不必牵强，不必过度；寻找字词的合适位置，或许是每一位文字人终身所求的功课。白居易名篇《琵琶行》，值得仔细揣摩品味，其叙事与抒情就有成功的过渡。

这，或许也是修辞的本意。

《父亲》一文，情感真挚，细节丰盈，于多侧面及一些日常细节，写活了闽南一带的父亲形象。通篇读来亲切细腻，文字干净朴实，意境淡雅，作者寄寓之心跃然纸上。《萝岗梅香》《莲塘人家》《弄香》等篇，均有不俗的文字营造，若将文章内涵提升，耐人回味的艺术效果会更好。

除了文字构筑的美丽意境之外，读者还需要汲取作家本人独到的生命体验，以及对外部世界与内心互动之间的独到发现。庸常平凡的日常生活，应当成为艺术提升的基础与跳板。

作者来自闽南，并以新客家人身份融入岭南，因文化差异而获得一份独特的文化体验。远离家乡，会使作家获得两种感受：回望家园，咀嚼童年；寻找新家，吾心安处是吾乡。

这，已然成为孙仁芳散文中最为华彩的片段，亦最具审美价值。若以此进一步深入开掘，将成为她下一步创作的生长点。20世纪80年代以来，移民迁徙已成常态，此文学主题还有很大的作为空间。

学无止境，期望于作者。

吴艳君：湘西歌手，一半唱给都市，一半留在故乡

吴艳君《爱有声音》，大半篇幅为诗歌，小半篇幅为散文。她的诗歌，让人想到山间清风、溪水叮咚。清新，质朴，诚恳，诗句少有象征隐喻，几乎一色民谣般简单、清朗。

《阿妈的演奏》，诗人观察的是阿妈的手——在一行行青葱中穿梭，在一朵朵菜花中翩然。她的想象是在钢琴演奏中，将郎朗比喻成邻家的小孩，用郎朗的手和母亲的手互为观照。对亲爱的外婆，则是"带走了记忆里爆米花的全部香甜"。

她的作品就像"太阳提着月饼，接月亮去了""我散步的时候，只有自己的影子"——故乡在她的心中占有很大的位置，甚至远远超过城市。她也写到爱情，写到少女的情怀，但这些都抵不过她在城乡间的浓重乡愁。比如《今夜，请你陪我跳摆手舞》，此摆手舞，就是湘西土家族的舞蹈。

吴艳君的诗文活画出一位湘西土家族少女，进入广州大都市后，那种都市与乡间往返激荡的情愫。她对城市的认识，从秋葵开始，但乡村却一直拽着她的心："一旦背起行囊，故乡就只有冬季""小背篓，晃悠悠，笑声中妈妈把我背下了吊脚楼"——如此熟悉的旋律，总在字里行间回荡。

假如用现代诗歌的意象、隐喻、象征等艺术手法与标准要求吴艳君，似乎对这位来自湘西土家族的女诗人不太公平，因为，我们可以联想到"城市民谣"的出处与蔓延。

作为城市人笔下的新民谣，保留了质朴清新纯美的传统民谣气质、风格与修辞手法，或许也是当下几代人的乡愁情结的自然流露。恰好传达了如今大批进入城市的人们——漂泊者的身份与尖锐感受：怀念童年与故乡，构成一种挥之不去的理想与情愫，并试图回归简单淳朴的浪漫情怀。

需要特别强调的是，"一闪一闪亮晶晶""月亮走，我也走"——所谓"城市民谣"并非简单的口水歌，亦非直抒胸臆的大白话，而是能够承继传统，延续文脉的"新民谣"。汉语的丰富与价值——其中的内涵与精神——需要在新民谣中探索与坚持。传统民谣仅仅是基础，城市诗人需重构并有所提升。

内心草木丰沛，笔底方可海阔天空；唯有生命体验深刻而独到，方有真正不俗且上乘的文字。古人言"功夫在诗外"；今人说"过于专业的文学生活，一不留神就会画地为牢"。古今高论，值得回味。

千古文章事，得失寸心知。豁达、清醒、热爱、坚定，且终身修炼提升的写作，如琢如磨。愿与诸位文友共勉。

行笔到此，衷心祝愿上述五位广州黄埔诗人作家，立足大湾区写作富矿，从文学语言、文化修养、生命体验等各个方面开拓精进，不断升华，为黄埔文化的出新出彩书写时代的动人华章。

是为序。

2021 年 8 月于广州琶洲

（作者为广州岭南文化研究会会长、文艺评论家、中国作家协会会员、广东财经大学教授）

境界决定散文的生命

——喜读孙仁芳散文集《拾花入梦》

顾偕

我对孙仁芳的出书一直是期待的。

这位纤长秀丽的闽南女子，25 年前刚从华侨大学毕业，便敢于远别泉州故里独闯广州，几经风霜终于做了一家皮具品牌店的老板。已是两个孩子的母亲，文学初心依旧炽烈，忙里偷闲地徜徉在文字与梦想的记叙中，这便有了今日这本不俗的《拾花入梦》。一切过往都是情，温情、激情以及爱情，自是在其真纯感触之下，情怀荡漾，不时会要视野开阔地美唱一曲。

我很欣慰地想说自己读到是一种小女人的散文、大女人的襟怀。无论是家常琐事还是乡风俚俗，抑或女性物语、闺蜜夜话，均是篇短而完整，写得细腻周全，行文洒脱，文化底蕴满纸充盈。有思考而不朝心仪之处盲目地恣意汪洋，有活力又能做到绝不模糊地倾吐出命运的深心，且在现实与事物躁急和忙迫中，安然自由地发出一种较为澄明的认识，使之身边周遭习焉不察的平凡万物，由此都能显现出本真的浓度，这就是写作的意义，任何采撷着生活碎片的散文的自然追求，也更有了自身于物化世界生存下去的深沉魅力。

当然这里讲的是有着一定层次的文化散文，如集子中的《爱的眼睛》《使君子的花事》《青花之思》《花样人生》以及《父亲》《老街印象》等，作者的艺术感应能力，一俟与高度缩略化的事物两相遇合，并使大多精神状态都能从人性的角度得以透亮地开掘，一种大化的感觉既已做到了质文平衡，这样也就产生或形成了我们通常所说的审美价值。

所幸孙仁芳写的正是这样的散文作品。

缘情而起却不乏精神诉求，随兴所至又能摆脱模式束缚，常以自己独到的领会辟创一些新境，由是《一张古早眠床》，在过程与影子里，让疲惫的现代人又体悟到了距离的品格与灵魂；《小时观书记》让书斋洋溢起的生命流转，仿佛即刻又展现了时代曾经难忘的那些丰满；《隔着一个邮筒的情谊》更是展现了在喧腾年月，诚挚情怀需要保留一种温馨理想的珍贵；而《记忆中的金鱼巷》，即便不再是心弦新音，不是重又洞察中还可陈述出的社会急剧变动的鲜活面，但思想的电光一闪，毕竟还是能为今天这种类似思与诗的言说，于境界上明确地表达出沧桑就是生活的升华刻痕！

散文不是历史，可有了一定的境界，散文又可成为历史，那便是空间赋予了它绵延的生命。因此开放的散文，必定也会是问题和观念的守护者。它不会让语言仅仅流淌于一些耀眼的原型，不会把逸闻传奇之类，继续矫饰再现成文藻绮丽的天堂。好而知性的散文虽然具有智慧和理性，却也同样不是知识堆砌的嬗变和胡侃体式的丰满继而流于空洞。一切深刻造就都不会源于刻意追求，天然便是最好的提炼。因此在孙仁芳这些并无多少文法规约的散文作品里，漫无边际却浸润着个性与目标的饱满；有时的不成阵势，恰恰于幽深率直中，不羁地书写出了经验与主体需要找寻的丰采：就像《春半月》《码头晨曲》《园子里》，还有散文诗般的《入画大吉沙》等，其境界指涉不单只是诸如《一株美物》和《七里香》那么简洁，那种琐碎中的诗意不光是怀恋里的珍视，在事物的延伸性上，同样更有着值得我们期待和重视的一种精神与灵魂的意味，一种思想活性元素所能赋予读者的清新感受。重要的还有，就是作者已然能够给予我们的，其实都是平凡生命必须懂得的一些并不惊世骇俗的启示，如美好必须牢记和遵循，无畏将战胜一切荒谬与贫瘠，等等。

这些年合并后的黄埔区可谓才女缤纷，创作壮丽，孙仁芳在这当中算是出现较晚的，但后蓄之势却能光彩夺目，上得阵来就起笔不凡，刚健和文雅之间，均有着较高水平的发挥。此女子虽然未能做到篇篇天籁，但就这轻轻的"拾花入梦"，愿大家都能闻之天地有声。

2021 年 6 月 8 日午后于广州

目 录

心有弦音

003 / 黄埔缘

007 / 折枝梅

010 / 十月偶得

013 / 爱的眼睛

017 / 使君子的花事

021 / 一盒 N95 口罩的故事

023 / 为念想存真

025 / 俏如幸福的光彩

027 / 绿妖的美

030 / 春霖知有处

033 / 亦抒情亦幽默

036 / 撕裂，得以让光穿透

038 / 一束温暖的光

040 / 每个人心底都住着一个"逃"

043 / 青花之思

048 / 与花木谈心

黄埔札记

053 / 波罗诞逛神庙

056 / 萝岗梅香

059 / 莲塘人家

062 / 秋访迳下村

065 / 大吉沙即景

067 / 入画大吉沙

069 / 幸福花开

071 / 大沙地的糖水铺

074 / 迳下村的醋浸鸡

076 / 南岗粽

078 / 花样人生

080 / 龙舟夺标

082 / 年味之美

085 / 春近茅岗

087 / 天籁之音响洋田

092 / 晶莹珠光绣浮雕

096 / 古祠堂里的唯美诗会

099 / 大吉沙的秋日稻香

105 / 麦村的诱惑

108 / 伴月湖即景

岁月不居

113 / 父亲

117 / 一张古早眠床

122 / 如梦般记着温暖

124 / 小时观书记

127 / 贝的"爆炸"之忧

129 / 吾儿不吃干面包

132 / 一个人去医院生娃

135 / 家有"好"字

137 / 隔着一个邮筒的情谊

140 / 姊妹缘

145 / 记忆中的金鱼巷

150 / 老街印象

浮生一阙

157 / 走在春天里

159 / 一盆薄荷绿

161 / 有爱暖如斯

164 / 斗牛记

166 / 一株美物

168 / 秋意满人间

170 / 立春的雨

172 / 弄香

174 / 春半月

175 / 码头晨曲

177 / 园子里

179 / 香雪园读梅

182 / 赏樱小记

184 / 夏浅春深时

186 / 那年的游日

俯首即拾

191 / 七里香

202 / 你不慌，世界不慌

231 / 私语的青春

附 录

245 / 一枝素雅自芬芳

248 / **后记**

心有弦音

黄埔缘

多年后，仍记着离乡的疼痛。当飞机冲上云霄，赶紧拧头转朝窗外。果然，泪水一下冲涌，那一刻，哭泣无声，没有声音去对着那片白茫茫做告别嘶吼。那种对一座城市的忍痛割爱，多年后，依旧伤感。

是的，是我，在最好的年华里做了一次逃离，包里揣着《百年孤独》。

从白云机场接驳车到广州火车站，又转上57路公交。穿过环市东，在黄埔旧大道摇摇晃晃。两个多小时，一路呕吐，沿途坑坑洼洼，凹凸不平，大货车浓烟滚滚，空气闷热油腻。各路民工大包小包，可能他们卧过火车站，住过廉价宾馆，身上的钱已殆尽，正努力赶往广州开发区，找个工厂干活，以维持生计。

人群中的我，昨天还是父亲的掌上明珠，还白裙飘飘在古城老街骑着昂贵的紫色大轮舢车。而今天，就在满车异味里听着"黄埔—黄埔—5元—5元"的吆喝。到达后，吐得脸色发白，直接晕瘫在沙发，某人冲进厨房给我捞了碗寡淡的白水面条，看得出，他第一次入厨。

给自己一个月时间，到底是离去还是停留？

决定令人意外，包括我自己。

也有异性朋友匆匆赶来，与某人彻夜倾谈。据说一夜的寒暄，仅围绕一个慎重提示，要求某人对我好点。回乡后却对着我闺蜜感叹，她很孤独，那个环境不适合她。

是的，这一生，关照我的朋友很多，我却难与他们一一厮守。

从一个温情的古城来到大城市的郊区，从繁华喧嚣一下子跌入荒芜。这里没有陶渊明的田园诗意。只是人迹罕至，灰尘弥漫，大货车"砰砰砰"而过，卷起一阵阵的惊心动魄。这些，对一个城市长大的娇娇女绝对是一种苦行僧的修炼。窗下就是铁轨，每晚咔嚓咔嚓咔嚓，轰隆轰隆轰隆，火车到站的尖叫声惊扰着创业梦。

我，三夜未合眠。

记不清多少次了，担心赶不及市区内的上课时间，只得放弃公司提供的晚餐。五点下班，饿着肚子搭中巴，赶往文德路七点的插花课。下课，再辗转到环市东。那时，花园酒店广场有一家临搭的快餐店，运气好的话，能在晚上九点多买到最后一份快餐。有次狼吞虎咽地吃，快餐店却要打烊，善良的老板娘爱怜地询问："小姑娘，怎么这么晚才吃饭？"我只能笑笑，没有时间和她寒暄，吃完要赶回黄埔，那里还有两个钟头的车程。

就这样，每晚回到宿舍，最早是十一点半。漆黑的茅岗路口，异乡未知的危险，一个瘦弱苍白的女子，在深夜十一点半，从中山大道的茅岗路口下车，独自走回公司。当时，同宿舍的会计刘大姐在我每晚赶路精疲力竭，冲完凉趴头即睡，累得不想说话时，默默守护我的尊严，在我的沉默疲劳里，甚至帮忙洗了衣服。

当插花课学有所成，我辞职创业，在黄埔大沙地开起创意花店。一度被附近的街坊津津乐道，据说是大沙地最漂亮的一家店。我挚爱的文学也一而再再而三地出现在梦里，甚至做梦写起小说，清晨醒来，小说主人公名字、细节念念不忘。

那一段光阴，每天在店，插花裱画看书喝茶。直至后来，注册了自己的品牌。

我终于在这座城市有了一席之地。这个郊区，随着改革开放不断发展，高楼拔地而起，地铁开通，绿树成荫，人们喜气洋洋。

"没有全人类的幸福，就没有个人的幸福。"有大师如是说。

我也跟着改革的春风，房子车子铺子孩子一应俱全，如今的我，小说继续翻，文学梦继续做。前段时间《三体》小说翻多了，头脑还干脆利落做了科幻梦，穿越时空，把中外名家折叠起来。地球翻滚，我被抛到太空，游手好闲时，买了张迷你光碟，是一张非常动听却从未听过的济慈原版英文十四行诗。我在银河边，边做饭边听边吟。那声律经久难忘，仿佛是失传已久的《诗经》配乐。而采诗官骑着小毛驴，摇着木质铃铛，兰花指翘向太空里闪闪灼灼的星星，在河边悠哉悠哉，之乎者也。采诗官身穿屈原式的白色飘逸长袍，头戴高帽，羽扇纶巾，一路收割济慈、但丁、王冕的大作。另边厢，火车呼啸而过，细眼一看，不是茅岗的运货火车！是乔班尼和康贝聂拉搭乘的银河火车！

醒来方知是一场梦，但梦里把文学折叠得如此有趣，却久久不能释怀。

白日里为生计奔波，为柴米油盐大赦其道。深夜，则对着一窗夜色执笔耕耘。这样活在自己的幸福世界里，我更愿称它为"香格里拉"。

远嫁他乡，本来是孤独的，幸有小店，广结善缘。幸有文缘，令我感受到他们携来的缕缕清新淡雅的空气。

黄灿然在《我的世界》里写道："我一点不孤独，不是你所想象的，甚至不是我所想象的。"是的，怎么会孤独呢？灵魂里那么多有趣的朋友。他们来自身边，与你一起奋斗。来自远古，来自中外，他们跨越千年，甚至枕入梦中。与他们相遇，也许哄然大笑，也许清清泪目。寂静里，灵魂的某种状态如此赏心悦目。

宫泽贤治在《银河铁道之夜》里说："无论遇到多么痛苦艰

难的事，只要走在正确的道路上，无论顺境逆境，都能一步步接近幸福。"

是的，正是如此。

发表于《信息时报》2021 年 1 月 18 日

折枝梅

当我把折枝梅插进胆瓶儿，置放于案桌上，清疏的姿态令居室顿时清胜起来，我沉溺于一种不可思议、安谧的中式美之中。并且，盼着梅枝绽出洁白之色。

儿子有时会关掉居室的灯，在漆黑里，拿着投影电筒，把圆圆的光晕到处晃，圆影晃啊晃，有时晃在折枝梅的背景墙，竟似一轮明黄的圆月悬挂，有"月上梅梢头"的诗意。

我守了梅枝个把月，仍不见花，只有萧瑟的枯枝倔强地挺立在水里。先生把整盆梅搬到阳台。腊月里，阳台有时阳光高照，有时寒意飕飕。他一边嘀咕："温室里，哪开得出梅花？"

黄埔的寒冷是猝不及防的，有可能秋天比冬天寒冷，也可能是冬天来得稍晚，却忽然，呼啸地刮起一阵比北风更刺骨的凛冽。当然，也可能刮在你的心头，在感知冷暖的同时，逐渐深刻。

先生突然平和地对我说，他等下去办理住院，需要做个手术。接着，默默地收拾住院用的洗漱用品，又把儿子的脏衣服洗了，晾了。

我的心头猛然一震，几乎是怔住地说："我给你送饭。"

他淡淡地回答："不用，别告诉妈就行！"

"那你如何吃饭？"我轻轻地问。

"有护工。再说，你没有做核酸检测，也进不去。"他坚定地说。

我惘然若失，这意味着，寒假里，我手忙脚乱地陪伴儿子参加各种兴趣班，能照顾儿子三餐，却无法照顾生病的老公。若不通知母亲帮忙，我还真抽不出时间照顾他。我无法理解这样的亲子关系，有如一股锥心的疼痛在蔓延，无法释怀。

接着，他一整天没有消息，发微信也不见回。

我神情恍惚。深夜，突然想起电单车的电池还未拿上楼充电，又跑了一趟楼下，颤抖着，用尽方法才把电池抽出来。这块电池，他不在家的日子里，也满足不了一天的奔波啊。在以家为圆心，附近四个兴趣班为半径的八趟接送里，得穿插万步才能完成儿子的假期安排。当儿子训练、挥毫、举棋时，我做家务、煮饭、接送，更担心病床上的他，孤零零地承受着病痛与饥饿。

第二天早上，电梯下到二楼，我突然推出孩子："哎呀！忘了带电池。"于是，儿子给我起了绰号："忘忘妈妈。""哦？是队长吗？汪汪……"我苦中作乐，心里却五味杂陈。

儿子似乎知道爸爸未归家的原因，仿佛一下子长大了，他帮忙做家务，在纸条上默默地用拼音写道："祝爸爸身体健康。"那一刻，我像卸下半担子的重任，以为无感、幼小的孩子原来也有一颗柔软的心。

就这样，隐忍与缄默赐予力量，疼痛在生活里竟掀不起狂浪风波。只道是，寻常的生活必须冷静、清醒地面对。就像梅花，来不及审阅伤口，就在寒冷里一路前行。

随着天气反反复复，正当我抖抖索索在暖炉边陪儿子阅读，阳台的折枝梅似乎经历着从未有过的舒展。然后，我惊喜地发现，在芒刺的空缺间，冒出纤弱的一小撮花心，它们也像经历了刻骨铭心的疼，颤巍巍地在铅色的寒冷里找到自己，不含纤尘，初染纯白的自己。

勇者不惧，在遇到困难时，学会一个人挺过去。走过风雨，便是人生的"洗礼"。

发表于《羊城晚报》2021 年 2 月 14 日

十月偶得

南国的秋天并不萧瑟，地上没有成堆金黄的落叶，反而是美人树开花最柔丽的时候。从茅岗开车上广园东，隔离带的一排美人树，迎风而立，在铅色扬扬的灰调里，粉色的花树特别夺目，清一色的粉，婀娜摇摆。大货车缓缓驶过，卷起一阵微风，美人花更被摇得漫空舞曳，飘零的叶子可有可无，风姿绰约的一树繁花，有纷飞有招展，真像美人轻轻起舞。

而十月的龙船花极其脆弱，稍微有点风，洋洋洒洒散落一地，花谢花离，美艳到极致便是枯萎。

每天在龙船花的凋零和美人树的跋扈间经过。来去匆匆的秋分白露，把世间万物分为不同时期的欣荣与过往。

看云台花园里的灯展，从 20 世纪 50 年代的"劳动最光荣"到 60 年代的"嘣米香"，70 年代的缝纫车、军用水壶、滚铁环，80 年代的喇叭裤、录音机、费翔的《冬天里的一把火》，90 年代的大哥大、游戏掌机、俄罗斯方块，直至 00 后的小蛋机器人、地铁……岁月荏苒，年代渐远，记忆中的物件黄金翠锦般铺陈到你的面前，你无可抗拒，知道岁月如梭。

时间，被亲子、工作、琐事拧成碎片。这碎片化里，只有夜深人静，方属自己。万籁俱寂，手捧旧书。自从和文友们约定每天至少阅读纸质书万字，尘封的书柜开始凌乱，曾经是书非借不能读，而现在，是为万字而读。

万字其实并不多，尤其是消遣的文，不用动脑，一目十行，不消二十分钟就可完成。偏偏书柜里只有些之前一时兴起买的并不普罗大众的书籍，买时心情奇怪，读起来也十分费力，对于偏僻的词语还得查阅才知其意。

许久没这种感觉了，有点回到挑灯夜战的寒窗岁月。由此发现，空白得发疼的脑袋，偶尔来点咬文嚼字的营养，还是可以止疼的。要有所得，仍需花工夫，如此方能看到，令人狂喜的文字世界。

容易读懂的文字或是为消遣。费尽心机阅读，有做笔记的冲动的文字，则会让人印象深刻。

就像读《荒谬的墙》，深感没有一点哲学基础，是读不懂加缪的。当时买《荒谬的墙》并不冲动，被其中一段文字折服，毕竟得有共鸣才愿意掏腰包。"每一个为自由战斗的人，最终都是在为美战斗。我们当然不是只保卫美本身，美没法与人分开，所以我们要想把美的可敬尊贵和安宁交给这个时代，那就必须分担它的忧愁，到了那个时候，我们就不再形影相吊了。"

读后，整个脑袋交织的乱麻突然轰地一下，炸开了，清晰了，是他的形而上反叛的歌颂勾起对童年的回忆与理解。就是莫名地想"逃"，为自由而逃，逃到没人认识的地方。

十四岁，逃离倪端始出，曾逃到学校的课室过夜，那种针刺般的黑，痛到一个十四岁的女孩流不出眼泪，寂到可以冲刷冲动。思绪疲惫不堪，疲倦了，宁可躺在硬木凳上，听着远处凄凉的猫叫声一阵一阵打破僵局，裹着自己的大衣，瑟瑟地为得不到的自由对抗，胸中有无名的情绪，没有来由，自己也不可控制。它便成了一场叛逆时期的形式。

从加缪的观点来看，那次逃离应该是对美的初次追求，无知觉揭竿起义，潜意识的力量，抑或是少年阅读选材的后果，它成就了不一样的灵魂。也为后来谋生方式做出残忍却高明的抉择，甚至为策划一场更大的逃离做准备。

逃离的原因在一段文字里恍然大悟。就想，顺势啃读尼采、罗素……或许就更能明白不知觉中的为什么，一场哲学的盛宴由此而来。

年轻时，为一首歌买一张光碟。年老后，反而会为一句话买一本书，喜欢啃些难懂的行文，好像看到陌生的文字组合，制造出惊艳的思想，才会有新鲜感。不像在那幼儿时期，被姐姐拉着看电影，单看长相就知道哪个是好人，哪个是坏人，结局未卜先知。走过将近半生的人，没那么容易满足。

十月的飞花里有落红，有偶得。

发表于《南方农村报》2020 年 11 月 14 日

爱的眼睛

　　每到吃饭时间，母亲就在父亲面前摆好碗筷饭菜，沐衣净手，衣着亮丽整洁，头发两侧夹着最喜爱的"金夹子"。"金夹子"，那是父亲为她定制的定情礼物。

　　母亲花费了好多心血，放置了希望。

　　母亲恭敬站立着，手上是两个半月牙型、木制的、与神问事的"筊杯"。母亲开始与父亲对话，她望着父亲，口中喃喃细语，虔诚地准备掷出。这"筊杯"，如有一仰一卧，是为"胜杯"，代表好、同意的意思。有时，是"笑杯"，两个月牙都是仰的，表示问错或说错话了。如果两片都卧面朝上，则为"稳杯"，代表不行、不好的意思。"啪"一声，母亲抛出第一次，"筊杯"弹落地上，月牙都仰着，是"笑杯"，是父亲笑而不答。母亲捡起来，又绕着香炉三次，口中念念有词："跟阮来呷饭，来呷菜，来喝汤，今天煮你爱吃的红烧肉。"又"啪"一声，"筊杯"落地，刚好一正一反，是父亲答应了。可是，正反面都有了，父亲仍没有回来。母亲的眼泪都快哭干了，面前的饭菜，一口未曾动过。父亲在镜框里，微笑地望着她。她也望着父亲的眼睛，思潮起伏。这双微笑的眼睛，充满暖暖的爱意，好像仍然在守护她，关注她，她习惯被照顾，被他细致地爱着、呵护着，体贴入微、嘘寒问暖。在他微笑的眼神里，保护、纵容过多少无知的岁月与纤弱。她从少女时代开始，就被这双眼睛深深吸引，深深庇护。

而今，她是这样的怀念，感激，深爱。这里的记忆逐渐斑驳模糊，消逝得令人心碎。只有这眼神还在，她依赖着他的眼神，如同依赖着他的爱。拥有这双眼睛的凝视与保护是多么美好，她喜欢来这里，喜欢继续被这双深爱的眼睛眷顾，喜欢在他的臂弯里继续单纯着，那感觉是多么幸福与温暖。

"阿母，落楼来呼饭了。"哥在楼下呼唤。

"等你爸啊先吃。"这是母亲每次的回答。

"筊杯"对话完，母亲坐在摇椅上，她的眼睛在静默地等待中，也充满着无限的爱，这爱像一股清泉，滋润了枯裂的岁月；又像一阵和煦春风，吹散了寂寥的阴霾。她幻想着，父亲吃饱了，才握紧扶梯，一阶一阶，缓缓走下楼。

父亲最放不下的是母亲。父亲走后，母亲无法从悲痛中走出来。她揣测，子女们长大，建家立业，各自忙碌。为此，大部分时间，母亲孤单地与父亲静坐，回忆着往日。

想起从前，两人含辛茹苦，养育全家。母亲天性是依赖父亲的，在父亲的宠爱里，母亲连电插座都不敢使用。父亲忙生意，母亲则在家里操持家务，在闽式大厨房里煲粥、煎炸焖煮。红砖灶台上，烟气热腾腾冒着，白粥翻滚雀跃，热油"滋滋滋"响着，那是我们童年一道又一道温暖的记忆。圆桌上，一碟又一碟的古早味，与孩子们的嬉闹玩笑相映成趣，是一家人最幸福的时光。母亲仿佛看见父亲，坐在藤椅上津津有味地喝着鸡汤，她幸福地露出笑容，迷糊中在摇椅上打起盹。迷糊中，她做了梦，梦见自己摔倒了，爬不起来，而孩子们都不在身边，猛然间，她惊醒了，摸摸身旁的椅子，用力站了起来，叹了口气，慢慢挪到床边，得习惯过孤独的苦日子啊！她自言自语："子女们各有自己的家，白天上班，没有时间顾及我。我老了，没用了，帮不上忙了。就是摔跤了，他们也不在身边，都没空理我了。"想着想着，母亲伤心地睡着了。

女儿们相续出嫁后，只有哥嫂和母亲仍住在骑楼。骑楼里是错层，共有五层。母亲住在四楼，哥住二楼和三楼，一楼是店铺。哥担心母亲年迈，长期坐着不运动，又为了母亲上下楼方便，把楼梯建宽加固，修建得像个平台一样，阶梯也是按照母亲脚步丈量。在阿哥精心设计下，母亲挨着扶手，一步一步稳稳当当地走下楼梯，累了随时靠着休息，上楼下楼只当锻炼身体。

而空荡冷清的骑楼里，母亲更思念的是从前的岁月。孩子们在家，楼梯常被踩得"咚咚"响。现在，白天，姐妹们偶尔过来陪伴，煮她喜欢的菜式。晚上，阿哥担心母亲，万一半夜有急事呼唤，在床头安装紧急呼叫开关。指着开关大声告诉母亲："如果不想走路，有事找我们，就按这里。"耳朵不好使的母亲大概猜到意思，点了点头。母亲不喜欢一直卧在床上，她爱起来走走，走到天台，晒晒太阳，看看骑楼屋顶的花园。

有一次，上班时间，子女们又各自忙碌了。母亲想上天台晒太阳，忽然肚子疼，疼得腰都弯下去了，弯着弯着，失去平衡，整个人倒在地上。这时，楼梯上"咚咚咚"声传来，嫂子上来了，看见母亲不舒服，打电话给哥，让他请假回来。

母亲好像想问什么，微微张嘴却又什么也没说。

阿哥把母亲送往医院，原来是阑尾炎。母亲心里想，这次阑尾炎，幸好媳妇上楼，万一没人知道……想着想着，又觉晚景凄凉，伤心地叨念："老了，没用了，老了，子女们忙挣钱，没空理我了。"

又一次，母亲不小心摔跤了。但是，让母亲奇怪的是，同样没多久，楼梯上又"咚咚咚"响起来，儿子出现了。

母亲忍不住夸起阿哥："每次一有事，你们正好上楼。"

阿哥靠近母亲的耳朵大声吼说："这幢房子，前后左右，里里外外，我都安装了摄像头，摄像头可以连接我的手机和电脑。

你走动，在一楼看店的媳妇，从电脑可以看见你，姐姐们在家族群里也看得见，我上班打开手机也能看见。"

说完，指着几处摄像头继续大声吼："这些就是摄像头，就好像是你孩子们的眼睛。我们通过这些眼睛，在工作时也可知道妈妈的状况。"

母亲恍然大悟，心里热乎乎的。她仰起头，尽力睁开眼睛，浑浊黯淡的眼睛里却透露出一股强有力的光，她认真地审视起那一双双"眼睛"，嘴角挂着微笑。她感到那"眼睛"很明亮，像天使般的存在，又好似一股温暖的亲情风，把她轻轻吹拂，吹去心头的寂寞与担忧。原来，自己时刻被子女们关注、牵挂。他们忙碌，无闲暇过来，但是，换了另一种方式在陪伴。

从那时起，母亲知道了，孩子随时在她身边。有时候，母亲还会对着"孩子们的眼睛"调皮地点点头，拍拍胸脯，竖个大拇指，说自己状态好、让孩子们放心的话。

母亲心想，孩子们都在看着她，跟她打招呼呢！

发表于《东南早报》2020 年 10 月 20 日

使君子的花事

五月开始，使君子焜黄的叶子褪落，一抹抹油绿冒了出来，枝头迎来第一簇花。我哼着歌儿，心中喜悦无比，期待它们疯狂地爆花，期待浓烈的香风，期待满阳台令我晕眩的美丽。

从遇龙河回来，我铲掉阳台上那片疯长的竹子，种下朝思暮想的使君子。"偷得浮生半日闲"，繁忙日常里，偶尔回归自由自在、我行我素的时光，不也是一种美好？

第一次知道那花叫使君子，并不在遇龙河，是从绿妖家认识的。那些胭脂小粉的花垂垂摇曳，在风里缓缓流淌，在屋顶绽放芬芳。它们或三两朵，或成簇成串，美得让我垂涎欲滴，令我招架不住。

而我在遇龙河，邂逅了它们。

那年八月，工作忙碌的先生突然拥有五天假期。于是，我半夜做攻略，抢高铁票，来一场说走就走的旅行。

第二天清晨，先生兴奋地跟我出发了。孩子们抢着拿行李，他自在逍遥，谈笑风生。

只是，循规蹈矩的他没有想到，我会把留宿点选择在一个偏远的深山里，路越走越阴森，到处黑灯瞎火，令人惴惴不安。的士司机也不断地游说，说那个地方夜晚大部分车子不敢开进去，建议我们换个酒店。他望着山路越来越黑，四周越来越安静，越听越觉得有道理，开始劝慰我：

"定金咱就别要了，繁华热闹的大街，肯定会找到酒店的。"

我摇摇头不肯。

这时，车子途经墨色般的荒地，一条小窄路的左右分别冒出两簇尖尖的土堆。

司机指着土堆说："看！那就是坟墓！"

他一看，果然有一左一右的冢地。

他更慌了。我保持沉默，心想工作习惯忙碌的人哪有什么探险精神，什么诗情画意？需要的无非是一阵"赶鸭子"的来回，一场普通的旅游。哪有闲情逸致去体验别开生面的惊喜？

任凭司机煽风点火，我不予理睬。我知道"山重水复疑无路，柳暗花明又一村"的惊艳；也知道陶渊明"初极狭，才通人，复行数十步"的豁然开朗。对喜欢的设计作品，必然坚定追寻，方能感受到独特的魅力。

但是，司机以一个本地人的身份不断怂恿，再加上山路荒芜，他相信了。并且，不断责备我选择的酒店过于偏僻。

到了民宿地，门口没有寻常酒店的富丽堂皇。古旧的木头门，斑驳的粘土砖墙上装着一盏昏暗、老式的灯泡壁灯，所不同的是，灯泡上多了个复古的搪瓷灯罩。

没有想象中的豪华气派，他执意不走进去，继续说道："定金咱不要了，这里太偏僻，回头重新找住宿吧！"

我望了他一眼，皱着眉头，执拗地搬下行李。

他无奈地跟我走进民宿，闷闷不乐地拒绝吃饭，举止时不时提醒我，这是个鬼地方，最好马上离开。

可这里的食物却很丰盛，孩子们宵夜吃得又饱又舒服。我静静地听他抱怨，默默地替他点餐。

我为什么会选择这秘密花园般的民宿呢？这里交通的确不便，甚至没有Wi-Fi、电视。可是，远离喧嚣的地方却贴近山水。

我在旅游杂志上读到，这家客栈的主人来自南非，是一名建筑师，江湖人称他为"疯子"。他迷恋中国山水，几乎倾尽积蓄，在广西遥远的山间租下几栋农村老宅，以中国古诗词里的村居梦为主题风格，创造梦想中的乡村留宿空间。

　　走进房间，他依旧担惊受怕，焦躁不安。住惯繁华都市的他，仿佛害怕在荒山野岭，万一不小心立盹行眠后，被狐仙吃掉。

　　他反复地诱劝我离开："这种鬼地方没人住的，你看，房间都是发霉的味道。"

　　"不是的，不是发霉，那是松木的味道，真正的松木香，味道才会弥久。"我认真地观察起来，"你看，房间里到处使用着松木呢。"

　　所有的一楼多少都会潮湿，这里的房间温馨地配上空气净化器。在房间里，两只叫不出名的昆虫飞来爬去，他佯作没看见，依旧闷闷不乐。我也不知哪来的勇气，勇敢地把它们灭了。

　　房间的物品摆放井井有条，店家细心体贴，提前插上驱蚊水。据说，寻觅到这家客栈的大部分是外国游客。我想，可能是要经过荒冢，大部分人忌讳吧？那一左一右的两座坟墓，在黑咕隆咚的冥静里确实令人害怕。

　　保持原始，才是人文设计本色。我平常喜欢阅读旅游杂志，喜欢探寻鲜为人知的另类审美的特色旅店。这家秘密花园的家饰古朴怀旧，地砖、墙砖刻意设计出花木鸟的剪影，像是打磨出来的本真山趣，所打造的风格正合我意。

　　那天晚上，遇龙河下了一场大暴雨，山泥倾泻，河水黄浊。半夜，我被凶猛的暴雨声吵醒了，听着雨打屋檐，却有一种归隐感。仿若放下尘世喧嚣，享受着日复一日山间的宁静。

　　天渐渐亮了，雨停了，小鸟清脆地鸣叫。美好的清晨，他醒了过来，跩着拖鞋，走出房间。山间清新的空气，突然令他眼前一亮，群山青苍，鸟雀悦耳。他好奇地打量起来，湿漉漉的空气里，昨夜的雨洗刷了老房子。院落门环清亮古老，楼梯木廊干净潮湿，廊前檐外禅絮沾泥，院落花木扶疏，小花窗盈虚有致。偶尔清风吹来，芭蕉轻摇舞曳，闪烁着古诗词的婉约情怀。这款昨夜令他深恶痛绝的园子，今晨如世外仙境，云朵好像只属于自己，山间的清秀令他陶醉愉悦。

俗尘虑净，清趣悠然。他仰头低头，细细地欣赏起每一花每一木，怜爱地望着水绿的藤叶，好奇地看看青砖花窗。石头路青苔绿泥，猫咪乖巧地凝神。使君子开花正艳，碎桃红与玉绿，点绛唇般的美。昨夜担心的狐仙，并没有用掩眼法把墓地变成客栈。东方发白，一觉醒来，妻孩皆在，摸摸自己，也没有缺胳膊少腿的。满园疯长的使君子，花儿胭脂水粉欲滴，粲粲然，仿佛流落人间的花仙子，令人目不暇接。他长长地舒了一口气，竟觉此间幽静清妙，且妙不可言。

他走进餐室温柔地吃起早餐，边和孩子们轻声细语地聊着。他看见我，有点儿难为情，像是为昨晚的偏听偏信不好意思。我想，也许每个人心中都有一座盛放使君子的香格里拉，它的审美标尺因工作忙碌而异吧。

使君子的花语是平息情绪，带来健康。秘密花园的密语令人惊叹不已，使君子幸福地笼罩着我们，它们美不胜收地绽放着，花事安静沉稳。它浓烈的香息填补着都市生活与云山之间的空隙，也似乎填补着他与我之间的纷纭。浮华热闹不过是人云亦云的繁杂，转身洒脱地向往、追求梦想的目的地，是内心执着的本质。

自打以后，再次携妻带子出游，他一任爱妻指使布局，莫名跟在后面游荡晃悠，仿若不远处又有一场使君子的花事降临。

2020 年 7 月 26 日于广州黄埔

一盒 N95 口罩的故事

乙亥年三十，广州果断发布通知，"花街"提前结束。并建议，居民减少出行，出门必须佩戴口罩。公共场所，不戴口罩禁止进入。

口罩突然成为必需品，广州 2000 多万人口，口罩需求量大，口罩厂放弃休假，加班加点赶制。政府紧急部署，口罩以支援重灾区为主。一时之间，本地"口罩"一罩难求。甚至，人们建议自制口罩，网络口罩做法广为流传。但是，自制口罩也就只有防尘功能，若说要防病毒，还是要医用口罩，特别是一线工作者，N95 是标准。但目前情况，需求量大，别说 N95，就是普通口罩也难买到。

眼看某医生上班日期越来越逼近。正规渠道的口罩得靠抽签方能买到，且非常时期，能抽中口罩的居民寥寥无几。口罩作为防疫、抗疫的武器，大部分捐往武汉。又见到不少医院在正规媒体平台发布，请求社会募捐医疗用品，特别召集捐献口罩。连续一星期没出门的我有点慌了，连医院口罩都紧张，若某人路上没个口罩戴去医院也不行。医院虽有医用口罩，但在路上，特别是走进医院，穿上白大褂这段距离，也是得穿过重重风险，必须得防患。

某人安慰我，医院有患者通道，有医生专用通道，不必担心。但我仍觉得，病毒如此狡猾，要高度警惕，预防"万一"。正愁思，想起外省的三个外甥都是开劳保用品店的。赶紧致电求口罩，然一外甥说，早就售空了。又一外甥说，口罩供货渠道本就在广州，广州紧张，他们更紧张，现在根本拿不到货。直接给我广州口罩厂的电话，建议我有得买就多买些。而另一外甥女说，她自己留了一盒N95，姨丈上班重要，准备寄来给我。我一下感动起来，身遥心迩，这些小外甥，都懂事了，便问多少钱，我转过去。这时，网上传闻，一盒N95便能炒到千元以上。哪知她说不要钱，就送给我们用，并马上发了顺丰快递。我感动极了，距离那么远，心却那么暖。

收到N95口罩后，我又偷偷瞄了下某人的工作群，他们科室每天管理统计口罩，只见群里值班人员统计着："目前只剩下1件隔离衣，3件防护服；另外，N95口罩还有12个，一次性隔离面罩4个。"

我发微信告诉外甥女，她给姨丈寄的这一盒N95有20个，姨丈在科室里算土豪了。外甥女笑笑说："多也没有了，姨丈留着自己用吧。"我道了谢谢，隔空给她飞吻。

收到N95，看着那一盒N95，再瞄下某人的工作群，却开心不起来。斗争许久，我果断地跟某人说："你把这盒N95拿去科室，给大家一起用吧，谁在一线谁就用N95。"

某人突然怔住，转身给我一个大大的拥抱。

发表于《黄埔新时代》2020年4月23日

为念想存真

黄埔的立冬，大多还是绿叶林，树叶的间隙搪塞着日光，满大街是穿短袖的人。若披外套，也大抵是为抵御室内的冷气，不是真正的寒冷。送完 AJ 到东站，才知道广九直通车暂停。"大白"般的 AJ 反倒安慰我，"班头，无所谓，也可以从罗湖过关"。

一个人静静地开车，广园路光影明丽，旧日的绰号倍感亲切。独自在一个城市厮混，骤然回到愚顽的旧时光，久远的事件，能嬉笑着谈起，曾经的幼稚竟是珍贵。我们的曾经，像风像云，轻淡存真。也许有人会不屑，伴随高傲的冷漠，宛似昏暗中的灰尘，缓缓弥漫。但那些年的悲伤，其实空洞无物。那些曾经的心机，却是现在的若水之清，是昨日的清越甚于今日的撩响。

接儿子放学。他告诉我，这个京剧脸谱是他画的。

说完，便唱起："外国人把那京戏叫作 Beijing opera，没见过那五色的油彩愣往脸上画，四击头一亮相，美极了妙极了，简直 OK 顶呱呱，蓝脸的窦尔敦盗御马，红脸的关公战长沙，黄脸的典韦，白脸的曹操，黑脸的张飞叫喳喳……"

看着黑黑瘦瘦的他卖力地唱着，有的字句咬出错误的近音词，但并不影响他的喜欢，依旧唱得忘乎所以，一脸萌相是这个年龄该有的样子。

他也总是很多念想，路过"盖璞"专门店的橱窗，看见小模特穿着灰色 T 恤，就兜着圈找门口进，可未正式营业，以为此事就此打住。

某天在附近，他突然又往那个方向飞跑："妈妈，去买衣服吧！"

橱窗没了心仪的 T 恤，却看见特价区里有各款侠行主题的 T 恤，甚至思慕的那件还有码数。他兴奋着翻找，眉毛挑得老高，用极丰富夸张的表情，说出每一件衣衫的人物事由，还不时伴有功夫动作。我细看，原来是一件有披风、抽象脸谱的蝙蝠侠 T 恤，披风用魔术贴粘住。

见他如此喜欢，又能说出所以然，我果断答应购买。

回家后，儿子特意吩咐："妈妈，帮我用针线缝住披风吧。不然，小朋友一扯，披风就掉了。"

我沿着魔术贴缝了几线。他勤快地将新衣放进洗衣机，洗完晾好。第二天早上，起床就跑阳台，把新衫收进书包，开心地上幼儿园。

晚上，儿子继续围绕 T 恤和我聊天。

"我们刘老师说，嗯，这件衣服确实不错！我穿上它，小朋友都围过来了！我在操场跑，披风真的飞起来了耶！还真有小朋友扯披风！幸好有缝紧……"

我感受到他的童心，快乐的缘由很简单，只为一段念想存真。当许多年过去，回头再看看旧日的人与事，原模原样深刻在脑海里的尽是美好的纯真。它们似乎不存于时光之河的废墟，而沉淀在我们恍然一刻的感悟里。

也许旧时的小心机小欢喜，在成长的路上略带夸张，却是心底永恒的美好。随着岁月变迁，它们永远搁浅，但在某年某月某日，突然想起，嘴角定会扬起微笑，天真纯粹的人与事，永远是成年人的念想。

2019 年 11 月 14 日于广州黄埔

俏如幸福的光彩

看书时，指尖涂了棕红指甲油，在林清玄素雅的文字边特别夺目，色泽晶亮，似光滑的瓷釉。

一被美丽的光彩吸引，便想起儿子送指甲油时可爱的表情："妈妈，这是我换来的礼物，送给您的，喜欢吗？"

指甲油是5岁的儿子参加六一活动玩游戏换来的，男孩子选择指甲油，大抵是希望妈妈打扮得漂亮。虽然小礼物有点成熟，我收到时，亦小小惊讶。想起在儿子色彩敏感期，曾把十个指甲涂成不同颜色，给他辨认。当时，他是那么好奇，小心地捧起我的手，把颜色逐个念着。原来，他早记下了。

古代女子曾把凤仙花瓣和明矾捣碎，做成花泥，涂于指甲上，再用布或叶子包起固定，反复几次后，指甲鲜红透美。古代女子美甲蓄甲，证明她们无须劳作，生活富裕。

现代美甲方便多了，随处可见装修得雍容华贵的养颜会所，或文艺清新的小美甲店，丰俭由人。闭目养神一个多小时，芊芊玉手更为可人，美甲师手势也得心应手，抛光打磨，修剪消毒，软化上油，营养护理。方寸之间，工艺颇多，而指尖彩绘也最为赏心悦目，充满夏日清凉的马卡龙色、镶上水钻的水晶美甲、嵌花指彩、粉丽逼人的小可爱、充满大牌设计感的黑白配……

有位全职太太朋友在指甲上黏了两个可爱的宝石陀螺，自得其乐逗着迷你乾坤转，转来找我。

我问她：“怎么做家务呢？”

她笑嘻嘻答道：“这段时间，家务老公负责哈。”

说完，流露的欢颜像镀了一层幸福的光彩。

作为全职太太，依附却不被驾驭。有爱美的心愿，又有人迁就，这就是幸福了。这份迁就，是人间动人的烟火味，是平凡日子里的灼灼爱意。

这是多么美妙的感觉啊！有人愿宠着你，为美、为爱，付诸行动。

帮儿子找乐高积木，我说：“哦，妈妈涂了你送的指甲油，手指一直找乐高，漂亮的指甲油会被刮花的。”

“妈妈，那我自己找，我会找！”儿子欢快地自己寻找。

他耐心地找出乐高积木，对着图纸拼插造型，他不依赖我，甚至对我呵护有加。小小男子汉的气概，在我的示弱中自信起来。他坚定，犹如有了担当，认真呵护着小小的美丽。我甚而体会，细微生活带来成长的欢喜。

十指尖尖的丹蔻，随着灵思的流转，竟有了成长的欢喜和俏如幸福的色彩，这色彩包含着宽容、尊重和自由。

2019 年 6 月 15 日于广州黄埔

绿妖的美

其实我是先认识绿妖的弟弟。笃定帅气的男生对绿妖说:"姐,我发现黄埔有个好地方,你绝对会喜欢的!"

这个"好地方"指的是我的"寓言"。毕业后,我在烟尘滚滚的异乡飘游,为了生计和爱情,和男友在广州郊区黄埔唯一一家新开张的商场,拿下店铺,开着一间叫"寓言"的干花店。男友有公职,我每天醒来,忘掉户口,忘掉自己的专业,不怀念从前的娇生惯养,也不享受眼前的一切,不知道是喜是忧,起早摸黑,在店里插花裱画。我一米七高的个头,体重连一百斤都没有,脸色苍白如纸,因为太瘦,只适合穿白色衣裙。每天用修长的手指把散装的干花做成一包包漂亮的和纸香花包,推销各种香熏精油,摆弄一盆又一盆的干花,周而复始。

也不知是"寓言"选在郊区太有创意,还是因为我的乐观豁达,竟没有被现实吞噬。"寓言"吸引不少热爱生活的人们,绿妖的弟弟是其中之一。

和我一样瘦高个的绿妖兴致勃勃赶来,边闻着香熏边聊,我也乐得对她言谈至哉。绿妖对店主的性格和品位果真没有失望。之后,绿妖记挂着小店,并由此陪伴多年,哪怕后来"寓言"开分店,演变成服装、鞋包,甚至到市区发展,都会乐意跑远帮衬,以示祝贺。

绿妖是工科学士,在本地知名单位任职。护佑着绿妖的,有才华、优裕的家境、平顺的经历、融洽的家庭、出色的儿子以及书法、阅读、昆剧、古琴、烘焙、茶艺、瑜伽等丰富的个人爱好。绿妖住在僻静的乡村，有花园、鱼池、亭台的美墅，养花养猫居家，生活十分平静安谧。

我们不知不觉成为老朋友，从一起见证喜好的原创品牌的发展史到博客、微信上的即兴朴拙的文字交心。

在经历岁月磨砺以及事业发展稍微安稳之后，我终于可以考虑个人问题。绿妖为我即将拥有女人的平凡幸福而欣喜，激动，担心。

我高龄进产房，绿妖去店里跟小妹们打气谈心："阿芳不容易，她坐月子期间，你们务必照看好店里生意。""会的，姐姐，请放心，我们都把店子当自己家了。"绿妖和小妹们促膝长谈，恳请她们在我无法来店时，也必须像往常一样认真工作。绿妖在店里直等到我报母女平安的消息，方才离去。后来，小妹告诉我，绿妖收到信息后，感言激动，眼眶泛潮。我听着，为绿妖的细腻、善良、柔软的关爱深深感动。何其幸运，在异乡遇见这等深厚淳朴的情谊。

之后，我成为晒娃狂魔，每天记录孩子的一颦一笑，自己的喜怒哀乐。绿妖对文字是敏感的，每次评论总能击中要点，为我的欢心锦上添花，为我的忧愁幽默释怀。我们隔屏会心微笑，我为生活中有如此优秀的良师益友而庆幸，不仅对事物的看法有高见，对我的刷屏也持宽容。

绿妖在 58 同城收养了一只鸳鸯眼的纯白猫妹妹，取小名"小四月"。"小四月"温柔可人，十分"淑女"，喜欢和人玩，喜欢趴绿妖怀里睡觉。伴侣却认为此猫有网红气质，每天卖萌撒娇，抢人所爱，甚是吃醋，声称要求不高，和"小四月"待遇一样就行。绿妖温婉地"哼哼"两声："明天我就从饮食开始平等！"

"小喵"养久了，气质特别像绿妖，绿妖喜欢书法，每临帖，"小四月"陪伴左右，有时歪着脑袋看，有时尝试抓笔，绿妖淡定不理，"喵"见捣乱无效，直接走近砚台，把墨汁喝了，且一滴未剩！绿妖不由发出感叹："果然是个狠角啊！这猫也是喝过墨水的猫啊！有文化的猫真可怕！"

　　"小喵"和绿妖的书法给我带来赏心悦目的欢喜和美学感受，绿妖把"静坐读书各得半日，清风明月不用一钱"晾成窗帘，风雅逸趣。绿妖一帘一帘地写，一地一地地铺开。书法越写越精湛，昆剧越唱越入戏，古琴越弹越清越……我想起余秋雨的《极端之美》里所说的三种文化——"书法、昆剧、普洱茶"。绿妖的爱好却不止三种。这般上等女子，优雅温婉，难怪岁月不败美人。

2020 年 6 月 10 日于广州黄埔

春霖知有处

五一假末，立夏追随而至。古语有云："夏，假也，物至此时皆假大也。"这里的"假"，即"大"的意思，也就是说，春天发芽生长的植物到此时已经长大了。

居于案桌的吊钟从孱弱的瘦枝到嫩叶繁茂，绿意盈盈。入夏后却逐渐出现枯萎的叶，从一小片到一整朵，渐渐做告别状。我想起与它的缘分由来，不舍得修剪，将它搬至阳台，更勤快地换水浇水，从一天两次增加至三次、四次，试图将它挽救。

可在夏日的高温里，它依旧日渐萎靡。它似乎忘记了，我曾经对它披星戴月地呵护，曾把它捧在怀里疼爱有加，曾为它矗立花群，安稳花器，添上姿色。

就像我们曾掏心掏肺地善待新认识的朋友，却在有一天，伤心地发现，我们舍弃自己宝贵的时间，却被那些利用你善良的人们压榨，于他们而言，你所做的事都不值一提。所有单纯付出不过是人家眼中的"傻"。或者说，不过是人家手中的一只"棋子"。

有人说"吃一堑，长一智"，成年人必须学会交往的潜规则。似乎"台面握手，桌底踹脚"的塑胶情更让人觉得合情合理。什么真善什么单纯只停留在童话里好了，圆滑世故，更是一种智慧的处事行为。

和老友喝茶聊天，她感叹很多年未交到新朋友。有时，宁可隐居求志，也不愿同流合污。我若有所思，单纯的友情或许只能存在于同窗情谊里。成年后的我们，若说朋友遍天下，也是熙熙攘攘为利来。成年人，要么随波逐流，要么大隐小隐。

这样想来，人与人如何相处好像有了方向，若无利可图地交往，其天真烂漫便是不谙世事。因此，做一个冷淡的人，懂得拒绝，才会活得清醒而坦然。世故的人，最好的状态便是收起真心，保持距离，相敬如宾。

但在六月如火如荼的高温里，我却被一段过往的交情深深撼动。

故事得从多年前说起。那时，我刚在广州站稳脚跟，表弟辞了职投奔而来，试图在广州发展。虽是老表有血缘关系，但只是儿时一起玩耍，成年后在家乡并无甚交往，甚至不相问闻，以这样的方式在陌生城市见面，关照全凭善良。特别是他以内地银行职员的工作经验想在广州立足，找工作得跨专业，几乎要从零开始。纵使找到工作，每月工资扣除基本开销，也所剩无几。一线城市，人才辈出，不属人才引进，纵使你才华横溢，也未必有人赏识。他初来乍到，穷困潦倒是正常。

我没有拒绝对表弟的照顾，腾了个房间给他，早晚两餐家常饭菜热腾腾地提供，偶尔外出，带他品尝地道粤菜，完全当亲弟对待。当然，我内心也很清楚，以他一份工资和未来发展，要付房租和伙食，就无法消费其他。所以，我只要求他认真"充电"，努力工作，食宿费不用考虑。

我所做一切，并不求回报。当他结束打工生涯，回家创业，我接上他，开车送他前往机场。

他创业，与我联系逐渐减少。偶尔从朋友圈了解到创业艰辛，也爱莫能助，只能遥祝顺利。

前几天，我回乡。家乡变化巨大，故人渐老，房子却一套比一套气派。连大姐也换了一套新房，我欣喜参观，惊叹七十岁的她如何奔波装修？

我边喝着大姐买的面线糊，边听她絮絮叨叨地念起："这几年，你那个表弟帮了不少忙，旧房子那时要搭个棚，他马上派工人来，搭完也不收钱，我就封了个红包给工人。"

我以为是生意往来，漫不经心地听着。

大姐又说："我装修新房子，你表弟每天开着车陪我看材料，买材料，有时也吩咐他姐姐过来检查装修。这房子，如果没有表弟帮助，哪能这么漂亮？"

我的心头猛然一震，好像明白些什么。我从小由大姐带大，与她年龄相差悬殊，更像母女多些，我远离故乡，无法照顾她，深觉遗憾。她继续述说着，一会儿又夸表弟事业有成，心地善良，乐于助她。我抬起头认真听，回想起表弟在广州的一幕幕，往事如烟。而今，看着大姐为自己幸运得到帮助喜形于色，我由衷欣慰，绝圣弃智，仿佛看见一场春天的甘霖，润物无声，朴实无华。

报答春霖知有处。我转头正好瞧见新屋入伙的大绿植，正洋洋洒洒盛开着翠绿的叶瓣，犹如春天的气息，淡淡地、静静地流淌着相互传递的美好时光。

2021 年 6 月 23 日 午后

亦抒情亦幽默

晚饭时，看到军旅诗人赵绪奎采风回来的一组诗作《我有一颗失重的心》，忍不住搁下筷子，放下鱼肉，对着孩子深情地朗读一番。

幽默风趣的组诗，诗人的文学才华即刻显现。我佩服赵绪奎的才情，在"520"参加文联"黄埔区美丽乡村建设"采风活动后，分别诗写洋田、埔心、莲塘、燕塘四村。能在短时间内高产组诗，且首首精华，思维逻辑清晰，幽默中透着刚强，诗中力量定是来自诗人多年的军旅生涯。

诗人联想丰富，情怀浪漫，引经据典，由洋田星箭广场里的火箭模型开始"失重"，想象成"一粒如天使般的种子，和银河的水说过话、同吴刚桂花酒猜过拳、嫦娥和玉兔暖过我的身子"。美丽的意象，高妙的境界，让诗意跃然纸上，甚至有了梦境。梦境虽然透露着白日梦的浓厚味道，却有着超现实的幽默况味，令人耳目一新，无法反驳。如同凝固在结尾的精华和主题——"是他们最舍不得外嫁的村姑"。

《埔心的绿萝》笔触灵动，绿萝是意象，又是"劳动者的手"，它可与家乡的"红薯"媲美，都是养人的植物，都能富足人们的生活。诗人敏锐地寻找到值得歌颂的角度，利用对比，勾起对家乡的回忆。诗人感情柔软细腻，抒情与伤感张弛有度，安之若素。"那吹弹可破、通灵剔透的叶片／翡翠样的心／是那一天里／最让我心生怜爱的小手。"这是双劳动的手，有老茧的、粗糙的手；养育着孩子，养育着"一家人"的手。在"手"这里，"绿萝"是具象也是最好的意象。在诗人眼中，是世间最美、最值得怜爱的手掌。精彩的想象，实在令人佩服。

在《相约莲塘》里，诗人让不同的时代握手言欢，想象力跨越时空，让不同的时代"和睦为邻"，甚至有共同的愿望，是"英雄所见略同"。一个"为儿孙选择风水选择未来"，一个"为自己选择昌盛的时代"。这是一首节奏感超强的诗。我仿佛看见诗人置身军旅，与文人墨客举杯畅饮，壮志豪言。诗的节奏铿锵有力，足让时空凝滞。诗人把最漫不经心的现实，用隔空的礼赞，饱含深情地抒发，远远地呈现出黄埔新时代的美丽壮阔。告诉古人，你为后代子孙，爬罗剔抉的风水宝地绝对无错！这豪言，不仅在云与山之间回响，也豁达地激荡在天地间。感官上令人获得一种天上掉馅饼砸中自己的诗意享受。

《倾听水塘讲述千年的往事》把朴实无华的燕塘写得让人眼前一亮，豁然开朗，好似步入了世外桃源。正当大家失语之际，赵绪奎呈现出诗家的练达和得意，拿巧妙圆熟的意境告诉大伙，可以直接从画面的角度去书写燕塘。且写得动感十足，画面生动调皮，有声有色，有"燕子在飞"，有"荷香"，有"书声"，甚至可以"和着锅碗瓢盆／深情地鸡犬桑麻"，一派盛世繁华。

诗人诗歌叙事直截了当，加之天性幽默，具有偏好思辨的趣味。他的诗没有故作玄乎，读来令人欣快。诗以言志，可以从赵绪奎的诗中，思索志向、文风、个性。我很是喜欢这种多少带点幽默感的作品，不需要讨喜，没有过多迂回，读来又亮度十足，让人相当敬重。诗的思考，最能体现一个人的胸中丘壑。诗人的军旅生涯，足以令诗中所呈现的思想，在幽默与壮志间自由穿梭，不仅显示文人的纯粹、风格、魅力，更能抵达高尚的精神境界。

读赵绪奎的诗，你会一边看，一边笑。时不时为他的顽皮摇头，又忍不住点头。每个人在被文字打动的瞬间，其实就是文字所呈现出来的情感和自己的体验有微妙的时刻重叠，这似曾相识又十分新鲜的感觉，令人仿若抛却现实的柴米油盐，回到读书用功的时代。

发表于《烟雨晚风》2020 年 6 月 9 日

撕裂，得以让光穿透

车从鱼珠码头轮渡过江，转入黄埔的金洲北路。一踏上长洲岛，蓦然觉得喧嚣的世界安静了，隐藏的"发生艺术"与凡心的距离近得不可置信。见惯都市的霓虹高楼，原生态的乡土释放出有机美的气息。周围是村民们朴实的房屋，和着天色的侘寂，让人一下子穿过时空隧道，灵感即刻降临。龙云娜的第十一届发生艺术节开幕表演——舞剧《土·再生》，采用皮影戏和现代舞的结合，在这里掀开序幕。

附近居民并没有张罗好奇，依旧我行我素地过着原有的日子。迷蒙的珠江水，皇皇巨立的吊机船桅，形成具有当地特色的艺术衬景。因为"发生"，因为在珠水畔，它便有了一个好听的名字——"长洲水社"。这是龙云娜刚拿下的基地，一处文化艺术的新空间。发生艺术节以"五行"为核心，每年轮番以"金木水火土"为主题，今年为"土"。

本以为走入的是一片废墟，四处静得不像有一场无比吸睛的现代舞准备上演。但它已在路上，海报牌小小的，像是怕打破岛上的宁静，带着泥土的气息，色儿也与村庄融为一体，不招摇，不像拥挤的盛事，有过分喧哗的人群。小层楼的房屋都是空旷的框架，墙上是鲜红整脚的油漆大字"拆"，穿梭着时代的密语，陪伴着个性鲜明、气质十足的潮人。青灰色的天空，泥土的芳香，剥开岁月的铅白，将堕入人间的故事逐一呈现。

进入场地，让人一愣，淳朴自然的色块极为安静。品位这东西真是太美妙，它可以用氛围覆盖你，用神秘、幽寂的音乐声缱绻你。那扭转的舞者，于绝境中寻找重生，与被掠夺后的疼痛撕裂结余，在欲望与自由间潜行、交织、困顿。仿佛不得解脱，却一下挣脱。

想起加缪对自己的诵读："长久以来，我一直幻想着自己被掠夺了一切，一个人到了其他国家的小镇上，我一无所有，谦虚地活着，关于那个秘密，我仍可以守护着它。"在沉沦与重生里，这种玄妙缓缓地在舞蹈场地里熏然开来，那悲凉与苦涩肝肠寸断，被牵引，从二楼下一楼，跟着感觉涌动释放，泯灭所有痛楚的纠结，并且秘密守护得以再生。

像打了一个响炮，又迅速溜走，来不及昭告村民。仅仅用一份奇异的精彩，就让抵达的人饱了眼福，升华了美感，让人不由地思索情爱、人性、出逃等诸多谜一般的东西。

我突然想，何为艺术？艺术其实就在你周围，随时随地发生着。只是，它太需要一双慧眼了。只有慧眼才能有卓越的构造力，才能带着你穿透最蚀骨的赏心悦目。

只是这里，依旧宁静。不像有一场序幕，刚刚开启。

发表于《黄埔新时代》2020 年 1 月 14 日

一束温暖的光

今日大雪无痕，冬日缭绕的异木棉，尽是人间温度。"鸿影满长洲，诗酒趁年华。"林鸿年《诗问》朗诵雅集在黄埔区香雪图书馆倾情讴歌。

林叔出生于20世纪50年代，嗜诗。戴着毡帽，穿米色风衣，背黑布包。常这么着地在黄埔街道游荡。他脸皱纹沟壑，却是位潮流有范的老头，走在人群里，戴着墨镜，挺有福相地晃悠晃悠。

最近这段时间，林叔约我们聊天，他反复说，仍有心愿未了。后来，得知是他牵挂的雅集《诗问》一书问世，由衷替林叔高兴。

我拿到书的第二天，便由头到尾认真读完这本诗集。终其全书，《诗问》所关心和呈现的是善良和宽容，它有着年代烙印。他的叙诗风格有汪国真的味道，总是感情自然流露，用简约不带夸张的、铿锵有力的节奏增加感染力和亲和力，让人随着阅读就轻松地了解到所思和表达。

浅显的道理，老生常谈也好，深刻动人也好，对于人生这东西，其实并无解。生命里的诸多浮华，潜藏也罢，漂浮也罢，或许开始就在终结处，尘埃终究要落定，只等洗尽铅华归来，朴素的色泽最美。

我们总在写作里获得治愈和救赎，其实有些世事很难靠一首诗、一篇文写尽。没有反刍和发酵，我们从心底里所追求的情怀便足够单纯。在追求认同的修养里，能宽容一切的不公平，能秉持真诚的心进行修行也是幸事。如同哲人所言："世事并不尽美，但我们仍要尽力善良。"时光可以在肌肤上雕刻皱纹，但只要拥有善良和宽容，必定永远年轻。

诗之旅，动衷肠。

发表于《黄埔新时代》2019 年 12 月 19 日

每个人心底都住着一个"逃"

真的多年不见"逃"了，她曾出现在我们的单身岁月里。如今，默默地成为永远的思念。

那个女孩，苍白瘦弱，每次见她都是素净色的衣服，头发永远在疯长。

我爱怜地对她说："逃，这头发扯不少营养。"

她就悠悠地睁大眼睛，回答我："明天去剪！"

逃独居单身公寓，炉灶冰冷，外卖盒成堆，却把公寓的六成面积用来插花。她跑到东川路买来各种各样的鲜花草，家里的花器品类繁多。逃的插花作品摇曳生姿，有立地上的、有置案几的，有素雅高洁的、也有争相妖娆的，但凡往家中一角随意一坐，都仿若一幅活色生香的美画。我们喜欢去她的公寓拍照、聊天、辩论，也亲热地称她为"花痴"。

花痴每完成一盆插花作品，定要配上蓝色的荧光来做背景，并与花凝视对坐。这时，背景音乐播放的通常是小野丽莎慵懒的曲调。那时的我们，单枪匹马在这座城市打拼，下班没有恋爱，便在论坛上发帖灌水，因文字鲜明、幽默风趣、互相欣赏而聚在一起。我们年轻，对异性天真倔强、充满理想主义。对同性却求同存异，渴望在这座城市找到姊妹抱团取暖。

逃是个设计师，每晚都在熬夜。

我用QQ问她："逃，为何还不下线？"

她每晚的答案都是一样："头发未干！"11点这样回答，12点这样回答，2点也这样回答。

我由此取笑："逃，你一定是从水里捞出头发，一直滴答滴答，像屋檐下的雨滴……"

每周聚会，我们爬山、泡吧。也不知逃怎么来的？这边电话说还在家，那边就突然出现在我们面前，且一身黑衣束黑裙裤，齐腰黑发，轻瘦飘飘，就差一把宝剑和一副黑口罩，江湖侠女也不过如此！看着我们齐齐盯向她又疯长的长发，她主动点头说："等下去剪！"

笑得我们也一致同意："逃，你每周须剪一次。"

逃原本有个广州男朋友，高大帅气，独生子。逃第一次见家长，男友母亲的每个提问都像一把匕首，把逃问得当场泪流满面，转身就逃。从此，她自取辱名，让我们唤她为"逃"，以警示不能接受男方家庭的功利与现实。跟我们说起此事，逃的眼眶仍然湿润，哀伤打转。

逃的梦想是回湘西凤凰开客栈。

我却说："逃，你那么喜欢插花，不如留在广州开家插花工作室，又可以赚钱。"

逃不肯，她说："花给我带来设计灵感，可以在插花中斟酌设计的配色，在花中寻找飘逸灵动的美感，在插花中想象深浅色营造的结构。一旦沦为商业作品，势必为利润机械重复。"

逃的言论我不能理解，我只知道她讨厌枯燥乏味，喜欢创新，喜欢源源不断的灵感。她害怕平庸的重复让思维枯竭，花花草草们只要达到想象的过程，花开花谢就完成了使命，没有存在什么不舍。

逃说得头头是道，却忽略了我正经营着一家干花店。

我跟她争辩："逃，我宁可你活在柴米油盐里，活在婆婆的现实安稳里，和男友幸福地生活着！"

逃一个人去旅行，带着心底那重无奈行走大江南北。每次来回都是一个人。而我们，对她的思忆穿透过昼夜，却刺不破光阴。也许孤独与痛苦的煎熬能让她创出更多更丰富的作品，但心痛的是我们，我们希望她回到庸俗却现实的生活中来体验人间烟火，却只能在远方拥抱虚无缥缈的她。

很多人，华美或安稳只是表象，底蕴却是苍凉的。而逃不是，她用激情与梦想创作，生命的底色华丽美艳。对她的每次旅行，我们以为的是后会有期，但最后等来的，却是后会无期。她最后选择流浪，为她的设计梦流浪。

或许，每个人心底都住着一个"逃"？

2018 年 8 月 3 日于广州黄埔

青花之思

　　格子柜里的青花茶具，是一套使用多年的器物。久无茶事，偶见青柑剩下两团，便拿出来泡茶。浅浅茶汤轻轻沐着，一派洁白里，杯外的青花雅漾悠悠，像有蝴蝶嬉戏，如在水晶琥珀里泽水，动感极了。这套茶具陪我看书听歌，天真闲居，像一首小令般自得悠然。

　　从小喜欢器物，花瓶、茶碗、器具，若精美有趣的，定称赏不止。侈衣美器、珍馐美馔，亦可添食欲哉。闺蜜曾在少女时代赠我翠玉色花瓶，碧绿通透，雅致圆润，我爱不释手，用来盛放百合，清淡馨美，不可方物。家里姐姐多，父母不常在身边，她们年龄相仿，特爱争执，相处起来比我这个妹妹还淘气，有次砸碎了碧绿瓶，我心如刀割。

　　她们无休止的较真累积成厌恶在我心里不断沉淀，走向工作后，为图个清静，果断选往异地。不能给我安静与审美的，年少的我会选择离开。

　　真的是年少不懂事，爱自由的我，偶尔返乡，也当路过。

　　直到有一天，母亲电话来，说做了一个梦，梦中与过世的父亲交谈，她告诉父亲，小女儿过年又不回来了。父亲在梦里安慰她，会有办法让她回来的。母亲认真地说："你父亲的梦是很准的。"我沉默着，深觉愧疚，握着电话的手有点无力，喉咙酸楚说不出话来。哪怕回广州，亲朋好友聚会，东奔西跑，早出晚归，也未必能陪着母亲聊个痛快。忽又想起，有一年，在赶往机场的路上，才致电母亲，吩咐出租车司机顺路停车村口，要与母亲告别。母亲一放下电话，就赶到约定的村口等了一个多小时。我下车，看下时间，却匆匆作别："妈，我飞机快到点了，您回家吧。"现在回想这幕，竟黯然神伤。于是，分不清是爱还是怜悯，也非完全拒绝："好的，我尽量回家。"

很奇怪没多久，闺蜜命令我，必须安排时间回广州。两个原因，一是同学大聚会，二是她家乔迁大喜。同学聚会，缺我也能聚。但闺蜜搬新屋，倒是值得庆贺，也对新屋甚是好奇，混过多年的人，审美情趣有相当大的诱惑力。

我回家了，最高兴的自然是母亲。她天天盼着我，恨不得把我捧在手心吞了。她年纪大了，每天拖着不矫健的步伐，走到我夜宿的地方，我却像打游击似的，被好友亲戚轮番邀请住宿。明知道我不回家吃饭，母亲却煲着靓汤，温着饭菜，见我深夜回来，捧出热乎乎的一碗汤："好好饮嘅，我煲咗三个钟，清热解毒，试下啦。"（粤语，意思是很好喝，我煲了三个小时，清热解毒，试着喝吧）听着温柔的声音，我以为旁边站着的是阿哥。熟悉的声音，仿佛把我拉回从前，记忆中，却大部分是母亲对煮食的挑剔。"阿女，有甘八厌啦，阿哥要温书，你要戳穿鸡蛋嘅，要快速搅拌，让米饭和蛋液充分融合一起，煲仔饭先好吃嘅，记得甘样帮阿哥准备饭。"（粤语，意思是女儿，不要做让人讨厌的事，哥哥要复习功课，你把生鸡蛋打散在米饭上，让米饭和蛋液充分融合，煲仔饭才好吃，记得这样帮哥哥准备午饭）"唔好食甘多热气嘅，煲汤要补都要煲清补凉。"（粤语，意思是不要吃那么多上火的食物，就是煲汤也要以健脾去湿、润肺的材料为主）

这一碗汤的温暖在腊月底的寒冷里，是童年记忆，是母亲的煮食味道，它迅速涌上我的心头。有那么一刻，我多年的心结要解开了。却又想起，从前她对哥哥的溺爱和无微不至的照顾。而当我处在人生困境和僵局的时候，她却总是以令我难以置信的冷漠对我放任与忽略，要么就是絮絮叨叨厌烦的表情，要么就是个性强势地虚构不存在的危险，对哥哥却是满脸宽容、慈爱、欣赏、耐心的笑容，她的关注点永远在哥哥身上。一想到儿时的场景，像又回到与母亲紧张的关系中，好像仍有幽怨难以排解，于是，又是一番嫉妒，耿耿于怀。

在机场看见这套青花茶具，对我来说，它有个奇怪的名字——"思归"。"我在故我思，我思故我在。"当两处"我"找到支点，心安即是归处。我完全看不出一套青花瓷器与思归有何关系，只是杯体红色的篆刻"粤"字令我倍感亲切，仿佛看见母亲坐在宝园的功夫茶桌边，右手边是透明的玻璃煲水壶，蜡烛在下面"哧哧哧"燃烧着，水沸腾翻滚着，她娴熟地注水，烫着茶杯碗筷，拆了包菊普茶，倒入青花盖碗中，开水过了第一遍，又注入滚水，候了阵光阴，才用兰花指优雅地扶着青花盖，一杯一杯地斟茶，桌面摆着几笼一盅三件的广式点心和一碟炒牛河。

母亲喜欢"叹早茶"。广州茶楼营业时间弹性足，随时前往都不会错过开饭时间，茶楼食肆人头涌动，但凡广州市区郊区比较有名的茶楼都被她打卡过。但最喜欢的还是离家最近的宝园，她约着三姑六婆、旧工友、新朋友，在闲暇时日，坐上地铁，慢悠悠地坐在留席位。她们呼朋唤友，谈天说地，消遣时光。她们赞叹哪一家的点心"抵食"；哪一家又有新品；哪一家的凤爪火候到位、酥烂入味；哪一茶楼的虾饺皮薄有韧性、虾肉爽滑弹牙，排骨蒸至刚脱骨、肉质滑嫩有嚼劲……每天津津乐道，乐此不疲。她们互相赞叹对方的穿衣打扮，皮鞋包包；把对子女的思念牵挂、成长琐事以及家里大事小事互相倾诉，并从茶友那里迅速得到安慰。

而眼前这套青花茶具，与她在茶楼喝功夫茶的盖碗相比，更精致小巧。陶瓷胚体上描绘清雅饰纹，弯卷翘度，精工细作，罩着透明釉钴料烧成后的那种蓝色，发色特别鲜艳，又是以深白衬托，便幽蓝得特别夺人心魄了。心里这样想着，却总觉得"思归"两字牵强附会。但是，又喜欢它的洁白与青花，美得清清澈澈，不遮不掩，按捺不住心头爱好，买了。

　　这套从广州带来的茶具陪着我，一个人在家冲茶时，若有所思。在温壶的时光中，家乡的人和事如同青花一样，慢慢浮现。当茶叶在高温水里徐徐展开，茶的香气馥郁若隐若现，屏息凝视，繁华异乡的寂寥远不及乡下城中村的热闹温暖。古树、祠堂、趟栊门、池塘、村间石头小路似乎连环播放着，耳边好像响起童年时母亲的歌声："炒米饼，糯米糯米团，五月初五系龙舟节呀……我唔去睇我要睇鸡仔……"一边想着，一边又提壶注入沸水，这沸热与茶的融合，又在这青花杯里，是何等的高扬芬芳。

　　独处时，方明白为何取名"思归"。莫非一个人冲茶，仿若坐在楼顶天台，和母亲聊着家常，且共盏茶事？我在故我思，对既往，随着经年岁月，已随风而去。人与人的相处，就像时间的河流，总会冲淡一切，只有美好与珍珠，会以禅重现你面前。

　　于是，我买了很多礼物，所有家人每人一份。我不愿在异乡空荡荡的房子里，倾听窗外璀璨的烟花孤独燃爆。我不舍爱与自由，也渴望温暖纯良的亲情。

　　听说我回家过春节，姐姐们欣喜不已，早早回到家里，煲汤煲姜醋，用热水浸熟鸡，准备斩件做白切……她们一道一道回忆着我小时候喜欢的菜式，仿佛想我一次吃个够。当我出现在她们面前，我惊讶岁月流逝在她们身上留下的痕迹，她们仍像小时候那样争论不休，我却感到一种由心而生的生活气息，她们嘘寒问暖，家长里短，递上我爱吃的腌制咸酸，像儿时那样吼着："吃咸酸，生津解渴。"我会心一笑，分享礼物。安静的母亲却开始唠叨，说我给每个人都买礼物，可过年了自己也不买件新衣服穿，在外工作几年，回来还穿着套旧衫。说着，母亲掏出了 1000 元，让姐姐们陪我去买新衫。

我相中了一套烟粉的毛织套裙，卫衣样的毛衣，大色块，袖子底边缝着一圈黑毛线，脖子下一颗象牙大扣，长长的百褶毛裙拖曳着，刚好遮掩我太过纤瘦的身材。我走回家，在母亲面前，愉快地转了一圈。

母亲笑着点点头，用广州话说："靓爆镜啦！靓爆镜啦！阿女最靓女！"（粤语，意思是漂亮得镜子都被照裂了。形容很漂亮）我笑了："妈，以后每逢过年，给我买套新衫可好？""两套、三套都可以，只要你回来！"

我忽然做了个鬼脸，在母亲面前，我是永远长不大的"拉女"（粤语，最小的女儿）。她对我的思念与担心，我又何曾真正理解？在经历时间的摩挲之后，就像青花瓷里的茶思微觉，没有日常琐细的絮叨，又将远隔山岳。俗事仿若一盏茶间的顿悟，又犹如置身茶香气蔼里的温暖，甘之如饴。

发表于《广州文艺》2021 年第 3 期

与花木谈心

——《青花之思》创作谈

文学源于生活和对生活的观察感悟，有思想启发和美感陶冶的事物，通过文学形式成为文学作品。

在我的书桌之左，常有茶皿、绿植、插花。它们无意间营造的气氛，伴着树下的青花茶具，令我浮想联翩。有时冲壶茶，手捧青花杯，旧往的点点滴滴，蓦然乍现。有些记忆碎片、俗事在花木里，像有了感知一样，从感性向理性跃进。而散文因为结构自由、意境深邃、有独特的美感文字，成为我与花木谈心的心头好。

在《青花之思》里，以"青花"为主线，串联起各种情绪与感悟，借以达到散文的形散而神不散的要求。当然，一篇文章，除了要有生活的感悟，还需要有意象性的文学语言。用"青花"作为文学语言，蕴含着知觉、情感、想象等的心理体验。它因为有隐喻，能够表达意义和幻想，具有超越性。我的目的并不是告诉人们发生了什么事，而是要把自己对生活的认识审美地、创造性地表现出来。

在文学中，真实是相对性的，没有绝对的真实。艺术的真实，不是生活真实。所有的文学作品，多少都含有作者主观的意识成分。散文虚构是散文创作的表现手法之一，在艺术概念中，它不等同于生活中的概念。而是在人生体验的基础上，通过作品，以虚幻的形式揭示生活的本质与真谛，甚至通过幻觉，达到更高层次更真实的假象。虚构呈现出来的艺术价值高于生活中的真实。

林林总总，便有了《青花之思》的诞生。确切地说，这是有针对性的创作。我将不同人物身上发生的事情，通过生活中积累的素材进行加工改造，以客观事实为依据，展开想象，用虚拟、巧合的手法，使之糅合并发生在同一个"我"的身上，从而创造出具有地域元素的文学作品，借此表达出"思"与"悟"。

我喜欢用水培绿植、应季鲜花、器皿闲茶来享受当下的美学时光。无论生活多么艰辛匆忙，深意识里，留一份清淡的余地给欢喜的事物，并从中获得文字和思考，去感知生活中的美好。

2021 年 3 月 31 日于广州黄埔

黄埔札记

波罗诞逛神庙

三月的黄埔，木棉花开了。枝丫张开怀抱，围着树干绕圈，花多枝叶稀，红蕾灼灼，举树彤彤，流溢着甜美。有时，风吹过，地上"咚"一声，那是木棉花落下的节奏。有时，村民会捡起干净的花朵做煲汤材料，说是去湿排毒。

梅雨放晴，适逢周日。从裕丰围坐上十三号地铁，用手机打开地铁软件，扫码进站。只消两站，抵达南海神庙。

出了站，日光耀眼，桥墩马路蒙着淡淡的灰，阳光搪在青灰之中。庙门口人山人海，两条有序的来回人龙，缓缓地行着。有人举着金灿灿的大风车，有人提着玫红的波罗鸡，卖粽子的店挤满客人。

抬头向南海神庙方向望去，牌坊巍然耸立，给人一种无可名状的历史感。似两艘船的首尾，船首是"海不扬波"，旌旗飘飘，书写着风调雨顺；船尾是"扶胥古埗"的牌坊，人们犹似在甲板上载歌载舞。开幕式的擂鼓声声，巨大的船像载着一群子民，胜利归来。经风梳理过的旗须在空中飘荡，气势磅礴威严，这是粤人祈求吉祥安宁的愿景。

顺着人群走进了头门。先是庭院，左右两棵木棉映入眼帘，衬着云表，花容艳丽。左边木棉枝干断裂了，腰折而围护起，刷了新灰漆，那些有岁月的年轮默默藏起。木棉边是高大的波罗树，也是两边各一。莫非这就是当年印度使者达奚司空独自上岸，留下种子种植的？如今，它的果子拥抱成团，仿佛依偎在母亲怀抱。

头门两边立着高大的千里眼和顺风耳，威严森立。门神秦琼和尉迟恭，彩像神绘，气韵生动。四位神仙法力无边地守护着南海神庙。往里走，左侧是韩愈碑亭。据说孔子后嗣拨款修葺神庙，偶遇被贬往潮州途经广州的文学家韩愈，便请韩愈著文书写修葺神庙一事。这珍贵的碑刻——《南海神广利文妙碑》由此而来。右侧是宋碑，北宋亦修葺神庙，遂开宝碑记录祭祀活动与史事。

从头门迈出，仰望青灰的天空，随即被檐牙高琢的仪门所吸引。再一看，门口有对石鼓，鼓脚雕刻了雀、鹿、蜜蜂和猴子。古人谐音为"爵禄封侯"，意即来神庙拜祭的人也能升官发财。门匾大字"圣德咸沾"，据说是皇上的恩德，平民百姓均可沾光。这一路两侧又是众多碑林。原来，古庙因珍藏历代皇帝为祭海而刻的石碑多，而又被称为"南方碑林"。

再往前走是礼庭，礼庭大殿左边立有康熙的御碑亭"万里波澄"。驻足欣赏，虽是后人翻刻，但也能感觉到当年此碑雄立于黄木湾畔珠江边的威风凛凛，定庇佑着来往的船只。礼庭是历代官员祭拜南海神的地方。传说中的东汉大钟就珍藏于此，可惜当年的镇海神钟，如今被行善的人堆满了散钱。想当年，这大钟是权力和地位的象征，而今日，则被善男信女扔满纸币覆盖之。不知洪圣威灵今何在？

走过礼庭，背后就是大殿，至今保留明代建筑风格，琉璃瓦脊，有飞翔的双凤、倒悬的鳌鱼、腾飞疾走的苍龙戏珠，美不胜收。这里安放着传说中的火神祝融。话说那祝融头戴皇冠，身披龙袍，手执玉圭，风度翩翩，颇有王者风范！

后殿的"昭灵宫"，供奉祝融夫人沈氏。这里还有个优美的传说。很久以前，顺德有个沈姓姑娘不仅漂亮还样样活儿皆能，且心善好助人。她为干旱求雨，跪求洪圣王普降甘霖，以望乡亲能顺利开耕。洪圣王见她不辞辛苦为民求雨，便倾力相助。沈氏姑娘就织了最美的绸缎，还神致谢。洪圣王被沈姑娘一片诚心吸引，隧封她为夫人。而"沈"与"岑"在当地发音相差无几，庙头村岑氏人就尊称"沈夫人"为"姑婆"，甚至把孩子带到沈夫人殿，拜拜神像，说声"麻烦姑婆关照一下"，就把孩子放在殿里，说是和姑婆戏耍，便下田干活去，忙完再来接走孩子。听着这样的传说，是否感受到当时淳朴的民风？

古庙西侧就是浴日亭。顺着楼梯往上爬，顶上一段山路被玻璃覆盖做展示，能略见古老沧桑的足迹，突然想起东坡诗句"竹杖芒鞋轻胜马"，大抵是为如此山路感慨的吧。今日"章丘"上的亭子，被嵯峨的树木拥绿叠翠着，完全有别于传说。遥想当年，这亭子三面环水，是绝佳的观海胜地，多少文人墨客泛舟于此，赏落日，观日出。东坡有云："剑气峥嵘夜插天，瑞光明灭到黄湾。坐看旸谷浮金晕，遥想钱塘涌雪山。已觉苍凉苏病骨，更烦沉瀣洗衰颜。忽惊鸟动行人起，飞上千峰紫翠间。"姑且不谈大文豪当年如何落魄被贬，单看诗中的"旸谷浮金晕"，已一目了然，曾经多么风光无限，浩渺无垠的海、浴日的美景，惹得多少文人慕名而来，作诗应和；而今日，"章丘"上树木锥繁，"章丘"边烟囱煞景。

春云舒卷，三月的天气绵绵糯糯。各朝各代的诗文碑林，或为祭典，或为和诗。古老的愿景在时空里温厚地流传。把当年的兴盛荣耀、避世风景刻诸碑石，让今人仿佛走近一个个气势恢弘的王朝时代，与文人墨客风雅地隔空对话，共同祈愿国泰民安，精深的历史悠然展开。

发表于《黄埔新时代》2019 年 4 月 2 日

萝岗梅香

钟玉嵒是北宋防御使钟轼的后代，南宋隆兴元年（1163），其父钟遂和由花都举家迁徙到萝岗坑村永保里，为萝岗钟姓的始祖，于萝峰建"种德庵"，供钟玉嵒及族人学习。

南宋嘉定十二年（1219），官至福建参议的钟玉嵒遭诬陷排挤，愤然辞官。还乡路上，途经大庾岭梅关古道，只见满山梅花盛开，寒香阵阵，沁人心脾。梅香中有一幽静庭院。

"居此处，享天地诗籁也。"钟玉嵒下马拜访。得知主人乃一学识渊博的长者，平日里读书品茶，性情归真自然，钟玉嵒仰慕不已。长者亦欣赏钟玉嵒为人，两人一见如故，言谈甚欢。当天，钟玉嵒一行借宿于此。长者烹茶备酒，盛情款待。

席间，书童端出执壶与建盏。那执壶与之前所见的注子有所不同，只见壶流曲长，壶嘴的出水口圆而小，雅抛注汤，线条优美，钟玉嵒望着落在建盏里的清茶，不禁心向往之。

端起茶盏，见盏壁内有梅花纹样，其盏型浅，集韵又聚香。钟玉嵒一边喝着，一边忍不住打开执壶，只见壶里有白梅若干，似入落花静水之境。临水嗅花，意犹未尽，遂又捞起白梅咀嚼，口感清冽。主人见钟玉嵒对梅茶兴趣颇浓，便吩咐书童再去拿些，继续煮水候汤，提瓶点茶。

没多久，梅花树下备了矮案，案上有风炉，炉上坐着带提梁的铫子，矮案右有一桌，桌上有三罐玳瑁茶筒，若干茶盏、盏托等。

书童立于旁，只手旋乾坤。

钟玉喦走近茶桌，打开一罐玳瑁茶筒，见筒里是晒干的梅花，其色洁白，香味浓郁。另一罐玳瑁茶筒，则装着粉色干梅花。还有一筒，为决明子。

原来，白梅乃"花中君子"。长者在山中久居，每见梅花掉落，就拾起晒干，吩咐家丁做成各种梅料。白梅花性平，味酸涩，入肝经、肺经，具有开郁和中、化痰解毒的功效，颇得隐士喜爱。

长者见钟玉喦喜好梅茶，便建议再尝尝青梅。白瓷碗里盛有酸梅果，其色青绿，竟令钟玉喦猛生口水，遂取一粒放进口中，其味较之白梅更为浓郁，爽脆回甘，竟与梅茶幽香之味相佐。钟玉喦不禁啧啧称奇。

长者告之，梅花加工后，可烹调各类美食。说着，带着钟玉喦走过庭院，步入厨房地窖，窖藏梅食于各种碗、缸、罐之中，特用纸、泥等材料将器皿口封住，器皿上分别标注着：梅子酱、梅酒、梅粉、梅果、梅花蕾、酸梅，等等。

见长者对梅花如此喜爱，甚至能融在生活的细枝末节中，与食材搭配，制作健康、精美的食物，钟玉喦暗自思量：若余生心浸于此，能有如此庭院，如此梅林，如此梅食，也不枉远离樊笼拘束。一阵恍惚，满心欢喜。

就这样，钟玉喦连续几天在梅关古道赏梅、食梅，学做各种梅食，向长者请教梅花的栽培和护养技巧。临走时，长者又赠梅苗数百、梅茶若干，钟玉喦作揖谢过，欣然收下。

钟玉喦带着梅苗，一路上小心谨慎，呵护有加，回到家便迫不及待精心栽培。

钟玉喦又将"种德庵"精心修缮、扩建，更名为"萝坑精舍"（玉喦书院前身），继续延师讲学，兴盛乡中子弟读书之风。舍前，种遍大庾岭带来的梅苗。

三年后，梅树成林，清香阵阵，开花结果……

发表于《羊城晚报》2021 年 3 月 2 日

莲塘人家

　　刚步入九佛街莲塘村的村口，就见荷塘一字鉴开，犹如走入一幅美丽的荷花画卷。荷塘对面，就是坐北朝南的陈时四公祠，远见满目苍翠，祠堂上下左右被大面积的绿掩映着。

　　初夏，赏荷其实还不是盛景，但在莲塘，荷花盛放已经相当有激情。莲塘，就像是大自然的宠赐，花粉叶绿，摇曳生姿，早早有骨朵小苞，温雅地探出头来，哈——这不算抢跑吧？它们只是充满仙气地伫立！莲塘的荷花似乎被精灵庇护着，初生的荷是清淡、内敛的，一路浅白向粉。在你以为，也就这样清浅了，却忽然又给你一份惊喜，于花尖摇曳出孤艳的深粉，悠悠起舞。

　　天光、村落、碌筒瓦、灰脊、青砖墙，沉入水中，浮萍点点，那是一些些记忆、一些些热闹、一些些私塾里的琅琅书声、一些些巷口门楼的雕花檐板，它们一起流淌着时光的故事。

　　据说陈时四是陈祇的五世孙，七百年前赶着鸭子到莲塘，望见这里好山好水，又有田田的荷叶、亭亭的荷花，陈时四不禁心驰神往。于是，挈妇将雏，举家从凤翔社重岗村迁居莲塘。陈氏家族为纪念唐朝时的家族盛势，感念唐王朝的恩惠，外迁时，有"逢塘而居"的传统。而这地亦如时四公所愿，莲塘四季不同景，一年里的枯与荣，完美诠释中国水墨画里的诗意美。

　　沿着塘边往左走，莲塘的荷叶茂密喜兴，绿盖擎天。莲塘的荷花粉扑卷放，而卷放之间，定然有荷的清香。在你走近时，荷的清香忽然都飘起来了，飘在你的身边，飘在身旁的兰花草里，飘在莲塘清透的空气和犀利的阳光中，飘在清濯的石桥上。

莲塘村至今保存南向、塘西两条街和十一条巷道肌理，街巷格局清晰，呈"梳式"布局，每条街巷有青石板路、青砖墙、灰碌筒瓦、人字山墙，檐下墙顶有花鸟灰塑、精美壁绘。其中，秀昌书室、鸿祐家塾、罗祖家塾、友恭塾舍等被合誉为"广州市传统风貌建筑"。这些书塾结构灵活，在乾隆年间，朝廷下令取缔"合族祠"。乡民不敢违反朝廷律令，就把祠堂易名为"书塾"。因此，这些见证历史的书塾在当时不仅用于传道授业解惑，也用于祭拜先人。

而今日的莲塘村，在保持原有人文环境的基础上又形成具有岭南特色的多元文化，民间民俗文艺活动丰富，有舞狮、粤剧等。每逢喜庆节日，莲塘村一派热闹繁忙景象。青莲戏台上，原味粤剧增添节日气氛，台下锣鼓喧天，大狮头憨态可掬，人们喜气洋洋。每年正月初四，莲塘村有"添丁摆灯"的习俗，添丁生子的人家用竹子、纸张特制"灯仔"，在祠堂、罗祖家塾、鸿祐家塾、古榕树、社公五处挂灯，并且在祠堂设酒宴，宴请父老乡亲，让大家知道村里哪家哪户又添了男丁。

走过石桥，村头老榕树依旧枝繁叶茂。传说中，未集资筹建祠堂前，宗族长老就在榕树下议事。老榕树至今仍被视为莲塘村的风水树，有守住村的"人气"和"财气"之说。

在村中漫步，回味久远的历史，多少个春夏秋冬，南迁的黄埔先民们用智慧打造出具有岭南风格的村落、庭院、祠堂、书塾。从遗落的书香中似乎可以感受到，在兵荒马乱的年代，先人如何舟车劳顿，一路向南，为的无非是辟一方静处，可以昼耕夜读，承载传道，繁衍生息。先人的勤劳勇敢和吃苦耐劳精神，终让荒山野岭变成富饶之地。

如今在莲塘村，"莲塘客栈"正快马加鞭建设，美丽乡村未来的风景令人期待。

五月的莲塘，是温情的，一会儿是花生糖一样的阳光，一会儿是软细沙一样的雨。没有风，水面纹丝不动，水下也没有任何使劲的东西，莲塘一切都是温婉的。是的，这是莲塘人家温婉的时光，温婉如荷，如池塘里一朵朵称心的荷。

发表于《黄埔新时代》2020 年 6 月 16 日

秋访迳下村

"风光不与四时同"。初秋的迳下，依旧美丽无边，花去未凉。偶尔一阵雨丝飘过，没多久，阳光又继续明媚。沐浴着阳光，一帮朋友和主人坐在门口喝茶，聊起迳下村的美丽何时最甚。英子打开手机，指着金黄麦浪的照片，答曰：丰收最美。黄昏之际，落日余晖，晚霞映红天空，麦穗低，白鹭飞，诗意盎然。我脱口而出：莫非落霞白鹭齐飞，麦浪长天一色？

是也，众人皆沉醉，犹似沉入梦境。

我说，春天我也曾来过。那时，油菜花破颜微笑，格桑、绣球花事正盛，薰衣草摩挲春空，火车停驻迳下，仿佛置身莫奈花园。是的，栖鹭自乐，蝶翻舞，新绿新黄迷人眼……美，不舍昼夜。

一帮文青正陶醉着，路过此地的老黄上来和英子打招呼，听到我们的赞美点头同意：如今迳下四季均有不同的美景。想起一年前，村社破旧，村道狭窄。虽贫穷落后，但民风淳朴。在政策支持下，村民改变观念，经过大家共同努力，土地流转顺利，集约打造了水稻农场、高新特色产业以及乡村旅游业，才有今天看到的大好盛景。更开心的是，我们村民的收入也大大提高。

昔日的山村蝶变成温婉的田园水乡，迳下村完善了美丽乡村的基础建设，把自然山水、生态农业和红色基因联结，通过打造网红景点，吸引投资者，引进了游学、客栈、农家乐、文艺等产业。

说着，遂建议众人，可穿过幽深"时光隧道"，在小竹园里，借宿迳下别院。那里夜晚可望星空，可观萤火飞舞，可听蛙声一片，感受迳下的静美之道。

放下茶杯，老黄建议英子带我们兜走村庄。

迳下村虎窟东面是东江纵队英雄长眠的地方。说起他们，依然令人痛惜。当年，东江第三支队二团副团长朱骥和副政委崔楷权带领部队，编成东支直属先遣总队，在迳下冯氏祠堂成立竹山窟党支部，发展党员，建立民兵组织，开辟迳下等一带新区。1949年7月20日，他们在冯氏祠堂召开党主要领导骨干会议，被敌侦悉。第二天凌晨，国民党团长陈策平率警备总队上千人偷袭，先遣队兵仓促应战，寡不敌众。总队长朱骥，政委崔楷权，女党员黄超华，战友李新发、陆均然、邱炳坤当场牺牲；大队长陈光照冲到一个山坑，拉开手榴弹跳进敌群与敌人同归于尽；大队长钟沛，战士胡振潮、周朱仔等四人被捕，解放前夕在广州流花桥刑场遭杀害；增西区工委书记谭勉被村民何加嫂冒险藏匿柴草房，躲过劫难。这场战争被称为广州革命史"七二一事件"。当地村民自发修建"九佛革命烈士碑"，痛惜为革命牺牲的年轻生命，幸福来之不易，永远纪念英烈们。

迳下村是红色基地，如今也是知识城的后花园。中新知识城，是新加坡和广东省政府跨国合作的标志性项目，这里汇聚着研发服务、创意产业、教育培训、生命健康、信息技术、生物技术、能源与环保、先进制造八大高端产业。有高端产业，也汇聚着全球的精英人才，这里也是国际一流的宜居生态新城。

迳下村位于山窝中间，安静舒服，又是黄埔区青少年素质教育阵地。美丽的迳下与纳米产业相结合，打造了纳米研学基地"纳米小镇"。春天，我带着孩子参加过研学体验，在这里露营，制作陶艺，玩扎染，爬树，在花海中玩定向寻宝。孩子们幸福的笑声在广袤的原野间回荡。今年年初，中国科学院院士赵宇亮在这里通过网络直播，结合迳下村纳米小镇的科技概念，普及纳米科技知识，把纳米技术应用和日常生活结合起来，为黄埔区100多所中小学校近12万师生带来了"开学第一课"。

停留在别院的小竹园里，好友们忙着美拍。美墅的透明玻璃屋沿水塘边屹立，含蓄低调，与绿藤爬蔓合而为一，融入自然之美。水面浮着船只，似乎仍在梦中；塘边的樱花树，哼着小调般，怡然自得；竹林高耸，清幽自在。目光所及，无不带有一种脱离喧嚣的静寂，生态之美令人赞叹。

继续走，是水响水库。青绿的琉璃瓦，深白的水位塔，亭亭矗立。水线丈量着，与蓝空、山峦、大片绿意融映，碧影迷离，伴着清凉的风，恍如隐士之所。

绿道、水车、磨石、亲水栈道……不可思议的乡村新美景令人迷恋。迳下从偏僻山村转变为网红精品村，吸引着游人从四方涌来，游山玩水、踏青赏花、寻找美食、投资经营……

归家路上，一车人仍探讨着那硝烟弥漫、激情燃烧的岁月，缅怀着先烈们保家卫国、英勇抗敌的先进事迹。曾经杂乱无章的农房，垃圾乱堆乱放的景象已不复存在。如今繁花似锦，景色迷人，山光水色不仅吸引着络绎不绝的游人，优厚的投资环境、良好的政策也吸引着前来调研的企业。是英烈们出生入死，不屈不挠，才换来今天的和平时代，而时代的各路铁军又把产业培育和乡村振兴有机地统筹起来，才有今天看到的欣欣向荣景象。

车子飞快地行驶，一幕幕美景在眼前飞速切换，山河无恙，誓言无声。在历史的洗礼中，盛世已如英烈所愿，先烈们当可含笑九泉了！

发表于《湾区时报》2021年10月14日

大吉沙即景

日光的金丝在水面织锦，一道道金光闪耀着，与腾起的水雾一起扑面而来，驱走闷热，送来凉风。

漫步大吉沙，左边池潭里的莲叶团团于淤泥之上，小儿喜见莲叶，吟唱："鱼戏莲叶间，鱼戏莲叶东……"欢乐声打破小岛宁静，仿若生机与生命在暗涌中，正破土而出。

黄皮花刚谢，一粒粒小果向上生长，黄色的枝，绿色的干，在和风暖日里，结着喜悦。鬼针草丛生，瘦黑的果，打着的朵儿是深白的，花心鹅黄，在日光照耀下，翕动着纤柔的花瓣。木瓜树翠影风姿，木瓜果拥成一团，长在粗干上。叶子浓密得似张开怀抱，护佑着瓜果安稳生长。荔枝也是新绿的，青涩状，随树丫向四面伸张，也是努力着，要长成沉甸甸的串串硕果。芭蕉叶大而宽，洋洋洒洒挥舞着，偶有成团的绿蕉，沉实厚重，收割着人们对即将到来的丰收赞叹的目光。

岛上桃花开了，浓淡有致。深的是花心，淡的是花瓣，枯繁的枝与三五片新叶，衬着浅粉，盈盈笑着。站在花树下，向江而望，水杉秀绿，树干通直，每一棵都像一把伞，排成密密的一行，成群在退潮后的泥潭里，远远望去，像披着厚厚的绿蓑衣，翠影映碧，令人陶醉。

那大片大片的田地就是隆平优质水稻种植地。禾苗有序排列着，水泠泠的田，绿玉般的秋苗，水映天空，细波粼粼，小小绿秧一株株欣然飘动，闪亮的绿令人心生喜悦。

谷雨前后是农作物播种的繁忙时期。丰沛的雨水对水稻栽插生长有利，风调雨顺才有五谷丰登。但南方的暮春像急着要进入夏季，雨水慵懒，下一阵又昏沉着，停歇几日。于是，耕作者趁这时节用无人机施肥喷药，防旱防湿防病虫害。

立秋后，再次来到大吉沙。此时，美人蕉开得正欢，荷花似乎尽兴了，荷叶载着秋光，慵懒地，睡得正香，芦花、蒲公英私语秋的到来。风一吹，橙色的风速仪，像风车一样旋转，镜片反着光，如一道道亮光划过灰铅色的开场幕。

站在田埂间，见收割机"突突突"地张开了犀牛般的大牙，一边往前开一边将成熟的稻穗嚼进肚子里，稻谷被收藏，稻草被抛在田地上，稻香味儿浓烈……

发表于《羊城晚报》2021年6月8日

入画大吉沙

戊戌年九月末，温秋。坐上船，江色溟蒙，运货的船呜咽，南风吹着裙裾。

岛上偏狭、简陋，握手楼相连。香蕉树、木瓜树瓜果累累，甘蔗根根排成墙，养蜜的蜂箱一个又一个……

拐角长着一棵木瓜树，树干弯曲，粗如蟒藤，缠绕而回。绿出玉色的叶子，在秋风里缓缓地舒展，果子木瓜荟萃成团，叮叮当当拥在树干怀里。

骑行江边，沿途望江之辽远，亦可以想很远。

秀美的芦花，临水而立，身上镀满金橙色，它的秋光，带着迷迷惑惑的沉醉，摇舞在清河里，收割着行人目光。

一株水杉，一半在水里。孤寂着，在苍茫的水上，亭亭玉立。如伊人，在水一方。一只飞离林间的乌鸦，驮着秋晖，凛然搏击，往黄埔大桥疾飞。家禽咯咯咯地在围笆里来回转，鹅拉长脖子哦哦叫着逃命。鸡鹅的相呼声，踏碎了秋光。村人或许捉了它们，供餐游客。

菜园里，浅浅的水渠，小小鱼儿螺儿小虾，欢快游弋。两旁密密麻麻的螃蟹洞里，螃蟹在泥地沙沙爬行。

江边钓鱼者，比肩而立。远处的轮船缓缓而过。

再骑行，近乎干涸的细流，零零碎碎，散落着船只，天空和江面如铅灰色。

不远处的码头，吊机船桅头顶苍穹，皇皇而立。邈远的是繁华喧嚣，安静的是节日闲心。世事沧桑变化，而人心不浮躁的能有几许？

一条狗立在渔船上，安然点缀着这一片宁静。

发表于《创业导报》2018 年 10 月 9 日

幸福花开

夏蝉声声，把晒干的玫瑰花泡入水，叶托舒展，花瓣儿徐出，轻柔娉婷，一片片，在水里轻舞飞扬。

那一年，港湾路两旁的树叶把阳光阻挡，密密匝匝搭出一片林荫盛景。

她来见工时只有19岁，白衬衫、深色西裤、圆头鞋，坐在铁花斑马纹的试鞋沙发上，弯着背叉着腿，像干粗活的男人一样，把两个手肘压在膝盖上，小小的眼睛若有所思。

工资不高，工作时间长。为什么不继续读书？她说，其实读到小学，农村孩子都早早出来打工，哥嫂在市场卖菜，每天天刚亮，就得去市场帮忙。商场开门，正好哥嫂收档了，就来找份工。

细妹上手很快，整理仓库，核对出入数，店务搞得井井有条。她能说会道，眉毛是有点可爱的小八字，眼睛却极有神。因为爱笑，性格爽朗，非常讨人喜欢。试用期一过，我买了套佐丹奴给她，红色T恤、牛仔裤，映衬着19岁的美好年华，人立马光鲜亮丽起来。接过衣服，细妹很激动，说这辈子没穿过这么贵的衣服。

在加盟一年某品牌后，公司决定自创品牌。店铺重新装修，熟客越来越多。三楼的店，细妹照看着，人少时，她就练字，说喜欢我的字，一板一眼地模仿，半年下来，竟也笔画圆润，字迹娟秀。

冬去春来，棉絮云把广州的蓝天衬得柔柔软软，黄埔人脱去外套，换上短袖。临街商业氛围越来越浓。虽然三楼生意不错，但市政有新规划，附近也新建了商场，公司买店铺开分店，我盘算着三楼什么时候搬？细妹不同意，抿着嘴直摇头，眼眶红红，说不舍得。两年了，这里有她成长的蜕变与骄傲，不想放弃。我跟她分析前景，劝慰她，像哄妹妹般，安排她做新店长。

细妹信心十足，工作卖力，她为自己的职位而自豪，她笑容温婉亲切、轻柔有力，让熟客们念念不忘。每年春节，都有客人来给她发利是。但她的眉头却越来越紧锁，本来一团温柔的眼睛尽是问号和忧伤。一切归于恋爱。

2004年广州申办亚运会成功，这为市场带来前所未有的商机。大沙地的人穿梭不停，街道上充满兴高采烈的气氛，大家生意兴隆，见面笑呵呵。细妹和男朋友阿祥在附近买了二手楼，物色好日子结婚了。阿祥考到大车驾驶证，工作有着落了。虽然早出晚归，收入时有时无，细妹也不计较，毅然挑起养家责任。

直到有一天，细妹在仓库里哭得稀里哗啦。我推门而进，她抬起头，满脸泪水告诉我，阿祥有外遇，她要离婚。

细妹开始调理身体，也不再像块被揉搓的橡皮泥，任人方圆。争强好胜的本质全部被唤醒，内心的愤怒转化为坚强。这时的阿祥倒是勤快，每天开着货柜车在城市与城市间奔波，赚的钱悉数交给细妹。他不想离婚。

再见细妹时，她已是两个孩子的全职妈妈。她幸福地告诉我，我的店就是社会大学，她在这里学习成长，见识不同的人生，收获书本里没有的知识，更愿意叫我古老师。我笑笑，给她续了杯茶。

这时，玫瑰花全力盛开，花瓣儿已褪去华美，由浓转淡。花的香馥，温在水里，呷一口，更馨香悠远。

发表于《创业导报》2018年8月16日

大沙地的糖水铺

每次远方的朋友们来探望我，我必带她们逛逛大沙地。

大沙地是黄埔区的商业旺地。不仅是购物的天堂，也是吃货的好去处。我住在大沙地附近，多年的光阴，让我成功地从不食人间烟火的"仙女"荣升为好吃好喝、珠圆玉润的"师奶"。现在，我跟大沙地的女人一样，讲究煲汤、凉茶、糖水、姜醋……我们从"潮楼"逛到"盛景"，再逛到"新天地""时尚坊"等。商家的"收钱吧到账"响个不停，客人的高跟鞋踩烂了也不嫌累。

在这里，你可以品尝美食，且不说各种肠粉点心蒸得荡气回肠，也不必说各式牛杂煲得滋滋跳跃、勾魂摄魄。单说那甜品，就让人欲罢不能，完全失去减肥的动力。岭南的天气炎热，需要解暑。此时，若有一碗清凉的糖水泛着粒粒珍珠、芋圆、西米，再铺上一层鲜黄甜嫩的芒果粒，人们总是不管三七二十一，先吃为敬。

这里还有广式茶楼、客家擂茶馆、腌面档、潮州鱼蛋粉摊、顺德饭馆，等等。大沙地不仅有最地道的大排档、传统的老字号，还有跟其他外来美食完美融合的美食餐厅。

大沙地改造后，面貌焕然一新。人行道护栏井然有序，每隔三五步，就见到挂篮的鲜花饰景观，喜庆又有生机，逛起来更是神清气爽。

周末，我又来到地铁口的糖水铺。说来，这家糖水铺也算是老店了，几经易主，能维持至今，全靠大沙地的繁华。

我所知道的第一任老板娘是一对母女。那年，我刚来黄埔，特别喜欢来这里喝一碗双皮奶、冰糖雪耳莲子之类的甜品，犒劳辛苦打拼的自己。当年这家糖水铺生意做得真好，装修具有岭南特色，环境整洁，碗筷漂亮，服务员热情，名气也响。老黄埔人大多品尝过她家的糖水。闲来无事，在大沙地逛逛，再到她家喝一碗清润下火的广式糖水，成了美好生活的标配。

这家糖水铺名声大噪后，也正是可以扩张的时候，不知为何，摊铺易主了。

第二任老板是两位外地女人，讲的"白话"不咸不淡，但并不影响生意。她们用心经营，用料十足，价格虽然调高，但食客众多。经营了一年多，再次易主。

第三任老板是一对老实巴交的外地夫妻，一看就不是做生意的料，老实人不欺诈，但也没什么长远目标。没多久，附近地铁施工，糖水铺被围蔽。老实人也没在附近找个店铺继续经营。糖水铺就这样消失了几年。

地铁开通后，糖水铺以革新换代的形象成了加盟店。新老板一看就是有想法的人，他想做大做强，走高端路线。

此时，外卖风兴起，在APP上下单的顾客越来越多。但我依旧喜欢逛大沙地，在糖水铺找张桌子坐下来，有时陪着外地朋友，在青花碗里感受姜汁与牛奶碰撞出来的自然凝固的惊喜。我希望把岭南美食作为一张广州名片分享给外地朋友。我愿意来，单纯因为这里是大沙地。

大沙地，承载了太多老黄埔人、新黄埔人的情感和记忆。

而今，这家老店依旧存在。我惊觉，我在大沙地这家糖水铺，尝过了历任老板的手艺。我尝过它的繁华，尝过它的平凡，也尝过它的无奈，如今又迎来了一位新的店主，这店主是否能持之以恒地经营，对我来说更是期待。

　　只要是黄埔的美食，就有存在的理由，就总有人百吃不厌。

　　由此，我是离不开大沙地了。

发表于《羊城晚报》2022 年 4 月 7 日

迳下村的醋浸鸡

秋，卷着浓厚云朵，含韵于湛蓝天空。此时，爱美的女子们穿上诗意的衣裙，在迳下的美景里张开怀抱，在火车餐吧优雅地切着牛扒，定能陶醉秋色。这边想着，马上约上圈中知友四五人，驱车前往中新知识城。

到达龙湖街迳下，正是午间。如今的迳下，入村道是平整的石砖路，左边黛瓦白墙，党建小筑。右边天高云美，童话般的火车餐吧在辽阔的麦浪中，尤显气质。

英子是迳下村人，远远就见到她的笑容，走近一看，果然英姿飒爽，笑容甜甜的。

她问我怕不怕酸馊味，如果不怕，提议我们去农庄吃醋浸鸡。我一想到那阵味道，就皱起眉头，可尚未说不，已被一帮美女推着去"进补"了。

走进农家小院，醋风悄然而来，细细闻，果然有一股酸馊的怪味。这就是闻名遐迩的"臭屁醋"。村民一般会放大头菜来增加酸度，吃完后，通体舒泰，容易放屁，故谓之"臭屁醋"。

吃"臭屁醋"在珠三角已有约两千年历史。岭南气候湿热，旧时妇女劳作疲劳，长期把"臭屁醋"作为消暑饮料，不仅健脾开胃，消解暑气，也可通血管，祛风散湿。不同的是，旧时用香蕉皮、冬瓜皮、锅巴酿造，现在的农家用粘米、糯米及山泉水酿造。她们把纯米和水放入大醋坛，充分搅拌，两种米均匀融合，完全吸收水分后，再把水注满，醋坛封盖，隔绝空气，放到阳光照射的地方。一百天后，一坛"臭屁醋"就酿成了。

英子热情地邀我们入座，桌上备好矮煲，盛着客家人自酿的米醋汤，里头有大头酸菜、姜丝蛋皮等，碟上装满剁好的鸡、墨鱼丸、猪脚，等等。

炉火闪烁，英子往我碗里勺了碗热汤。吹吹气，喝一口，醋劲儿却丝毫不臭，酸香舒坦，润嫩柔滑。随着醋香味持续在味蕾中打转，浑身细胞犹如绽开了微笑，胃竟然也在赞美。

我忘了刚才的犹豫，这酸馊味一点也不影响美食！醋汤酣浓，令人回味。难怪"北有臭豆腐，南有臭屁醋"。

看上去简单的醋浸鸡，做起来却颇有讲究，我向英子讨教，才知道：在迳下，有一种美食，叫作扇鸡。经过阉割的公鸡就成了扇鸡，阉割过的鸡没有之前的雄赳赳、气昂昂，性情一收敛，还会帮母鸡照顾小鸡，且运动一少，自然吃得也少，长得也更快些。阉割过的鸡，肉质比公鸡更为嫩而肥美，口感更有嚼劲。此道"醋浸鸡"，选用的就是当地农家自养的大扇鸡。说着，英子往老火汤里陆续加入猪脚、扇鸡块等。少顷，众人舌尖均被掳获，只听得埋头的窸窣声，接着品味之，又添之。

喝完汤，英子又往我碗里夹了一块鸡肉。我咬了口鸡肉，鸡肉依然细嫩，酸味也依旧，两不相扰，嫩不夺酸，酸也不侵嫩。它们独自清晰，口感饱满。我抬起头，望着眼前的英子，我忽然想，这优美的村庄，还保有自然的生态，还保有传统地道的岭南醋浸鸡，这比起随处可吃到的牛扒，更值得回味。

南岗粽

食物之美，在于参差多态。我成长在泉州，是听着台湾歌"烧肉粽，卖烧肉粽"长大的。烧肉粽是我满满的乡愁，融贯着绵绵长长的食物回忆。但是，毕业后在广州这么大的城市生活了四分之一世纪，每天被眼花缭乱的美食诱惑，胃率先背叛了我的记忆，"烧肉粽"成为了一种乡愁式的存在，我不再继续依赖儿时的味道，已然代替的是五花八门的粤味。

南岗粽是其中之一。

深春，淡黄的花开遍荔枝林，随着浅绿的果实青涩探出头，荔枝在端午节逐渐莹透。讲究吃、有闲又有荔枝林的南叔砍下少许荔枝木为煮粽子做准备。

南岗人包粽子，咸水粽是有豆沙馅的。咸肉粽更是一早备好里馅：橙红的咸蛋黄，五香粉腌过的肥肥晃晃的肉，提前泡好的绿豆、花生、栗子、香菇、瑶柱，等等。包的粽子，有甜有咸，没忙活三两天，真不叫南岗粽。

一个大煲立在村边某角落，有半人高。几块大砖头一垒，荔枝柴一架，大煲一放，火扑腾腾冒起，村头开始弥漫端午气息了。大家知道闲不住的南叔阿嫂又煲粽子了。粽子的香味在荔枝柴火里闷六七个小时，南叔阿嫂的亲友团，会掐准时间来到，这时的粽子最香最好吃了。

南岗粽是我的心头好。在黄埔生活越久，就越觉得"吃"才是生活的本色，是味蕾的美好享受。吃货才不会局限于食材的单一做法，枯燥地表达对食物的深刻感情，更不会长年累月偏爱根深蒂固的童年回味。食物因为有地域的不同而更加丰富，尝试食材的另一种吃法，胃口更为朵颐，味蕾更为雀跃。入乡随俗，融入当地的饮食，日子才不至于过分寡淡。

我久居黄埔，偶尔也受亲友影响煲一小锅南岗粽放冰箱速冻，时不时提几个出来加热，解决伙食也解嘴馋。

这天，女儿说想学包粽子，见她有此雅兴，我给她准备材料，教她提前泡好绿豆和糯米，手把手示范。她从刚开始抓狂发脾气，握不稳绑不紧，到最后哼着歌儿包粽，"一条大路通呀通我家，我家就在那梁山上……山下土匪……"见她越包越唱越乐，我发了朋友圈，用九宫格照片透露在家包粽子。顿时，潜水的好友纷纷冒泡，嘴馋的表情包、评论点赞逗趣成排，其规模犹如重建了一栋黄橙色的口水高楼。我统一回复，大约九点半煲好，要吃的上来拿。马上有邻居毫不客气地发出 OK 的手势。

九点半，我用保鲜袋分装好，走到电梯口静候，忽听楼梯有"啪—啪—啪"的拖鞋声，好像是三步做两步快速爬楼梯的响声，回头一看，果然是楼下"大长腿"帅爸被老婆吩咐上来拿粽子。他幽默地说，等不及电梯了，怕不够分。我笑问，就这粽子，值得着急吗？

回到家，两个孩子早迫不及待打开粽叶，坐在餐桌边，黄黄的咸水粽蘸着砂糖，女儿吃得津津有味，弟弟嘴角黏着豆沙馅，脸儿抹着美味的咸水汁，嘴里嚅动着软软糯糯的粽子香，眯笑着眼望着我。看着这一幕，我不自觉吞了下口水，在夜色弥漫里，默默坐在餐桌前，剥开箬叶。

由此看来，粽子其实是媒介，它传递着人与人之间的情谊，本地人不可能买不到南岗粽，南叔阿嫂也无所谓包粽子花费的时间与精力，只是因为，最好的味道总是喜欢你的人给予的。

花样人生

爱花，可能是大多数女子的诗意风情。摆弄四时之花，是悦己悦人的过程。在闽南的时候，我就对"插花"非常感兴趣，常在书桌摆上几支时鲜素卉，或帮朋友定瓶插花，来个姹紫嫣红。

1995年，我来到黄埔。那时，北京路有一家很出名的花店，我逛过一次便念念不忘，我渴望拥有一家像它那样的店，坐在花海里，美不胜收。我越想越来劲，干脆报名学插花。插花培训班在文德路，我住茅岗，坐中巴到环市路也要两小时。公司五点下班，我担心赶不及七点半的课，就饿着肚子出发。晚上下课，再辗转到环市东，顺便买个面包，赶回黄埔。

整整三个月，下班奔波上课，来回四个小时，经常饿得饥肠辘辘，终于把插花的基本知识掌握了。我又利用周日跑了不少批发市场，摸清楚花店的进货渠道。

第二年，我如愿以偿，在大沙地拥有了自己的花店。那时，大沙地还不是繁华的商业街，街上阳光像隔着一层灰，偶尔几棵树也是蒙着尘。

刚开始，劳累辛苦。芳村花卉批发是在深夜，拿货得半夜从黄埔包车过去。挑好货，回到黄埔天刚晓，又得赶紧修剪花，准备开市。花店刚开，生意也不景气，有时要到晚上九点才会"发市"。那段时间，为"发市"熬到十一点才收工是常有的事。

为了支持我的花店，发小给我寄了一批出口样板，有的是木制的工艺盒，有的是树脂花瓶，用来插干花再合适不过了。我拿了些干花货回来搭配，用心地设计"作品"。比如，一高一低的两只天堂鸟，背后用铁树叶弯起来，再用细丝铁线绑住，做成抽象的翅膀背景，前面放几朵小菊花，再填充些干绿草。诸如此类的花艺作品，一盆盆摆在梯形木板上，甚是吸引过路人驻足。没有拘泥传统造型，创意又特别，花店的声誉渐渐传出去，我也成功转型销售干花，不用再熬夜侍弄鲜花了。

很快，我又利用花课资源找到一手干花供货厂。拿来散装香薰花，自己做香包，用齿剪剪进口和纸，用皱纸做蝴蝶结，用胶枪封粘，只留漂亮的齿边。一包包又粉又紫又有各种香味，薰衣草、玫瑰、紫罗兰……令人爱不释手。有时候，有了灵感，我把陶罐打烂、贴在麻布上，裱在原木上，再贴干花，成为干花画。有时，把干花粘在草帽上，实用又美丽。随着人们生活水平的不断提高，对家居装饰也越来越注重，创意花店也吸引了不少喜欢时尚、追逐个性的人，花店生意逐渐红火。

后来，我又让花儿开放在更多地方，从"桌上一直有花"到处处一直有花，开在包包上，开在鞋子上……幸福像花儿一样，生活何尝不是像花儿一样，拼命绽放，不留遗憾。

2020 年 5 月 29 日于广州黄埔

龙舟夺标

己亥年五月初六的黄埔，艳阳刺亮，粲然如火。正值午后二时许，暑气凝重。带着姐弟俩，走到下沙村观看龙舟赛。经过天桥，中国红的充气拱门横贯村口，上书"2019年黄埔区黄埔街下沙社区第一届龙标邀请赛"，黄色字体相当醒目。

下沙池塘是我走去大沙地上班的必经之地，每当经过，总会见到一只孤零零的舟，剥了漆的，久经风雨洗礼的，我偶尔驻足，为它带来的盛事留下剪影。

住久了黄埔，便知道这是下沙的"龙舟仔"。岭南水乡自古有赛龙舟的民俗，龙舟赛结束，龙舟沉到底，美其名曰"龙舟入水"。每年四月初四，村中的青壮们把它捞起，即"龙舟出水"，龙舟出水后，会被刷上桐灰油，重新装扮一番。也就是现在看到的，池塘上色彩各异，花纹古典的龙舟。下沙的龙舟略为简单，窄而长，也就八对桡子的长。调整方向的"舵"由舵手握着，不像有的龙船，它的"舵"是固定在船尾的。下沙的龙舟没有"锣"，"鼓"是有的，正好在舟中间，打鼓的人站着，吹着口哨，边打鼓助威，边呐喊着，是为舟上的核心人物。甚至，它们的头尾是一样的。问村里的阿伯，为何这些龙舟没有龙头？阿伯解释道，这样的船叫"龙舟仔"，是"龙船"的崽，"龙船"有龙头，在江上斗速，"龙舟仔"没有龙头，在池塘竞速。

挤进人堆里，炎热威压也阻挡不了人群观战的决心。池塘边人山人海，岸边彩旗飘飘，一把把遮阳伞整齐有序地汇成一股蓝色的清凉，为观战的人们带来少许凉意。舞台上载歌载舞，但挤在一起的人们是无暇顾及演出的，看点都在龙船上。

文冲、石溪等四条龙标就绪。随着鞭炮突然炸响，持舵者松开"浮识"，舟上鼓声大作，震耳欲聋，村壮们开始奋臂划桨，鼓声越来越响，节奏也越来越紧张，划手们"嘿呦嘿呦"往前举桡……龙舟随即溅起一团团水花，江面上沸腾不已。看得人血脉膨胀，激情四射。高呼的号子声、加油喝彩声，伴着划手们齐齐举桡，奋力向前。鼓手全神贯注地统率着船队，吹着口哨，敲着大鼓，声音彻响云霄……划手们奋力划桨，掌舵者把稳方向。船头的壮男靠近旗帜了，谨慎寻近拿过旗，返航！划手们迅速转身，船头换船尾，继续前行。哪队先到达"浮识"，则获胜。一个下午，村队们来来回回，令观者激动不已。

从岸上望过，忽觉船里船外、村里村外尽是历史的仙源地。这力争上游又和睦相处的光景，令人为之赞叹。村民与村民相对言笑，凭栏共眺，犹如风景之美不在于其中而在于其外，乡村的和谐让人感兴无限。借着龙舟赛，岭南的兄弟老表们举村欢腾，赛完龙舟，连围观的人都可以一起吃龙舟饭，同姓亲属是兄弟，异姓亲属是老表。放眼望去，十里八乡都是亲戚。祈愿这样的往来团结、温暖，是岭南乡村年年好世界的缘由。

2019 年 6 月 8 日于广州黄埔

年味之美

广州的冬天尚未吹够北风，立春就来了。东风熏梅染柳，春花盛放没些闲。倘若深入这座摩登都市里的市井生活，你会发现，没有一成不变的传统，习俗逐年演化，保守与新晋，相互导演着这座日新月异的城市。

腊月一到，微信的小程序提醒积分即将过期，可忙起来又常忘了星期几，每周与好礼失之交臂，甚是心疼。临近年关，干脆校好闹钟，提前五分钟进入兑换小程序，果然超级拥堵，鼠标转了许久，还在点击的页面里旋转，以为登录不成功，扫兴退出。短信突然滴滴滴，啊哈！积分已扣，成功兑到心仪牌子的口红。再者，兑换迷彩口罩，可惜限量。那就兑换活动吧，一大波贺喜活动倒也让人欣喜。

借此年节场景，兑了在布满鲜花的喜庆空间，做一回木艺工匠活动。运用传统的榫卯工艺，制作岭南窗花杯垫。于是，和儿子认真听木艺师讲解，披上牛仔围裙，戴上手套，用心打磨每一颗零件，学习在严丝合缝中尽求完美。在传统的榫卯工艺里，摸索民俗手艺的美学，终于用两款木材，拼出独特精美的岭南窗花杯垫，刷上清漆，激光镌刻新年祈愿——"掂"。

平日里消费的积分，在年关是兑换礼品的媒介，所换礼物是丰盛又有年味的。这样的年味，是充满文化商业氛围的年味。

而黄埔的亲友们，陆续在朋友圈，晒自己制作的蛋散糖环煎堆，也有的亲友打起鱼包。

有一年冬天，和一帮朋友驱车从深圳游玩回来，黄昏时，途经南岗，一兄弟提议，不如打煲鱼锅再回家。于是，一伙人在一家简陋的大排档里，津津有味、热气腾腾地打捞各种以鲮鱼为主要食材的火锅。我初尝鲮鱼的美味，自此迷上鱼锅，年年不忘。

秋冬的鲮鱼是最肥美的。随着年味渐浓，本地村民自做美食的情绪也高涨起来，他们不仅炸尖堆打炒米饼，南岗的朋友知道我好吃鱼包，便招呼我去她家打新鲜鱼锅。

我一大早兴致昂扬赶到，阿俊嫂已备好鲮鱼，她劏鱼、刮鱼鳞、剔鱼骨。在刮青前，阿俊哥先将鱼肉中最滑的部分轻刮，装进不锈钢盆里，又反复搓打、延展至韧，待弹性足了，再均匀地用力压成贝壳纸一样的透明薄片，最后用刀割成一片片三角状，准备用来包鱼包。阿俊嫂用剩下的鱼肉刮青、挞胶做成鱼肉泥。鱼肉泥加上腊肠碎、冬菇瘦肉泥成了馅。再用阿俊哥做好的鱼皮包起，这就是鱼包了。倘若用清汤锅，只消几片姜，备好蒜蓉酱油等蘸料，就可吃出鱼包的鲜味。剩下的鱼肉泥，阿俊哥又刮出一盆，反复捶打，直到渐渐起了粉色。他抓一团鱼肉泥握在左手心，突然，一粒鱼蛋从拳头间灵活地冒出，阿俊哥随之用匙羹刮了出来，Q弹可口的鱼蛋就这样一粒粒调皮地冒出拳头，被放入水里，又漂浮在水面，仿佛浑身上下带着气泡，欲淘气地弹出。

鱼肉泥在朋友的巧手里逐渐成为鱼包、鱼蛋、鱼滑、鱼丝面。我无比佩服，就一篓相同的鲮鱼，却变成几道不同的鲮鱼宴，都是令我百吃不厌的鱼食。此刻，我犹如一只猫，尝尽鱼间美食，祈愿年年有鱼（余）。

这样的年味，有着浓厚的地方特色，也成为我念念不忘的美食情结。

而当我离开阿俊嫂家，经过社区文化中心，见到简易蓝色篷里，人们正挥毫写福、赠春联，火红的春联点燃人们红红火火的生活，激发对未来向往的激情。

回到家附近，我意犹未尽走进一家花店。花店人头攒动，广州人喜欢买花扮靓屋，通过花的含义祈求来年的平安喜乐。我挑起吉祥的花卉，在红色的银柳里搭上金色的尤加利、红果、金团，以及贺岁的心愿吊牌。此时，街头灯笼一串串亮起，伴着店铺内买花的人，飘香的年味溢满心间。走在回家的路上，一路传来商场喜庆的歌声，一个个金灿灿的朱砂橘或金橘等，寓意着大吉大利；一棵棵桃花悬挂着利是，为商店纳吉迎福；而歌声，无论是Kenny 《Going home》的清亮悠扬，还是林子祥《财神到》的激情歌唱，也无不传播着喜庆祥和的年味。

2021 年 2 月 9 日于广州黄埔

春近茅岗

开车经过茅岗，崭新的住宅楼拔地而起，醒目的"茅岗喜迎回迁""欢迎街坊回家"的标语喜气洋洋。又一幢气派恢宏的大楼下，一间间新商铺装修得耀眼无比。忽然，"闽南"二字掠过我眼前，莫非有间家乡的美食店开在此处？我好奇地掉转车头，果然见到一排商铺间，有一家闽南牛肉羹。我在广州二十多年，第一次见到正宗的泉州小吃，它恰巧择址在偏僻的茅岗。

品尝着家乡的味道，听着老板娘讲述附近建材市场的兴旺。我与茅岗的缘分，徐徐展开。

距离小吃店不远处是茅岗道口，两棵木棉树依旧矗立。道口旁是一家新宾馆，它曾是服装厂，屡次旧貌换新颜，几经周转，才成为现在的模样。而我那些服装厂的同事，已各奔东西。

刚到茅岗时，桃李年华。那时，茅岗虽属荒村野外，却因交通较为便利，是合资企业、贸易公司和三来一补加工厂入驻的佳地。这里靠近黄埔港，货船装卸，有些用火车道输出。茅岗站是黄埔线三公里半的其中一个道口，轨枕、一度停车、指示桩、行车重地的标志彰显着它作为货物分流重地的身份。

茅岗道口旁有一栋高大陈旧的厂房，我曾在此工作，度过一小段青春时光。那时，工厂里的员工大都以厂为家，食宿居于厂内。白日里，路上行人稀少，货车驶进驶出，报关人员匆匆忙忙。夜晚，行道漆黑，老旧昏暗的独家士多店内，三两主管级的打工者坐在一起，喝着啤酒，剥着花生，南腔北调地搭着话。铁道上，伴着嘈杂的声响，运货火车隆隆驶过，我的宿舍楼正好在轨道边。

　　我的青春五颜六色，那是渴望自我实现的年代。当时的我只是一家港资制衣公司的人事助理，每天管理内务，给工人们办理手续，统计数据，协调纠纷。工作了无生趣，却因年轻、怀有梦想而尽职尽责，也因体形瘦高，偶尔客串制衣厂里的时装模特。

　　隆冬季节，正是设计师着手夏款设计的时候。曾抖抖索索地试穿新版，一件件凉薄的雪纺连衣裙，经由更衣室飘到会议室，展示、转圈，香港设计师们斟酌修改，是否袖子太短、是否裙长不够，等等。寒冷的冬日，穿着夏裙晃悠半天，回到宿舍，头疼欲裂，喷嚏不断，开始发冷发烧。有时脆弱，也眼泪清清，想自己也是父母的宝贝，也曾衣来伸手饭来张口，哪里需要跑来偏僻的乡间，赚取微薄的银两，嚼着创业的苦？听着窗下火车鸣笛，生病却睡不着，半夜，火车照样疯狂地怒吼。

　　每天被道口的长鸣扰得无可奈何，失眠想着家乡公主房的温暖。清晨，擦掉眼泪，继续认真地工作。

　　此时，我站回原地。春日里，木棉花鲜亮地点燃春空，铁道依旧，新建筑井然有序。立在木棉树下，放眼望去，中华灯威武，马路开阔；环顾四周，路标醒目，花团锦簇，绿草如茵。熟悉的木棉花，炫耀的红仿佛驱散着过往，我的心间敞亮起来。我第一次静心地欣赏起当初不正眼瞧的花儿，透过树梢间的花瓣，仿佛看见窗口站立着那个倔强的姑娘。木棉红映衬着灰的枯树，打着艳红的朵，陪伴着她走过的路。木棉朵伴着果子簇立春空，或长出木棉絮，云朵般的白棉安然地依在树杈间，苦尽甘来的果子享受着春日暖意。人生路途，吃苦耐劳，斗转星移，收获良多。如今，那大部分的木棉花，翕动着片片红瓣，像着了魔似的，燃烧着，犹似饱满的进取心和自我幽闭之间，蕴含的美好人生。

2021 年 3 月 10 日于广州黄埔

天籁之音响洋田

——市级非遗项目客家山歌黄埔传承掠影

山歌一曲唱满乡，

满乡山高水也长。

奇山秀水美名远，

最美黄埔胜天堂。

又到了"醉春烟"的时节，孩子们寻思到郊外踏青，我想起黄埔区新龙镇的客家风情，那里有清代迁徙而来的客家人，至今仍保留着动听的客家山歌，还有诸多地道的客家美食。我决定带孩子们去一探究竟。

车开到新龙镇，雨住了。正午的阳光，洒满大地。

新龙镇洋田广场，是民俗文化爱好者演练节目的场所。湛蓝明亮的人行步道适合徒步。广场周边新老房子的彩绘墙上，农耕文化与现代文明交相辉映。瞻仰了佛子庄革命烈士纪念碑，逛了美荔公园，寻思来个竹筒饭。突然，天籁般的山歌从春日的田埂上传来，直教人循声而望。

只见一窈窕妇人，身着亮蓝大花长袍，一手握艾草，一手持小割刀，唱唱停停，那音调时而高扬绵长，时而平稳流畅。唱到颤音之处，手舞之；滑音处，割一把小艾草；倚音时，婀娜身姿伴着手上的兰花指。掠过田间的绿意葱茏，我仿佛看见一场春色萌动的大地飞歌，像做梦一样。山间自然开阔的音响，田野风的伴奏，电线上鸟雀的伴舞，偶有白鹭飞来，一派诗情画意。旁有一老农妇，银发矍铄，肩担锄头，笑盈盈望着，随后也情不自禁跟着哼起来。年轻妇人的嗓音一如既往的清脆嘹亮，满山遍野都是她的歌。

她就是我要寻访的市级非遗项目客家山歌的传承人——郭雅桃。郭老师热情邀我到庭院喝茶。小路对面，簇簇新叶、繁花掩映着山歌爱好者的庭院。

宽大的活动中心，墙上挂着黄埔客家山歌协会多年来荣获的奖牌和演出照片，演出的服饰道具更是琳琅满目，浓郁的客家山歌气息扑面而来。

客家山歌是中国民歌体裁里山歌类的一种，是客家人抒发情怀的特有表现形式，被誉为有《诗经》遗风的天籁之音。自唐代始，已有一千多年的历史，它继承了《诗经》的传统风格，受到唐诗律绝和竹枝词的影响，同时又吸取了南方各地民歌的优秀成分，千百年来，广泛流传，经久不衰。

客家山歌用客家方言演唱，流行于广东的梅州、兴宁、紫金，福建的上杭、宁化、清流、永定，江西的兴国、瑞金、永新等地，以及台湾的桃园、新竹、苗栗等客家人聚居的地方。客家山歌的内容广泛，语言朴素生动，歌词善用比兴，韵脚齐整。

有客家人的地方就有客家山歌。我向郭老师打听，黄埔区的"客家村"在哪里。郭老师笑语盈盈："就在你脚下的这个洋田村呀！"我恍然大悟，怪不得洋田村人如此热爱客家山歌。据《白石岗廖氏族谱》介绍，廖姓祖先在康熙年间由紫金县迁入现在的黄埔区白石岗村。黄埔客家人主要分布在萝岗街、永和街、联和街、新龙镇、龙湖街、九佛街等地，其中以联和街、新龙镇最为集中。新龙镇的洋田村，更是被称为"客家村"。黄埔的客家山歌既保留原有节奏自由、音调高扬、声音绵长的特点，又受到黄埔本土风俗、语言等的影响，形成了与众不同的游艺特色。黄埔客家山歌讲究章句结构、音调韵律，尤其讲究歌词的修辞手法：它的修辞手法前承《诗经》的赋、比、兴，后续南宋民歌的比喻、双关，糅合了客家语言中的谐音、歇后语，这些造就了今日黄埔客家山歌独有的艺术风格。

为了让我们充分感受黄埔客家山歌大胆创新的勇气和魄力，郭老师安排同门师弟师妹，用当下最时尚的方式演绎传统的黄埔客家山歌。

一个阳光帅气的小伙子，正陶醉在轻摇滚RAP（说唱）里，打起响指，踢踏步，快速念诵，一连串押韵的词句随口而出："我能给你带来一场听觉视觉盛宴，当初我选择星海才能得以实现，数不清的赞美留在心里和脑海里，永远不变的星海RAP，最美丽，嗨！成为梦想的自己，即使前路万里也别轻言放弃，中国的梦，我的梦，它是星海人的，梦带我们的人生从此走向巅峰。天苍苍，野茫茫，天是星海人最强，星海人来告诉我们永不言败。COME ON，COME ON，COME ON，COME ON……"

连续四个"COME ON"充满对女队的挑衅。

"哼，上！"一众女子毫不退缩。

一妙龄女子，被姊妹们轻轻推了出来，她不屑地扫了一眼帅哥，一声悠扬、底气十足的"哎呀勒"穿越花园，在院子里回荡。紧接着，一段对唱响起："永不言败唱赞歌（呀嗨），讲唱山歌我也多（喔）嗨，拿出两箩筐和你斗，嗨——星海斗到珠江河，哦——嘿——"她右手朝姊妹们一挥，姊妹们随即附和："哦——嘿——"

帅哥输得心服口服，只见他继续用RAP回道："听见客家山歌我觉得音乐没有国界，音乐没有国界没有界限就在现在，现在大家一起来享受音乐，直至世界心中海枯石烂都不变，YOYO YO

HEI。"

RAP说唱与客家山歌的对唱，不拘泥传统形式，仿佛在宣读一份与时俱进的宣言。如今的山歌可田园诗意，可登大雅之堂，更可实现艺术碰撞。客家山歌与时俱进的包容创新，带给我们十足的新鲜感。

一直以来，我以为客家山歌只有上了年纪的人才唱，然而真是如此吗？优雅的郭老师微笑着为我们释疑解惑："客家山歌授徒传艺已走进校园。黄埔东区中学、九龙四小每周都开设了客家山歌音乐课，客家山歌分会积极参与其中。音乐节上，师生同台表演过《田园风采》《茶山欢歌》《山歌唱出客家情》；小学生表演的客家童谣《月光秀才郎》《高高兴兴上学堂》也深受观众喜爱和赞赏。"

我举茗而品，由衷赞叹。这时，郭老师拿来相册，一张张翻阅、介绍，使我对欣欣向荣的黄埔客家山歌发展现状有了更深的了解。现在，广州市民间文化（客家山歌）传承基地设在黄埔区新龙镇。新龙镇的洋田村积极探索民俗文化的传承模式，一是大手笔兴建文化广场，让民俗文化爱好者有演练场所；二是大力支持队伍组建，组成了人员充足、装备齐全的客家山歌队，经常进行排练；三是重视民俗文化的薪火相传，把客家山歌引进校园，让民俗文化在新生代身上继续传承。

遥想当年，客家人在偏僻的山间为壮胆而唱。他们在上山劳作之时，希望借助山歌来了解附近有无客家人；农闲时，则以山歌对唱为娱乐。抗战时，黄埔客家山歌则成为鼓舞黄埔人民打胜仗的精神武器。如今被列入广州市级非遗名录的黄埔客家山歌，已步入课堂，后继有人，更成为群众文化活动的保留节目，而且经常参赛，频频获奖，一片繁荣。洋田之行，我们感受到天籁之

音的绵绵不绝，对执着传承客家山歌的郭雅桃们，更增添了一份
深深的敬意。

本文选入由广州出版社出版的《黄埔民俗文化揽萃》

晶莹珠光绣浮雕

——区级非遗项目珠绣掠影

　　朋友发了一张关于竹子的珠绣作品照片给我，提示我清新俊逸的竹叶里巧妙地藏着一首诗——"不谢东君意，丹青独立名。莫嫌孤叶淡，终久不凋零。"这可是三国时关羽拜别曹操，奔刘备而去时的题画诗《风雨竹》。

　　我细细欣赏这幅名为《诗竹》的珠绣作品，整幅作品全部用四分之一米粒大小的珠子绣成，用了葱绿、草绿、浅绿、黄绿四种绿色，这系列的绿有着相互渗透的力量。竹叶虽不是新鲜滴翠的那种绿，斑驳的色泽却使得叶子显得疏密有致，似有清风拂过，竹叶微动，人一下子就觉得凉快起来。竹竿所用的珠子绿泽最深，像有盈盈的水光，隐约折射出一股苍劲；又好似历史人物的气节悠荡开来，让人仿佛看见关羽对刘备的忠心不改。竹象征刚直不阿的气节，在中国传统文化中，竹子也被赋予精诚团结、仁义互助的道德理念。整幅作品雅致，线条明快，绣工精湛，栩栩如生。我历来喜欢绣品，更喜欢竹子"劲节有高致，清声无俗喧"的品格。看着看着，不禁心驰神往，希望能欣赏到更多的珠绣佳作。朋友给了我联系方式，建议我抽空直接找作品的主人聊聊。

　　也顾不得天气炎热，我马上约见。保利鱼珠港，一栋栋摩天大楼拔地而起。而江对岸的长洲岛，就像是喧嚣都市中一块静僻的所在。从登上轮渡开始，浮华热闹随即远去。

　　长洲岛有着浓郁的近代史印记，孙中山先生创办的黄埔军校使这里成为令世人瞩目的地方。"一岛历史典故，满目生态风情"是对长洲岛最好的描述。岛上至今仍有大量古民居和手艺人。今天我要拜访的就是一位在长洲上庄土生土长的珠绣传承人——曾月娟。

2015年，娟姐与某电视台记者约在黄埔军校旧址拍摄纪录片。记者问："娟姐，您今后有何打算？"娟姐答道："要做一幅《黄埔军校全图》珠绣作品。"说干就干，娟姐和女儿很快开始设计，并自创灯影法——在玻璃台下面放一支光管，把选好比例的参考画放在玻璃台上，再把杏色的厚缎放上去，慢慢构图，构图完成后再用彩珠着色。为了突出立体感，把握好建筑的明暗关系，珠子选色必须由深及浅，通过珠子颜色的渐变，再加上垫棉、叠绣等多种技法，一粒一粒添加、绣定，作品的灵气和立体效果才会慢慢呈现。

《黄埔军校全图》长达八米，要绣九个知名景点，分别是陆军军官学校、孙中山纪念碑、黄埔军校俱乐部、东征阵亡烈士纪念坊、教思亭、北伐纪念碑、孙中山纪念馆、大坡地炮台、白鹤岗炮台。娟姐担心，如果只有建筑物，画面会过于单调，于是她思考着如何恰当安放建筑物旁的玉兰树、木棉、榕树、松树，就连假山、飞鸟、波浪也要布局得宜。当然，娟姐并没有着急完成，一方面要保证作品质量；另一方面，绣作本身也是一种精神寄托，她很享受这个静心的快乐过程。

珠绣起源于唐朝，鼎盛于明清时期。古时徽州的刺绣誉满天下。徽州刺绣又多为珠绣，是古徽州的一项传统民间工艺，在专用米格布上，经绣工之手，用不同材质、色彩的珠粒，绣制成各样富丽精巧的图案。唐代，中原移民把刺绣带入岭南。而元明时期，随着广州对外贸易的不断发展，民间刺绣技艺逐渐成熟，粤地的刺绣逐渐成为一项重要手工业。清代，外国商人到广绣坊订绣品。

西洋的油画风格和岭南意趣相融合，在粤人的巧思妙手之下，广州的绣品远销海外，誉满世界。

黄埔的珠绣是在广绣基础上发展起来的。相传，明代宰相梁储女儿出嫁，皇帝赏赐一袭金银丝的龙凤褂为礼服，梁储将裙褂带回广东作为女儿嫁衣，龙凤裙褂便在广东流传开来。岭南女子出嫁，也就有了婚礼时穿龙凤裙褂的习俗。黄埔手艺人在裙褂上钉金珠绣，以金银线贯穿珠子、水钻、亮片、管珠等进行单独勾勒或混合针绣，绣品光泽闪耀、色彩鲜艳、立体饱满，似精巧的小型浮雕。

20 世纪 60 年代，长洲岛上人家的妇女及小孩在古老屋（青砖大屋）的"花社"（刺绣社）打花工，以绣手袋、衣服、鞋子上的牡丹、松鹤等简单图案为主，帮补家计。大人绣大花，一行四朵大花，四个月亮，五分钱一行。小孩绣小花，一行四朵小花，四颗星星，绣完能挣三分钱。有的孩子绣完后，帮大人开蚕丝拆股，大人见其乖巧勤快，就会尽量留货给她们绣。这样，有些六七岁小女孩一个月下来也能赚上一元多。花社解散后，想赚钱帮补家计就得去别人家里绣。有的孩子好学，绣完小花趁着大人有点闲暇时间，就赶紧请教如何绣大花，大人也乐意教，小孩再自己反复研究，就能免费学到一门绣艺。那时，女人白天在生产队忙农活，晚上回家挑灯绣作。

长洲的民间手艺人技高一筹，在裙褂珠绣上不断创新，曾月娟首创 3D 立体绣法，通过珠子色彩深浅渐变，加垫珠、垫棉、叠绣等多种针法，赋予裙褂上的珠绣图案更多灵气和更强的立体感。立体珠绣的创新擦亮了珠绣招牌，民间设计的珠绣作品不断获奖。其中，《富贵屏安》荣获第四届广东省民间工艺精品展优秀奖，《珠绣系列》荣获首届中国七夕风情文化节突出贡献作品奖，《奶奶裙褂》荣获粤文杯首届广东民间工艺博览会铜奖。

娟姐并不满足于以花虫鸟兽的珠绣镜框创作，她的建筑珠绣《中国馆》荣获 2011 年广东省乞巧文化之乡个人银牌巧手奖；《波罗全图》是她根据清代嘉庆年间的秀才崔弼编撰的《波罗外纪》创作的，呈现了从鱼珠码头到南海神庙、莲花山、虎门珠江出海口的全貌。《波罗全图》《黄埔军校正门》《奶奶裙褂》三幅作品已被广东省民间工艺博览会收藏。娟姐绣的裙褂、旗袍、软裱织锦、镜框等珠绣作品，连续三年在南海神庙展示，为当地民间艺术画出浓墨重彩的一笔。

每一件珠画作品背后都有一份预设的期待，这份期待与东方审美体验是相匹配的。优秀的民俗文化是时光给予的嘉奖，如何才能薪火相传，更需要现代人的思考。随着广府文化进校园活动的开展，我们欣喜地看到，珠绣也开始在孩子们中传播开来。在黄埔荔园小学，有 40 个孩子每星期都会上一堂珠绣课。2016 年 7 月、2017 年 7 月，长洲街文化站联合长洲小学，举办了两期珠绣培训班。此外，随着视频教学片《黄埔云学苑》的拍摄完成，2020 年 9 月，珠绣兴趣培训班也在黄埔区东苑小区开设。

本文选入由广州出版社出版的《黄埔民俗文化揽萃》

古祠堂里的唯美诗会

2020 年的最后一天，一场唯美的新年诗会在黄埔盛放。由当代诗人黄礼孩牵引四十多位广州本土诗人，以黄埔香雪为主题，创作了多首梅花诗作。主办方魏微文学工作室又以这批优秀的诗歌文本为基础，在萝岗钟氏大宗祠举办"转喻的梅花：2021 黄埔新年诗会"。

钟氏大宗祠位于黄埔区萝峰村迳子路，是钟氏大宗祠建筑群之首。它始建于明弘治三年（1490），迄今为止，已有五百多年的历史，是萝岗钟姓族人春秋二祭、议事和执行家法族例的主要场所。

从香雪公园大门往左拐，就是宗祠建筑群。池塘对岸，便见到"转喻的梅花：2021 年黄埔新年诗会"的巨型海报。蓝天下，大面积的纯白，仿若安静纯洁的天堂。

走近大宗祠，屋檐下是雕工精巧的虾公梁，左右各两柱，水磨青砖对缝。拾阶而进，头门内，花岗岩石条铺地，两边是通往中堂的走廊。中间有大约阔 10 米、深 14 米的天井，天光云影下，雪白的宴会椅仿若英式仆人，彬彬有礼地候着。中堂正好比天井高了五级台阶，形成一个精巧舞台，背景板依旧以大白为基色，以亚墨绿、酒红为主题色。在左角，摆置着一架白色的三角钢琴。

趁着诗会未开始，我从右边走廊走进中堂，只见钟家大祠堂肃穆静雅。在今日，它依旧散发着文会的气息。青水砖墙，雕花梁架，木雕雀替，古意花窗，仿佛诉说着钟氏严谨治学、守纪为上的家规。欣赏着精致的梁间美绘，充满古旧烙印的木雕，明式几案在寂静古老的屋里，布满岁月沧桑感，却又清雅脱俗。今日，诗会的布展——梅植岭南仿若注入新鲜的血液，是清雅，是歌咏，它们与古老的建筑完美融合，浑然一体。这是美学的气质，它美妙地掠过我的视线，在内心撞击，在思绪里驻扎，甚至在笔头呈现。

诗会分为六章节，使用以梅有关的词语如梅花回响、梅开二度、梅花三弄、踏雪寻梅、梅花灿烂、灼灼其华等命题。"在一间古老的祠堂，摆一架白色钢琴，演奏巴赫的音乐，读一些经典之诗，朋友都来，这是一直以来的想法。"礼孩平静地说着。而广州知名诗人、作家、评论家、艺术家，山高水远，都会来，为美，为艺术，为诗人的思想、品位、魅力，为这个悠久的书香地注入新鲜的文化血脉。

钢琴声轻悠悠传出，电视台主持人、年轻艺术家仲思，端丽优雅地步出，诗会正式开始。《欢乐颂》四重奏，像梅花一样绽放。古老的祠堂里，琴者、舞者，衫均为纯白，唯美主义的画面，予人清心悦目之感，干净利落的美，把生活中的凡尘俗事出落成了诗。诗人中，有的亲自上场，在勃拉姆斯国际钢琴比赛金奖获得者周佳佳的伴奏下，诵读为梅花而写的诗作。有的诗，被现代舞者、歌手、朗诵家以不同的艺术方式演绎。诗意弥漫了这个辞旧迎新的日子，弥漫了梅花初绽的时光，弥漫了这个古老的文会之地。这是一个美好的开始，闲适的设想，梦想成真，我们的居地又被增添了一抹深刻而飘逸的诗情。

梅，清疏，不染俗尘。素雅的花色，一直绵延着中国文人骨子里的审美。诗歌的审美与品位，是精神的奢侈享受，在物质为上的时代，能守住心灵的自由，更显珍贵。以梅暗喻，自有寓情于物的意境美，一枝梅就是一身傲骨。梅是具体的物象，暗喻却是一种内在的诗歌精神。听着南方文学盛典秘书长刘炜茗畅谈"构建梅花与生活的美学关系"，不由感叹，文人雅士借花论道，虽性情中人，却古雅含蓄，淡泊隐逸。诗人构筑的诗意情节，叠合成美学的语言，成为独特的精神设计，美得令人惊叹。

当由礼孩老师作词、卜军作曲的民谣《梅花开吧》伴着吉他声唱起，仿佛梅花柔里带刚的品格在漱洗尘俗。

"为一个地方的一个美物抒写当代诗，这是最高级的文学行为，是行动中的精神设计。诗歌精神设计了一切。这一首首独立的诗歌，就像一朵朵梅花，独自芬芳，独自呼吸，独自洁白，神奇地发出新声。它们一起组成了当代梅花诗歌多元灿烂的意象，抚慰了心灵，赢得了纯洁的时间。"主办方魏微文学工作室如是说。

这场古祠堂里的唯美诗会令人赏心悦目，意犹未尽。东方有风雅避世，西方有唯美浪漫，黄埔诗会将它们有机结合，构建了新年美好仪式，创造着闪闪发光的世界。

2021 年 1 月 4 日于广州黄埔

大吉沙的秋日稻香

再一次登上了大吉沙。这次登岛，是应黄埔区文联、黄埔区文化集团之邀，赴一个特殊的"约会"。"约会"的对象是来试验田进行科研测产的"隆平国际现代农业公园"科研团队的成员：袁隆平院士的博士、助手、湖南杂交水稻研究中心吴朝晖研究员，广东省农科院水稻研究所王丰所长及其助手，以及负责项目管理和实施的葛林美公司董事长蒋宜真父子、黄埔文化集团董事长黎学军等。

走在田埂上，"都市锦田项目"指示牌映入眼帘。金色的稻浪随风摇摆，远处刚插了秧的水田闪着白光。放眼望去，一块巨大的黄蜡石，上书"把中国人的饭碗牢牢端在自己手中"，让人心头为之一震。

大吉沙的过往

大吉沙是块狭长形的绿洲，碧绿是它的底色。临近的黄埔大桥、黄埔港车船，穿梭繁忙。而大吉沙则避世、安静、沉得住气。

大吉沙，珠江水域的一个江心小岛，与长洲岛、黄埔港对望，隶属黄埔街下沙社区，是原下沙村五个自然村之一。大吉沙周边海岸线长 6.02 公里，面积 1500 亩，一度被喻为"世外蕉园"，岛民以植蕉种瓜果、养蜂酿蜜、养家禽、捕鱼捞虾为生，经济收入低，生活贫困。在土著岛民的眼里，住在大吉沙得甘于平淡。

大吉沙似乎与世隔绝，这里无 Wi-Fi，无路亦无桥。渡船，是岛民与外界交往的唯一交通工具。

乌涌码头是黄埔旧港的码头，这里有着昔日的羊城八景之一——"黄埔云樯"。登上渡船，只消10分钟，便抵达生渔州码头。一水之隔，岛内与对岸社区的发展却是天壤之别，岛内连煤气都靠船运进来，一切现代生活似乎与其无关。大吉沙贫困落后，是整个黄埔街集体经济最穷的自然村。

大吉沙没有祠堂，不属于原始村落，村里姓氏不一，村民来自附近的裕丰围、新溪、珠江村、增城、番禺等地。岛上在19世纪60年代，曾有过下沙小学的分校，可惜学生人数少，学校维持不到10年便解散了。2018年台风"山竹"来临，黄埔区政府安排岛上居民撤离，但有的岛民认为台风来时，如果小岛没有人维护，家家户户会被水浸。相比个人安危，他们更担心家园的安全，于是选择坚守。

当我再次走进大吉沙，荷塘旁，美人蕉开得正欢。每一次来，大吉沙的植物总呈现不同的色彩。85岁的老村主任两眼眯起，悠哉悠哉地坐在现代风的景观石上，欣赏着油绿的秧苗。他回忆，20世纪40年代岛上只有20多人居住，东圃和双岗的"老细"雇"工仔"到大吉沙垦荒种地，村主任的"老窦"就是被雇佣的"工仔"。自那之后，一家人就在大吉沙居住下来。而在新建康乐设施边，来回踱步的78岁利婆婆跟村主任一样，也是家人为"揾食"从番禺划小船来到大吉沙，从此定居下来，种甘蔗打鱼，再利用甘蔗和鱼换取其他粮食。也有住裕丰围的阿伯，1949年后分到大吉沙的田地，便从裕丰围搬迁至此。大吉沙原本只是珠江上的一个冲积沙洲，经几代人努力才修建成后来的模样。目前，大吉沙仍有157户，400多户籍居民。女孩子大多嫁到岛外，年轻人也都出去打工。岛上看到的土著都是老人家。一位阿伯告诉我，他们一家四口人，以前四亩地种蕉平均每个月获利1000多元。而江对岸，2018年，广州市人社局发布通知，明确企业职工最低工资标准为2100元／月。真是不问不知道，一问吓一跳，原来，我们居住的繁华都市近旁还有如此贫困的所在。

美丽乡村建设让荒凉的小岛变了模样

穷则变，变则通。扶贫，就在眼皮底下。2017年8月，黄埔区委、区政府成立租赁工作领导小组，对大吉沙的农用地按统一价格应收尽收，给予一次性每亩5.56万的青苗补偿，这个租赁价格提高了岛民的收入。岛民从原来832元／亩／年的租赁价增至5000元／亩／年，比之前价格提高了6倍以上。大吉沙的村民欢欣鼓舞，联名写信给区委周亚伟书记，感谢区委区政府对大吉沙村民的帮扶。

授人以鱼不如授人以渔。大吉沙"都市锦田计划"是区委、区政府打造珠江国际慢岛，实施"乡村振兴战略"，促进区内平衡发展的重要决策部署。旨在落实黄埔区耕地占补任务，提升耕地质量，促进农业竞争力和农民收入双提升。2018年5月，"都市锦田计划"土地综合整治项目正式启动，大吉沙有1128亩土地纳入该项目。整治后的土壤提高了质量，通过省市验收。

2019年，大吉沙被列为美丽乡村振兴重点区域。大吉沙全岛环境在这一年得以迅速改观：清运岛上百吨垃圾，进行污水治理，完善垃圾处理站和排水排污系统，拆除乱搭乱建1600余平方米，清理乱丢放的共享单车，设立自行车驿站，建造公厕，改进码头周边环境。

多年来，岛上是黄泥路，往返两岸的只有一艘公共轮渡，班次少。新增渡船船体大，安全性高，逢半小时一班。原先上下岸的破旧石头台阶，如今装上了平整有栏杆的登船过渡板。码头边，古香古色的亭子，蜿蜒曲折的风雨连廊，青水砖的墙面镶嵌镂空窗，荷田增添雅韵，极具岭南水乡的风情。新修的堤坝与环岛绿道，不再是野草萋萋，乱石堆积。平整的草皮、绿郁葱茏的树木、新装的路灯，无不提示着人们，这里不再是荒凉的孤岛，而是一个充满活力的希望之岛。

环岛容貌的整治，提升了岛民的幸福感。无论是农田租赁价格的提高，还是"都市锦田计划"的实施，对大吉沙岛民来说，都是巨大的福音。利用生态优势，打造都市锦田，盘活土地资源，发展绿色休闲产业，创造就业机会，增加居民收入，岛民已逐步过上了好日子。

引进隆平水稻项目

2017 年，黄埔区委区政府提出"都市锦田计划"，与此同时，香港葛林美集团董事长蒋宜真也提出"粤港澳大湾区田园综合体"概念。葛林美是一家农业科学研究科技公司。蒋宜真希望通过政府搭桥，引入院士团队和优质资本，结合农业、文化、旅游，共同打造集科研、生产、观光为一体的"田园综合体"。葛林美集团深耕农业多年，积累了相当丰富的人脉资源与实践经验，与袁隆平等院士多次合作。蒋宜真近几年一直在珠三角地区寻找合作伙伴。2019 年 11 月，通过黄埔区政协赵同顺副主席的引荐，葛林美集团与黄埔区文化集团洽谈。文化集团作为大吉沙开发的规划管理方，发现葛林美的项目方案与自己不谋而合。

之后，蒋宜真奔赴海南，向袁隆平院士递交项目报告书。袁隆平院士对长洲岛上的黄埔军校一直充满敬意，看到规划图纸上"隆平院士港"的选址就在长洲岛的军校边上，大吉沙的"隆平水稻公园"则和长洲岛隔水相望，他非常高兴。

2019 年 12 月，黄埔区委副书记李雪枝和牟治平常委前往海南三亚拜访袁隆平院士，与"杂交水稻之父"袁隆平见面。雪枝书记介绍了长洲岛的规划，并邀请袁院士领衔在长洲岛打造现代农业的黄埔军校。袁院士听了很兴奋，欣然题下"隆平国际现代农业公园"，并说："我要到黄埔看一看！"海南归来后，李雪枝副书记与国家杂交水稻中心原书记马国辉和华南农业大学罗锡文院士商讨，在大吉沙选址试验田，种植袁隆平系列杂交水稻。

2020年2月，"隆平国际现代农业公园"正式落户大吉沙，这是黄埔区、广州开发区"百大项目庆百年"的重大项目之一。区政府一手抓疫情防控，一手抓春耕备耕。与院士科研团队用"黄埔速度"，平土地、建设施、买机器、备种子、运肥料，水稻公园惊艳亮相。

聊到大吉沙的未来，黄埔文化集团董事长黎学军指着田地的中央自豪地说，这里将立起一座巨幅雕像——"隆平院士稻下乘凉"。大吉沙将被打造成为集农业、旅游、文化观光于一体的现代田园综合体。

作为珠江国际慢岛建设的一个重要组成部分，大吉沙隆平国际现代农业公园将种植优质水稻、开展国家重点农业科研攻关，使之成为粤港澳大湾区农业科研培训、学术交流、大众科普的重要基地。

据悉，大吉沙岛成功种植了早稻两系杂交水稻和新品种三系，采用无人机水稻直播技术，水稻管理采用田间检测喷灌系统，用它补水补肥、采集数据、分析虫情病害，以及确定无人机何时喷药。水稻种植以高端新型液态肥"纽翠绿"有机肥为主，有利于改善土壤结构，增加有机质，提高作物的抗疫性，同时减少有害污染物积累，达到提质增产的效果。

大吉沙，从脏乱、贫困、荒凉的小岛，华丽转身为洁净、美丽、现代都市人的热门打卡地，让人感到由衷的欣慰。

回来的船上，太阳已落山，洲外远方，高楼林立。夕阳余光为大吉沙镀上一层暖调，如同一首舒缓的布鲁斯。放眼望去，江面温和清美，我们一船人，衣衫上落满了大吉沙的稻香，欣然满足。

发表于《香雪》2020 年第 3 期

麦村的诱惑

在黄埔新龙镇南面，麦村的饮食奇迹由来已久。麦村自明代成为客家迁徙地，至今保有独特的客家风情文化，随着广府饮食文化的渗透，这个仅 1000 多人的小村出了 100 多位大厨，是名副其实的厨师之乡。这批遍布国内各地的麦村粤菜师傅，既保留着本村传统的客家美味，留住乡愁，又接纳迎合创新八方美食特色，形成独有的麦村美食风格。随着黄埔"美丽乡村"的建设发展，有的师傅回到村子，开起农庄，做起私房菜。

婷子就在麦村工作，我想不通她放着海珠区的城市美女不做，甘愿跑来城郊做"村姑"？到底是何等魅力吸引她留在麦村呢？

她说，久居大城市，饮食愈渐豪华奢侈，有时却觉得自己愣头愣脑，就连华裳美服，甚至麻雀昆虫，看着也是无精打采，可一旦脱离中心城区，越往城郊走，就越是精神，越是来劲，直到田间地头，胸臆则彻底打开，双目炯炯有神，胃更是欢快得像在唱赞歌。

麦村的空气好，视野辽阔。当婷子带我走进村庄，时值秋末。池水瘦缩，莲蓬仰着头，荷叶依旧挨挤翠绿，仿佛追思流水的行止。桉树使劲高耸着，似乎聆听绿皮火车到站的声音。田园火车餐厅，诱惑着游人往里走，原来每节车厢是一间美食包房。厨人正在灶台碌鹅，准备中午的美食。

村道清蓝，夹径青草，点点串串红灯笼，如喜舞乐。远近翠绿，苍碧一色。呼吸着山间的负离子空气，婷子的小细跟鞋儿在石头路上悠嗒悠嗒，山野深秋，暗香盈盈。

她带我走进柴火鸡饭的灶膛屋，客家婆正在斩鸡，见我走进来，掰开鸡膛，告诉我：这是谷饲的走地鸡，肉质鲜美、滑嫩，广州人最喜欢用来白切或煲饭。说着，把斩件放入大盆，加生抽、盐、糖、料酒腌入味。客家大叔正在淘米，大锅估计有1米宽，阿叔将米水放入锅中，又分团簇了鸡油，鸡油像朵朵花儿林立。

盖上大锅盖，阿叔坐在柴火灶边，用鸡蛋盒点火置于灶膛，又迅速抓了一把一次性的竹筷，塞进去，遂放入木柴，柴火逐渐点旺，红彤彤犹如有了节日的气氛。这大锅饭，明明内心是火焰般的温暖，却像是一个内向的人，仿佛是需要时间，慢慢散发它的魅力。阿叔估摸好时间，打开锅盖，黄花花的鸡油已融化，溢出的油汁和丝苗米饭一结合，竟是清亮的质感。阿叔把腌好的鸡肉围成圈放上，盖上锅盖，坐回矮凳。末了，他拿起喷水壶对着柴火喷射。他控制着火候，犹如控制着味道。等鸡饭焖好，掀开锅盖，米香肉香一起袭来，那种香味令我回味好些天。他夹起鸡肉装盘，往饭里放酱汁，撒葱花。接着，拿起大勺松饭。饭，油粒粒，晶晶亮。这大锅米经阿叔妙手烹制，竟有了羽化成蝶的质变。

阿叔把鸡饭盛起，往锅内撒榄角、花生油。锅铲不断碾压着榄角，嘿！又是一道香脆的锅巴。金黄的饭焦香得旁人咋舌，猛吞口水。

婷子伸出纤纤玉手，将一碗柴火鸡饭端到我面前，我用三根手指提着羹匙，勺一段软香，轻轻靠近唇边，口水微微一颤，含香入口，这一口饭香，我回味了一个星期。

我刚把口水卸下，婷子又说带我去吃鹅汤糍，她拽我走进小胡同，迈进私房菜居，已有人吃得津津有味。我装了碗鹅汤糍，汤不浑，闷一口，浑身通泰。芹菜、鹅血鹅肉、糯米丸，味道惊艳，好吃极了。倾听一碗鹅汤糍的吟诵吧。我想着，窸窸窣窣地喝着，胃间像绽开美丽的花儿，心里暖暖的，吧唧吧唧的嘴巴不停响着，像要把糯米丸爽快地嚼进肚子里，换回一阵阵直抵灵魂深处的快乐。

婷子又告诉我，那里还有"霸王鳖鸡""黄泥灶叉烧""鲍汁宫廷豆腐""脆皮大肠"等等，每一道菜都是私房或每一农庄的主菜，厨师用心制作，唯手熟耳。一条村道，遍布着大大小小的农家乐和餐馆。

看着丰满圆润的她，我说道："你的肠胃可真有福气呀！"

"比起麦村的美食，这点'玉润'算什么。"她做不屑状，随即莞尔一笑。

心足饭饱，踏着桉树的落叶，婷子伴我登上石牙顶。泥泞的山路，一步步登高，两旁高大的桉树成群结队，呵护着我们往上攀。到顶峰，眼前豁然开朗，只见满目山石，犹如梯田，围着两大坑天池，宛若水眸，美目神怡。池水映绿，牛在远处。一叶不动，一树无声，一幅世外仙境。婷子张开双臂，闭上双眼，对着美池陶醉。整个过程犹如美人诱惑却不失优雅，惹得旁边的糙汉们纷纷举臂挥舞，一时群魔乱舞。

如此仙境，如此赏心悦目。微风掠过，麦村空气里弥漫着柴火鸡饭的香味，这是人间迷人的烟火气息，是麦村的诱惑。此时，我的饥饿感和风景融为一体，麦村的美食穿透饥饿的胃，直抵达灵魂深处。于雅境，于美丽乡野，于万籁寂静的美池，自有一番洒脱。

发表于《湾区时报》2021 年 11 月 11 日

伴月湖即景

今朝在黄埔公园散步，伴月湖边。

新月初始，深秋依旧白光灿烂，目不能视。低头疾走，水雾袅袅婷婷，附在游人身上缥缈，也散落在伴月湖的石垣边。石垣角落泊着一只木船，黄木色的船头探出来，仿佛为争抢金色的阳光，扑面的水汽使它不杂于尘世。伴月湖，绿光摇摇。水雾，时而凝厚，犹如水袖，绕着玉带；时而青烟隐没，飘散空中。

湖水闪烁，喂鱼的孩子，身影映在水中，与鹅卵石一般清晰可见，锦鲤在水里欢快地游动。有时，抢食的水声就像投了石子一般，随景观的烟霭散出，腾起无数水波，鱼尾就激烈摇摆着，硬是要追逐、掬住逃跑的口粮。

伴月湖犹如在静观，蝶儿、蜂儿来这里欢舞。粉的、紫的、浅橙、白的睡莲争相媲美。它们忘了季节吗？这明明是晚秋，恍若六月又走了回来。这些天使般的身姿既清秀又妖娆，清疏的姿态，衬上美蓝的天空，着实在深秋里为游人带来惊喜。

莲的渐次变浅，在一朵清白玉立的花尖里遐思，如一支白玉紫尖的杯，杯中的美自然流露，倾注下来。令人忍不住立着观赏，恍惚着，沉醉在这泛着银辉清浅的透明紫里。

这一沿石岸，莲叶挨挤。有的碧绿无比，有的稍微衰谢，有的残棕萎缩。再过一周，便是立冬。岭南的晚秋是落叶和花式交织，须臾间，一片枯叶缓缓飘落，落在绿得发亮的草地上，随着阳光和微风翻滚，翻滚，渐渐远去。

蓝空照水，在湖边默然独立。为这睡莲，为这伴月湖秀艳的神采赞叹不已。这份美，为安静的四周起到点睛之妙。秋风中，单衣虽感肌肤寒，眼中却被这自然界的一片清新拥着，美得不可胜收。

发表于《湾区时报》2021 年 11 月 18 日

岁月不居

父 亲

很喜欢罗大佑的《鹿港小镇》，歌词写道："假如你先生来自鹿港小镇／请问你是否看见我的爹娘／我家就住在妈祖庙的后面／卖着香火的那家小杂货店……在梦里我再度回到鹿港小镇／庙里膜拜的人们依然虔诚／岁月掩不住爹娘淳朴的笑容……"

父亲就住在泉州的中山老街，离关帝庙、妈祖庙都不远，卖着佛具的那家店。父亲清瘦飘逸，容颜清俊，动作神速。夏天爱穿白色文化衫和大白裤。冬天永远是深蓝色哔叽的中山装。一头漂亮的银发，神采奕奕，仙风道骨般。

每天清晨，父母亲早早起床，母亲在骑楼最里面的厨房的红砖灶台前熬粥忙活，父亲拿起鸡毛掸子，把店铺每一张绸缎的、红绒的"福禄寿""吉星高照""八仙过海""金玉满堂"的门彩桌裙掸扫干净。偶有熟人路过，爽朗地一声："清福师早啊！"父亲就抬起头，眯起笑眼热情地点头回应："早啊，早啊！"接着，又拿起抹布，细心地擦拭玻璃柜里的每一尊土地公、观音菩萨……忙完后，在藤椅坐下，戴上黑框眼镜，翻看当天的报纸。父亲订了两份报纸，一份当地的《泉州晚报》、一份《参考消息》，这两份报纸足够父亲消遣一天。

父亲的钢笔字笔力劲挺，字体方正。据说少年时，曾在一家旅馆抄抄写写。父亲是独子，爷爷在南洋，奶奶陪着父亲在闽南长大。那时的父亲西装革履，英气十足。仔细看，父亲耳朵是打过耳洞的，想来小时候，家境殷实，略有书读，衣食无忧。奶奶乐善好施，经常借钱给村里的人，父亲从小耳濡目染，也是善待他人。可惜奶奶过世太早，爷爷也没回国。父亲和母亲结婚后，居住在老城区市中心。为养家糊口，儒雅的父亲开了修车店、佛具店。每天忙得双手油黑，腰酸背痛。子女长大成人后，怕父亲辛苦，建议他把涂门街的修车店关了，剩一间佛具店，享享清福。黄昏，我们兄弟姐妹放学的放学，下班的下班，坐在父亲买的红砖骑楼里，这是一幢有历史的闽式建筑。听着南音，泡茶聊天。父亲有时跑上二楼，打开他自制的字体放大仪，放入写好的"福"字，利用灯泡的光，把"福"字影子投射在一叠夹稳的金纸上，描出字框，再慢慢剪下。一个大大的金纸"福"字在当时可以卖十元钱。父亲如法剪出大"寿"、大"喜"字。闽南人喜欢在瞧得见天光云影的正厅墙，悬挂八仙过海的门彩，门彩下是两米高、一米多宽、有龙凤呈祥的红绸缎，中间贴大金"福"字，结婚则贴"喜"字，家有老人则贴"寿"字。红绸缎下是古色古香的八仙桌，恭放祖先肖像，前面是方方正正的供桌，供桌常年有鲜花五果、香炉香烛，供桌前围上用金葱绣制的"金玉满堂"，有麒麟图案的桌裙。

父亲就是做这个小生意的。他买来金葱、饰物亮片、流苏、红绒或绸缎，把材料运送到惠安，让远房亲戚兼职加工。闽南人爱祭祀，家里有什么事，喜欢用"筊杯"在"公嬷厅"（也就是厅堂）跟祖先倾诉。"筊杯"一反一正是同意，全正面全反面是"笑杯"，意思是不同意或不知道。这"公嬷厅"需要布置，父亲经营的佛具店就售卖着各种尺寸的木雕佛像，佛龛、香烛、电子鞭炮、香炉、手工绣的门彩桌裙等。父亲的客户甚至有来自中国台湾和东南亚地区的。漂洋过海的华侨保留着闽南风俗习惯。有时候，台湾旅游团来采购，父亲欣喜万分，叫母亲不用做饭，过来帮忙，给钱让孩子们去外面买饭。每逢那时候，全家人都能感受到父亲的欢喜。

后来我寄宿华大，学校在城郊，一般周末回家，周日晚乘坐最后一班校车。父亲嘱我路上注意安全，我说没事，便拿起行李走了。夜风冷飕飕，候车的地方嘈杂漆黑。突然，看见父亲扶着自行车站在远处，寒风凛冽，风中的父亲冷得瑟瑟发抖。车子来了，我登上车，远远还看见他的身影，孑然风中，似乎盘算我上车了，看到校车开走了，提着的心才放下来。他肯定又扬起一贯的微笑，才满意地转身走了。那一刻，我鼻子有点酸，冷风里，父亲的背影清瘦落寞，沉默的关爱在我的脑海里一路打转。

毕业后我瞒着父亲，在天未亮的清晨，偷偷打开大门，掩门离乡。年少的我性格倔强，是个理想主义者。离家一个多月后，才跟父亲联系，父亲非常心痛，要我把行李收拾好，马上回家！我匆匆挂断电话，不敢与他再聊。过了几个月，再致电，父亲叹了口气，无可奈何地问我工作如何。我告诉他，工作很稳定。父亲却担心我能不能早起，又担心我不打电话回家，规定每周六晚上必须互通电话。当父亲知晓我想在异地安家，紧急召开家庭会议，设重金做奖赏，要亲戚在本地物色对象，唤我回家相亲。

在父亲一次次沉默的关爱中，是对我未来的深深牵挂。得知我欲去医院收费处工作时，他宁可出资，建议我在异乡创业。父亲认为，想在他乡过上幸福的生活，年少就必须打拼，就必须在经济上有独立稳定的高收入，最好有属于自己的、正常盈利的生意。

我却在一次电话里跟父亲哭诉，想回家。父亲沉默许久，说："听到你这一句，心都碎了。"但是，父亲仍然点头："回就回吧。"

我回家，陪着父亲。他依旧坐在藤椅上翻看报纸，站起来时，却不如从前灵活，他的手扶在藤椅的把手上，用力压着，徐徐挺起腰来，又站了一会儿，缓过气，才慢慢走进里屋。那一刻，我怔住了，在我离开的这几年，父亲变得如此苍老，看他的银发，没有早年挺括有型，而是稀疏松软。他的腰也不再笔挺，微驼着背，起身时，总要叹口气，才开始行走。

我仍是回到异乡，但十分惦记父亲。经常主动打电话给他，跟他分享生意上的喜悦，告诉他，生活生意都安稳。但是，父亲的身体却一天不如一天，直至住院。我搭乘飞机往医院赶。他看到我时，却叹了口气，认为我回一趟，要耽误不少生意。父亲一生不想拖累儿女，得知我一包血一包血地买时，咬着牙用力地告诉我他自己有钱，但是我为他花钱，他很高兴。我的眼泪簌簌地流了下来，这一生，对父亲的爱永远都还不清。

那天，父亲叫我把族谱拿给他，说想看，他侧身枕着，看着，嘴角又扬起微笑，尔后，坐起身来，叫我走过去，附在我耳边，用力说了一阵话。我强忍住泪水，默默地点头，轻轻地抱着他躺下。第二天，天气本极晴朗，临近中午，天空忽然飘过一阵细雨，父亲走了。

猝不及防的悲伤漫天而至，骑楼下的日常恻恻无言，父亲和着大地的脉息变得虚无，剩下的，只有冻结的岁月，这岁月，是云，是小河，是镜前一撮哀哀的白发。

2019 年 6 月 5 日于广州黄埔

一张古早眠床

一张古早眠床，一团旧时光。

闽南金鱼巷的家里有一张朱红色、木质的古早眠床。四平八稳，雍容华丽。床顶长方分格。床前帐上，挂着细亮的弯钩。床三面是"遮风堵"，遮风堵有十一幅漆金画，前后堵各三幅，横堵五幅，绘的是古装戏里的故事以及山水风光。画面均是黑色底蕴，金色绘线。金漆画上面有大小不一的金"垛"。下排的垛窄，每一垛按秩序留空，整一排垛，破觚为圆，都是精美的金雕花。再上层的三层"垛"，参差着更美艳的大团雕花，搭着丹橡，错彩镂金，蜿蜒驳美。四个角雕镂空，所有雕花都是刻好再镶嵌，然后沿着花面涂上纯金薄箔，便永不褪色了。

眠床本是给姑姑订做的婚床。姑姑为照顾爷爷，跟着爷爷下南洋，婚床就此搁置。父亲不忍眠床放在惠安旧厝，便运来泉州。从此，漂亮的眠床在金鱼巷和我们朝夕相处。

我幼年有大部分时光在眠床边度过。如今想起来，竟犹如电影里的镜头，逐字逐句，一帧一帧地怀想，好像要把那旧日时光重新活过一次。

金鱼巷的家，在一个大院子里。院子四通八达，东、西、南、北四个朝向均有捷径。东边是一条安静漂亮、有许多红砖厝的胡同；西边是壕沟乾，一条相对宽广的马路；南边的金鱼巷是一条历史底蕴丰厚的巷子；北边是正府巷，有古城最重要的行政地址。

我的家靠近南边，但院子正门在壕沟乾。南边金鱼巷号牌是邻居家的大门，也是院子里统一的收信地址。

从壕沟乾进入院子，是星罗棋布的闽式石头屋，左边是政府宿舍楼，右边是居民房，中间有水井、有大埕。走到最里面，就是我家。家门外用石板条搭成高高的洗漱区，左侧有大水缸。另一侧的地下，有一条细小的排水渠，旁边也是立着一个圆滚滚的缸。站在石板条上刷牙，头顶正好够得着一扇干净漂亮的小木窗，窗槅被油成帅气的亮绿色，窗台是闽式的红砖，放着一盆翠绿云竹，鲜明的绿在浅灰石头屋里特别惹眼。个子再长高点，放眼望去，是邻家的瓦顶。屋内窗户下，是一张小圆书桌，书桌右边就摆放着眠床。

洗漱区的左边，进门就见厨房，厨房最重要的自然是闽式大大的红砖灶台。摆放的各种旧陶、缸、罐也是一道风景。还有朱红木制、有纱网的橱柜。四层阶梯上去才是"大间"，大间有两个门、两扇窗户，里门通往姊妹房。阶梯靠右的墙壁有一木窗，就是摆着云竹的那扇窗。另一扇木质窗，靠近餐桌。趴在窗沿，能看见窗下种满向日葵，一朵朵灿烂又可爱的笑脸，好像拥有着阳光所有的爱。

在20世纪70年代的闽南，这样的大间既是厅又是房，眠床是大间里最有分量的家具，家什还有餐桌、书桌、若干凳子、朱红的衣柜以及眠床一侧的缝纫机。

当然，除了大间，还有书房和姊妹房。书房在厨房斜对面，独立安静，是阿哥的房间。姊妹房是几个姐姐的天地。

我除了喜欢趴在两个窗口看向日葵、赏云竹、看来往的邻人，更喜欢趴在床上盯着漆金画琢磨。画里的女子像真有三千青丝，绾着芙蓉髻，斜插着簪子，身着一袭拖尾曳地的水袖长裙，脚穿一双莲花鞋，手里拿着小罗扇，踱着小碎步，婀娜曼妙。有的女子玉手拿玉箫，端坐贵妃椅上，似吹出美音。有的手拿竹丝手帕，正羞涩回首……而男子大部分玉树临风，剑眉星目。也有武生以及刀马旦等，头上两条长长的稚翎，气宇轩昂。

这些漆金画虽装饰寥寥，却带给我无穷的遐想。夏夜，入睡前，母亲一边摇着蒲扇，一边给我和阿哥讲漆金画的故事。冬日，有三面堵风漆画，床必然挡风，温暖。当我在外受到惊吓，譬如闪电打雷，总是疾疾跑回家，似乎回到像在城堡一样的古早眠床，被守护着，才稳妥。

印象深刻的还有换牙。6岁时，牙齿摇摇晃晃，嗑得我娇滴滴地喊，父亲坐在眠床边，哄我勇敢点，说拔牙有奖。话音未落，父亲已用一条细白线掠过我的牙齿，门牙脱落了。母亲则叮嘱我，下排牙齿拔下，双脚立正，手举高，往床顶上扔；上排牙齿拔下，往眠床底扔。只有这样，新长的牙齿才会整齐。从小贪靓的我，每次扔牙规规矩矩，挺直立正，仪式感十足。

眠床承载着我们晚间的休闲时光。最常想起一家人围着眠床谈天说地。那时，大姐还是知青，上山下乡，偶尔才回来。二姐还在等工作分配。三姐骑着红色永久自行车，每天漂漂亮亮地上下班。四姐还在财贸干校，阿哥还在五中读书，我幼儿园刚毕业。父亲每晚坐床头议事、算账、思虑姐姐的相亲对象。母亲坐在床沿，认真倾听父亲发言，时不时温柔微笑以示同意。二姐坐在木凳上钩花、织手套、擦皮鞋。我读小学，床边的圆桌就是我写作业的位置。每晚温书学习，却抵不过时间飞快，眠床落下蚊帐，我仍奋笔疾书。

我时常在眠床边感受父母的喜怒哀乐。每当邮递员送来姑姑从南洋寄来的"侨批"（信），父亲便欣喜万分，读着来信却眼眶泛潮。他总是一遍又一遍地、不厌其烦地读着，生怕遗漏字间的信息。有时叹气，有时一脸憧憬，自个儿眯眼微笑。姑姑寄来的药油，父亲当"神药"，珍惜着使用。姑姑寄来的衣服，总把我和阿哥扮得特别时髦帅气。每当这时，洋溢在床边的亲情特别浓烈，我和阿哥坐在床沿，听父亲讲童年，讲姐弟俩的趣事，讲和母亲相识相知的过程。而父亲在"侨批"里，便又多得一份思念。他沉思、叹气、唠叨，盼望有一天也去南洋，把爷爷的骨灰带回中国。

当父亲白天上班时，我便学着他盘腿坐床边看书。父亲放在床头三本书，成为我每天的玩具。一本中草药花卉，一本唐诗宋词，一本新华字典。我翻着翻着，逐渐懂得"明月几时有""千里共婵娟"，逐渐把《水调歌头》《满江红》等古诗词反复吟诵。后来想，定是在那张古老的眠床、丰富的漆金画、父辈的思亲情绪，教会小时的我领略古诗词的意境美。那是些悠长的假日时光，小花猫在藤椅上打盹，小黄鸭在院子里踱步，向日葵喜悦地绽放，窗台的云竹秀美地伸展……

每年大扫除，是眠床洗刷刷的大日子。平日用小抹布简单擦金花，扫灰尘。而过年前，蚊帐要卸，木板要拆，弯钩要换，镂花要水冲。母亲和哥哥爬高蹲低，大规模地"扫尘"，母亲把实木铺板一块一块地拆下来，铺板又重又多，阿哥很小心地帮忙，厚厚一沓，认真清洗。而床底下，也没见我扔的牙齿。倒是那些镂花，清洁起来颇费工夫，冲水倾泻在地砖上，闽南的红砖特别吸水，拖地风干也快。

80年代初，港澳新鲜事物冲击着年轻人的审美，姐姐和姐夫开始穿起喇叭裤。有一天，忽见四姐满脸笑地回来，坐在缝纫机旁，缝纫裤脚。我好奇地询问，原来有新规定不允许穿喇叭裤，姐夫和姐姐穿喇叭裤逛街，正好遇见巡查，被剪了点裤脚当警告了，我们听完哈哈大笑。但四姐经过这次教训并未收敛，她和姐夫依然摩登，戴墨镜、穿喇叭裤、提录音机嗨歌，裤脚还是像扫把那么宽。我和阿哥也开始对家里缺角崩裂的陶缸瓦罐表示不满意，嫌弃家里的家什老土。于是，我俩背着父母，装作打碎，分别搬走了大缸大罐。那个晚上，天上的星星密密麻麻，忽闪忽闪，我和阿哥被父母联合，狠狠收拾了一顿。

再后来，阿哥以优异成绩被银行特招。开始工作的阿哥对新时代家具有了更多的认识。第一个月发放工资，就迫不及待给家里添置了一批豪华的新式交椅。崭新锃亮的新椅与旧家具形成鲜明对比，软软的皮垫还有靠背，坐着比木凳舒服多了。父母却仍习惯木凳，并且对被遗弃的旧凳子念念不忘，颇费心思才把旧凳找回来，并严重警告我俩不许再扔。但是，年轻人喜新厌旧的速度与日俱增。没过多久，我和阿哥又开始背着父母，偷偷把厨房里的小瓦、小缸、煲、罐佯作打碎扔掉。晚上父母回家，找不到旧什，生气又心疼地数落我俩不节俭。而逐渐成长的我们却越来越倔强，经常趁着父母不在家，从倒剩菜到扔掉父母不舍得丢弃的堆积如山的旧物，甚至动起卖掉旧橱柜、衣柜的念头。而每次被父母亲发现，也不再乖顺，开始顶嘴。父母也老矣，无力与我俩较真。

奇怪的倒是那一张古早眠床。阿哥和我，从未有过卖掉的念头。

后来，闽南的眠床逐渐被高低床代替。

我回泉州探亲，问："哥，那张古早眠床呢？"

阿哥会心一笑："没扔，在惠安旧厝。"

2021 年 3 月 1 日于广州黄埔

如梦般记着温暖

初夏午后，坐在阳台看书，茉莉花开得正香。夏日的花，总是突然给我惊喜，一阵雨过后，增加几个蓓蕾，盛放几朵清幽，都是常有的。想起儿时的窗台、温暖的院子也是茉莉花常开，花香仍在记忆中。如今，在阳台的清香里，如梦般记着那些温暖。

手边是洁尘《极简主义的失败》，说是一个迷恋家居极简主义风格的女孩，因受不了过分强调形式而忽略生活的本质需求与内涵，一怒之下，抛弃生活的"伪简约风格"，重新装回了柜子。

我也是个被极简主义深度影响的人。去年一番整顿，彻底把家中的极简柜子、餐椅尽换，换成实实在在的中式木柜。

装修多年后，灯饰、家具换了又换，唯有些实木家具，越用越喜欢。这世间，有些"心头好"就犹如实木家具，经过岁月打磨，反而越旧越好看，有了岁月痕迹，反倒独一无二起来。

当年装修房子，先看复合木地板。没逛多久，我转头找出口。窃以为，复合这东西无法经过岁月的沉淀，眼前貌似便宜，却没有岁月的痕迹，也会最先出现质量问题，到时不得不更换，引发一系列连锁消费，花费也就更多。

家具若是经得起岁月洗礼，还实用耐看，那就是上乘了。于是，牙一咬，眼一横，腰包就瘪了，木地板选择了红檀，一种高光强烈又有质感的红檀。况且促销员把红檀说得如何珍贵稀有，香味还可以驱虫。我闻了闻木质香，越闻越喜欢，好像看到各类虫蚁落荒而逃。"红檀的香味可驱虫防蛀。"对从小害怕虫蚁的我，这句话极具诱惑力。

小时住的骑楼有一定的历史。惊蛰一过，特别是夏天，梁上蟑螂、飞蚁倾巢出动。我害怕虫蚁，但家人又不宠溺我，若告诉大人楼上有蟑螂，她们会借机鼓励我勇敢点。

有一天，正在楼上看书，一只蟑螂突然从尘封的梁间飞降，吓得我即刻弹起，拍拍胸口，跑得远远的。它对我"螂视眈眈"，我万般无奈，又不敢抽起拖鞋一脚拍死它，只能哆哆嗦嗦。突然冒出个主意，我贴俯着墙，怕惊动它又一次起飞，心颤颤地后退出房门，冲下楼梯，告诉父亲："爸，楼上有一只不知叫什么玩意的东西，两条胡须长长的，有几条腿，有翅膀，眼睛很恶心，偶尔还会飞，很可怕！"父亲一听，抄起一堆工具，扫把、铁烧煤夹、抹布、桶、铲子……蹬蹬蹬，像是要对付某种庞然大物，冲上木楼梯。一看父亲这架势，我心想，呀！就一只蟑螂，要这么多道具？又不敢说破，怕父亲知道，回头不理。父亲上楼一看，原来是只蟑螂，也没说啥，三两下清除了，又蹬蹬蹬下楼梯。我反倒心虚起来，简单两个字"蟑螂"不说，非要用上一堆字词来描述，让父亲带了一堆"道具"跑上跑下。一边内疚，一边又为自己的小聪明，恁是笑了一阵。

现在装修房子，听说红檀可以驱虫防蛀，立刻爱上了，并决定大面积使用。可后来查阅资料，世间本没有珍贵红檀，不过因其木性稳定，花纹美观，耐磨耐腐，持久耐用，是制作家具的好材料罢了。其价值更是商人根据市场需求定位的。就如宝石，原本是石头，炒的人多了，也就成了玉石。

这样说来，极简也好，"心头好"也好，也就是萝卜青菜各有所爱了。成人的固执浓缩着童年的记忆，亲情是恒久的思念。茉莉花香的午后，经久的人事涌现，如梦般温暖着寻常的阅读。

2020 年 5 月 18 日于广州黄埔

小时观书记

偶得清闲，推窗望月，思绪啊，不禁飘远。

"一螺一坐座，二螺走脚皮，三螺无米煮，四螺有饭炊，五螺五花妆，六螺米头全，七螺七挖壁，八螺做乞吃，九螺九上山，十螺爱做官。"儿时，小伙伴们互数手指上的螺和箕，数到谁谁有十个螺，羡慕得不行。我不是十螺，幸好也不是八螺。

没人相信我是五螺的"爱水婆"。空气刘海短发，穿裙子都会被笑话成是男孩穿裙，怎么可能与"爱美"沾上边？最爱的去处，莫过于街口的泮宫书店，六平方米不到，两节玻璃柜，各三层。一叠叠小书排放整齐，垂涎得我举步艰难，小板凳一坐，小手指一翻，那翻书的声儿，如丝竹般悦耳。每天跑去，问这本多少钱，那本多少钱，直问得售书员浑身杀气腾腾，眉宇间险象环生，处于剑拔弩张之态。我也终于哆哆嗦嗦，不敢再对其发号施令。但遂以低头再仰头的奇怪姿势，从玻璃外窥看封底的定价，再一蹦三跳找到父亲，央求给买一本，那副馋模样，不亚于现在孩子想买糖果。

父亲借机教我背诗，背好了便掏钱，也不忘叮嘱："别让你娘知道。"毕竟是无用的薄书。家里兄弟姐妹多，就父亲一人辛苦养家。母亲说，每分钱都要用在"砧板"上。

长大一点，跑远点，是中山路的新华书店。那是段充满书香味的童年旧时光，幼小干渴的心灵被那些全开放式的杂书充分滋养，看这本，翻那本，满心欢喜，父亲有时也会掏腰包让我买。有时甚至忘记回家吃饭，即便母亲把粥温在灶头，回家时仍是凉凉的。谁叫女儿依依不舍？连门口卖邮票、文房四宝的档口都要巡视一番。

再后来，谁家有书就跟谁好。班里新来了插班生，下课了马上凑过去，直接问人家喜欢看书吗？家里可有藏书？若有，双目即刻放光，称兄道弟，中午放学直奔她家，午饭亦可以不吃。六年级时，班里来了个留级生，人高马大，粗鲁得很，一看就知道家里没藏书，还因此排斥人家。哪里知道人家有的是钱，班里搞图书角，她准备捐一本豪华版《365夜》，一听闻此事，我立马极力讨好她，求她先将书借给我看。

少年时，更是在书海里尽情畅游。打着手电筒在被窝里看闲书，把书皮包在课本上……也是那时，书越读越厚，琼瑶、古龙、金庸，《孙中山》《伊利亚特》《奥德赛》，等等。一张躺椅、一堆瓜子、一本心仪的书，就是非常幸福的假期生活。最佳"损友"闻"香"而至，趁我喝水之际翻看我的好书，并坚决要借走，我未看完，当然要捍卫书权！于是，两个豆蔻年华瘦弱飘逸的"仙女"大打出手。为了看下回分解，满足我"欲知后事如何"的饥饿感，我坚决不借。而她也馋得直流口水，不愿放下。打完架，两人绝交，仅是为一本《书剑恩仇录》。后来，同学说我俩很像，不该绝交，硬是把两人的手搭在一起。从此，我与她，又一起骑着单车，在古城绕着大街小巷，谈天说地，分享各类观书后感。

春节时，三姑六婆给的红包，乃是买书备用金。众姐见我捂紧口袋，齐齐劝曰：若论钱的用途，当今女孩，哪有不爱买衣服？若论买书，古云书非借而不能读。而日常衣物，哪有非借？

我坚决不肯，甚至把裤兜里的钱捂得更紧，姐姐们扫兴散去，不再扰之。我又自得其乐，继续徜徉书店。

曾文正认为，读书若能获取功名当然最好，若没有，在乡下做个教书匠也无妨。我虽没有功名利禄，乃应验了"五螺五花妆"之命理，开了档口。也求得所从事行业的业务精湛，是安身立命之本，是家庭幸福源泉，是从书中获取的知识潜移默化影响的人生。无论从事什么职业，坚持观书，不仅不会被所谓"心灵鸡汤"忽悠，也不会让尘俗淹没。而当今的孩子们，更需要多读些课外书，若一味应付考试，徒读墨考卷，则会消磨灵性。

诚如，"纸屏石枕竹方床，手倦抛书午梦长。睡起莞然成独笑，数声渔笛在沧浪"。蔡确的《水亭》诗里，那么美妙的观书场景，尽可想象。

2020 年 10 月 22 日于广州黄埔

贝的"爆炸"之忧

　　打从小时候某天，贝手心的那个氢气球"嘭"的一声爆裂后，贝对这种圆圆软软膨胀式的球儿就心有余悸。

　　年初回闽南，贝对夜街上的气球渴望又害怕。贝妈转头拍张夜景，璇姨姨就买来两个氢气球，两兄妹一人一个。阻挡是来不及了，贝悲喜交加地护着那长长的气球，挤进璇姨姨那辆豪华的大奔后，狭小的空间却让气球带来更多的不安全感。贝深深地预感气球随时会爆炸，却不能锁定是什么时候。于是，她焦虑，在车里莫名其妙地尖叫狂哭，害怕地等候着。儒儒哥哥被贝突然的坏脾气吓得缩到一边。我一路安慰贝，气球不会爆炸的，又没有尖尖东西碰它。贝就是不信。好了，下车了，好不容易呵护着又爱又恨的气球回到家。刚走进厅里，"嘭"一声……原来气球碰到了吊顶上尖尖的水晶灯片。等了一个晚上，它果真如贝所想，爆炸了。这下，贝是彻底狂哭了。

　　又一次，是我的一声叹气。某天我捂着脑袋叨了一句："哦，我的头要爆炸了。"旁边自个玩的贝，立马转过头来看着我，然后发呆，进入无限遐想……

　　过几天，贝开始问了："妈妈，你的头就要爆炸了吗？"一遍又一遍，周而复始……

　　我解释："头爆炸只是个比喻。不是真的会爆炸。"

　　贝听不进，隔三差五地问我："妈妈，你的头会越变越大，然后爆炸吗？"

　　我果断地回答："不会！"接着，照例又解释一通。

　　贝依旧不相信，隔天又来问："妈妈，你的头就要爆炸了吗？"

　　我继续比喻啊，形容啊，解释了一堆，贝仍然迷茫。

　　我走进了她的想象："你想妈妈的头爆炸吗？"

　　贝摇着头说："不想。"

　　"妈妈的头不是气球，不会爆炸的。"我看着她的眼睛认真地说。

　　过几天，贝又换种说法了："妈妈，你的头越变越小好吗？"

　　"好，我变得越来越小，小到跟你一样。然后，跟你手拉手一起上幼儿园一起玩游戏，好吗？"我说。

　　贝紧锁的眉头终于舒展了："好。"

2012 年 11 月 3 日于广州黄埔

吾儿不吃干面包

但凡白米饭、干面包类，四岁的儿子一律拒食，干面包尤甚。为了帮儿子克服主食问题，我长期致力于米饭的课题研究，萝卜香菇腊肠咸饭、虾仁青豆鸡蛋炒饭……试图吸引儿子的味蕾。并动之以情，晓之以理，努力劝说儿子接受白米饭与干面包。但，兵败乃是常事。

这周五，我直勾勾盯住吾儿双眼："为何午餐吃得慢吞吞？老师投诉妈妈了！丢脸啊！"

"妈妈，老师让我啃干面包！"儿子委屈地说。

"干面包？"我又问了一次。

"嗯！"儿子扑闪着小眼睛，一副可怜样。

此前我每次用面包做早餐，都会放入烤箱加热个三五分钟，面包就香软似新鲜出炉，或香脆如饼干。吾儿大爱，习惯柔软或香脆的面包，自然视干面包于不顾。原来错误在我，反省……

"吾儿啊！当年红军啃的可是树皮……"我忽然摆出一副要讲故事的模样。

儿子一听，赶紧搬小板凳，规规矩矩坐好，小眼睛盯住我。

"话说二万五千里长征的路上，红军行路非常艰难，一路飞沙走石、沼泽泥潭、雪山茫茫……很多战士在战场上没有倒下去，却在草地里、雪山里默默牺牲。为了能让后代过上好日子，他们咬紧牙关，一路克服。他们准备的干粮，两三天就吃完了，但草地才过了一半，饥饿寒冷疾病威胁着每个生命。在极度缺乏食物的情况下，红军不得不寻找能充饥的食物。于是，野菜、野草、草根、树皮成了红军的食物，有的野草野菜有毒，吃了轻则腹泻，重则死亡。他们为了让后人过上正常的生活，克服常人难以想象的困难，把难于吞咽的树皮、皮带嚼进肚子，以保持体力，走出草地，继续革命……"

说到此刻，儿子嘴巴已成"O"形。

我趁机把脸一板："现在，还嫌弃干面包吗？"

"不……"儿子满脸惊讶地摇着头，仿佛还沉浸在刚才的故事之中。

睡觉前，儿子辗转反侧……

突然，他转过身说："妈妈，你周末给我做个汉堡包早餐，可以吗？我很好奇汉堡包是怎样做的。"

"可以，汉堡包就是面包做的。"我爽快地答应了。

第二天，买来各类材料。一层层叠罗汉般地做起汉堡，芝士片、火腿片、煎蛋、番茄、沙拉酱应有尽有。两片圆面包，故意不用烤箱加热。装盘，送至吾儿餐桌前。

我示范手握汉堡的姿势。儿子小手指也摆出螃蟹状，笑眯眯地端起汉堡，刚欢喜地咬了一口，却紧接着皱起眉，嘟起小嘴，并用痛苦状睥睨此堡："怎么是干面包？"

"吃！"我立马变脸。

儿子挑出番茄、芝士片、火腿片……一样一样慢条斯理放入口中，品尝美味，独独留了两片圆面包在盘里对峙。我如何软硬兼施，均当耳边风。

我双手合十，心中默念："排山倒海……"两眉紧锁，又念起："蜀道难，难于上青天……"紧接着，又开始忆苦思甜："儿啊，红军当年吃的可是树皮……"我的话匣一开，儿子双眼又扑闪扑闪……然后，捧起面包，乖乖地咬了一大口。我正得意之时，他却"呃"一声吐得满地狼藉……

唉！干面包，干面包何辜？竟为吾儿之敌。

罢，罢，罢……吾亦不忍直视。拭掉自己额头上的冷汗，把欲出手的掌心轻轻搭在儿子肩上。其路漫漫；其修远兮，吾将继续求索。

2018 年 11 月 29 日于广州黄埔

一个人去医院生娃

　　说说晕倒的那个早晨，我不是传说中跷起兰花指，轻抚香额，喘着娇气，趔趄在爱人的怀抱，而是如醉酒的猪八戒一样，趔趄在马桶盖上。5岁的女儿惊讶地望着我，发呆地把牙膏挤得老长老长。我一定神，微笑着对女儿说："妈妈这叫醉拳。"

　　我忍不住把晕倒的事儿发在朋友圈。

　　"什么情况？"远方的亲友纷纷留言关心。

　　"怀孕了，血糖低。"我如实交代。

　　我得按照保健科医生的要求控制糖分。营养师建议多吃粗粮、蔬菜。米饭、鱼肉吃多少都得定量到几两。苹果、西柚一天只能半个，樱桃等高糖水果最好不吃。

　　在玉兰花舞落的六月，散步，听鸟儿啾、蝉儿鸣，举目皆翠，耳机里尽是柔和的胎教音乐。

　　黄埔公园，夏天有玉兰花，冬天有桂花。每每伴月湖边走，空气清新无比，清香阵阵，树叶和蓝空好像在湖面微微舞跳，所有的植物好像都在欢迎你的到来，我亲爱的孩子。

　　只是我素脸憔悴，衣带渐宽，极其想念远在家乡的亲人。八月十五的那晚，梦见年迈的母亲替我掖被子，梦见与哥姐其乐融融在家乡骑楼的天台上喝茶、赏月、博饼，梦见儿时的各种小吃。梦归梦，知道自己身处孤独的异乡，先生工作特别忙碌，所有的美食必须自己学习烹制。疲劳犯困时，只能吞吞口水了。

先生的职业是医生。可我并没有因为是医嫂，去医院做妇检就能享受特殊福利。当我腆着八个月的大肚子，前往医院做糖耐，空腹爬楼，喝甜得腻喉的葡萄糖，被抽三次血，全程自己排队缴费，实在太累了！好想打着他的名义插队做妇检，看着满条走廊同样疲惫又憔悴的孕妇们，却开不了口，只得一次又一次忍着腰酸背痛，排着长长的队伍，羡慕地看着身边一对又一对恩爱的夫妻互相搀扶，装作若无其事。

医院总是人满为患，我在临走前，走进先生工作的科室，想抱怨几句。那是周六上午，科室门口人山人海，有的包扎着纱布，只露出眼睛；有的打着吊瓶，满脸蜡黄；有的血淋淋，正在痛苦地呻吟……举目皆惊。接着，我得知先生的科室早上需要写为数不少的影像报告。那一霎，我灰溜溜地把临到嘴边的话语吞进肚子，转身回家。

他的职业有时休息仍是待班状态，病人随叫随到。女儿习惯了夜晚不缠着爸爸，从小懂得必须让做医生的爸爸保持良好的睡眠，第二天才能精力充沛地上班，方能与死神搏斗。医生的职业不是儿戏，更不允许出错。

有时盘算他下班的时间，做好饭菜，他却发条信息来："有急诊，你们先吃。"等得饭菜热了又热，仍不见踪影。

他也少有完整的节假日，因为是本地人，又乐意把假期让给外地的同事回乡探亲，总是折中半日加班，我无法提早预订便宜的旅游，长假习惯被打碎。若有连续5天假期，也是突如其来的一份惊喜。每逢这时，我和女儿是何等高兴，即刻上演说走就走的旅行，只是这样的惊喜太少。

临盆前一天，我收拾好产褥用品，习惯性地自己走去医院，自己办理手续，住进产房。然后发信息告知他，我与产科医生约定的分娩时间是明早七点半，在他上班前。

第二天清晨，当护工推着我走向产房，问我："老公呢？"我无奈地回答："就在你们医院某科室里上班。"护工点点头，会意地安慰我："没事，有我呢！"

我心里却难过地想，最需要的时候，他赶得及来吗？

当我正要进入产房，女儿忽然冲跑过来，他也来了，挠挠头，站着愧疚地看着我，他已经不习惯给我安慰。只有暖心的女儿趴在我的耳边轻声地说："妈妈，你要坚强，加油哦！"

手术器材的金属声渐渐响起来，妇产科医生的轻声细语不断响于耳边："现在给你打麻醉。""不要睡觉。""很快就好。""伤口会很小，只是美容刀。"

我依旧昏昏沉沉，莫名瞌睡。突然，"哇"的一声，像是扰了我的清梦，迷糊中，自己好像在陌生的地方，哦，是产房的手术室！哦，是我在生娃！难道这哭声是我宝贝的，他出生了吗？

这时，主刀医生拍了拍我的肩膀，说道："手术很成功，没怎么出血。"

哦，是的，是我在生孩子！我忽然激动万分。

就这么一刻，"医生"的形象在我的心中豁然高大起来。我感激他们让我平安生产，也能让我全然信任他们。若没有娴熟的技术，可能无法与死神赛跑，而这份娴熟，又需要牺牲多少与亲人相聚的时光？

回到原来的生活轨迹，卑微的个人执念荡然无存。生命面前，每个患者都需要他们，比家庭里的小我更需要。我应该为先生的职业感到自豪。眼前闪过一道亮光，对他的幽怨终于在这场生育中得到排遣。

2020 年 10 月 29 日于广州黄埔

家有"好"字

　　家有两姐弟，亲友团谓之："凑了一个'好'字。"

　　"好"字相隔5岁，一个11岁、一个6岁。平日里，大的寄宿，极少见面。

　　疫情长假，家有孩童。一日五餐自不敢怠慢。我走进厨房，煎烹炖煮，样样精通，还时不时烤个蛋糕，做个披萨当宵夜。

　　"好"字偶尔也会煮些简餐，就是姿态太过紧张，切个香肠像在动用切割机，炒起蛋来像开挖土机，拿着铲子时手臂紧张得像张开翅膀……但煮好一两道菜，他们胃口就特别好，自己煮的佳肴特别美味。

　　只是每次吃饭，"好"字都有说不完的话。有时，不得不使出我的绝招——"变脸"。可"好"字安静少许，又来个"十万个为什么"。一回答，对话又如滔滔江水，奔流不息。不回答，又怕扼杀他们的好奇心。左右为难也！"好"字吃饭有时还要搂搂抱抱。我这边关公脸都出来了，那边仍嬉皮笑脸……好不容易开始吃，却花样繁多，一会儿把食物用牙签玩成三明治，一会儿又是棒棒糖……只有你不想听的，没有你看不见的。

　　"好"字有时抢洗锅抢到哭。抢东西，通常是小的赢。我说："姐姐，去拿把勺子来。"话音刚落，坐在我旁边的弟弟已经冲过姐姐的位置，急速闪进厨房，拿出勺子。我拿到勺子时，姐姐才刚起身。饭后，弟弟在姐姐未收拾完饭桌时，先站到洗碗机前，边刷碗边等碗。不服气的姐姐便说要洗煲，弟弟仍是不让。我说，那就剪刀石头布吧？他们还是一致反对，姐姐看着弟弟刷锅，着急地哭了，跺着脚抢，弟弟也哭，一时之间，场面失控。我赶紧走进厨房，安排每人两样，姐姐是烫煲和煲盖，弟弟是饭煲加不锈钢大碗。哭声终于止住，他们沉浸在洗刷刷的欢乐和平之中。我冲了壶茶，慢悠悠地松了口气，佯作严肃，点评他们洗煲的清洁程度。

大的网课、运动，不敢落下一堂。她上课时，要哄住小的保持安静。小的虽无网课，但见他整日自得其乐，我又觉得应该珍惜大好时光，必须得给他来点精神食粮。可是，若陪读那些阿猫阿狗的故事，我会打瞌睡；他若读我的无图蚂蚁文字，又怕会不耐烦。于是，两全其美想到诵读古诗，吾与子均不会犯困，妙哉！找来APP，试探哪款是他的心头好。边背几首励志绕口令，比如"不信不会，就怕不学。一回不会，再来一回。一天一回，不信不会"。这样，遇到困难，灵光乍现，绕口令自动生成，还可用来激励自己！

话说有日，他果然被"流之""采之""笔之"折磨到抓狂，在阳台的沙发上耍赖、嘟嘴、蒙脸、尖叫……满满困惑举止。突然，我听见他给自己打气，绕口令果然脱口而出，他在鼓励自己："不信不会，就怕不学。一回不会，再来一回。一天一回，不信不会。"

我在一旁忍住笑，给了个大拇指鼓励他。

每天网课、运动、喝茶、读诗、做饭，偶尔陪"好"字翻看写在朋友圈的成长趣事。看他们在妈妈肚子里的B超、第一次为个球转身、第一次开口说"灯"、第一次学吃饭、第一次看书，等等。宝贝对我的勤快记录表示高度"赞赏"。

可爱的宝贝们，感谢你们来到我的身边。愿你们热爱生活，享受生活。

2020年5月2日于广州黄埔

隔着一个邮筒的情谊

童年就住在金鱼巷，金鱼巷里的人家，大多与"侨"字沾边。

巷子里头的某一拐角，摆着一张桌子，有专门的老者在代写书信，写的是那种竖行右读的"侨批"。老花镜卡在鼻梁上，眼睛随着眉毛从镜框上面挑出来，问答侨乡的人坐在对面，跟老者诉说信里要吩咐的内容。而老者端着自来水笔，很风雅，一横一竖，极有章法。

过了马路就是邮局，门口竖立着一个巨大的墨绿色的邮筒，它只有一个横匾匾的嘴，刚好可容下一封信。每当我买了邮票贴上，交给工作人员，盖上邮戳，而后便慎重地把信投进邮筒。做完这些，我的心情便雀跃起来，仿佛看见邮差"丁零零"地送信。拆信时，收件人欢喜的心情，大抵也和我相似。

华玲和瑜萍是我童年时代的玩伴，在背靠金鱼巷的壕沟乾边，有家刷着黑色油漆木门的古厝改造的幼儿园，枯燥森严的围墙里，存放着我们深厚的友谊。白天在黑大厝听老师拉手风琴，唱歌玩游戏，放学便在金鱼巷跳绳追逐，晚上在瑜萍家看电视。

瑜萍家在一个简洁的院子里，粉绿斑驳的木大门一开，靠门口的先是一棵不高大的石榴树，里面又有棵瘦弱的洋桃树，以及鱼池、各种小盆栽。院子不大，却极其清新。公嬷厅、后埕应有尽有。后埕最靠边是她爷爷的房间，住着一位经常躺在病床上的老军官。房间长期弥漫着消毒水的味道，墙上挂着威风凛凛的军官照，他咳嗽声洪亮，拄起拐杖，站立的姿势依然伟岸挺拔，只是残废的腿提醒着烽火硝烟的战事。瑜萍告诉我，她家本来在更后面，在更辽阔的院子里，是土改后迁出来，住进小院。

瑜萍的父亲曾邀我父亲做伴去香港打工。因我阿爷在父亲幼年时已下南洋，父亲从小饱受离别之苦，大抵不希望我们步他后尘，他没有听从建议，含辛茹苦地在古城创业，挣的钱少，却开心能陪着子女成长。瑜萍的父亲去香港后，家里很快有了9寸电视机和最时髦的、可以拉成方形桌、写作业的圆桌，并且寄来五花八门的零食玩具和漂亮的衣服。我和华玲常在她家写作业、看电视、玩游戏，直至睡觉时间来临，才恋恋不舍地离开。

华玲家与我的房间一墙之隔，每天早上，我在她家那台方形、悬在横梁下的木质喇叭的"中央人民广播电台现在开始广播"的声音中醒来。各种报道开始，若无需上学，我就静静听着，最喜欢的是喇叭里的讲古，也因此懂得见证友情最好的方法就是桃园三结义里的"结拜"。于是，我们仨不止一次欲滴血义结金兰。可每次拿起银针，想将针头插进大拇指，又害怕血腥与疼痛，便一次次终止仪式。

直到初中的某一天，高鼻梁、白皮肤，有着混血儿脸庞的瑜萍告诉我，她要离开我们了，家人办好了加拿大移民的手续。可她多么希望能继续留下来，跟我们一起读书写字。全家只有一个名额可以留在金鱼巷，我们祈祷名额就是她。那天，说着离别话语的我们也不知哪来的勇气，我找出家里的针线盒，她点亮蜡烛，我们慎重地把缝线针头用烛火消毒，捏紧各自的大拇指，闭着眼睛用针头扎进去，血终于滴在手帕上，三滴血真的融合在一起了。

看着手帕晕开的血迹，我们忘记了流泪，忘记了疼痛，倔强、庄重地拜天起誓。然后，我天真地指着房间里的眠床说："瑜萍，你不走，就跟我一起住，在我家吃饭。"她如释重负，仿佛有了归处，一派无需担忧的天真。

第二天，华玲却说："瑜萍明天要出国了，今晚一起去送她吧。"

我默默地看着她和家人收拾行李，瑜萍轻声地告诉我："是弟弟被留在金鱼巷，弟弟知道肯定会哭。"

"以后我们也要靠'侨批'通信了。"我说。

"等我一到加拿大，就给你们写信。"她坚定地说。

我想起父亲伏案疾书的姿势，想到我也会像父亲一样把诸多思念留在信件中，眼睛一湿，情不自禁地掐着大拇指的伤口。

"嗯，我会给你们寄信的！"她再一次地点头。

从此，远隔重洋，但我们的友情只隔着一个邮筒。

2021 年 4 月 8 日于广州黄埔

姊妹缘

　　清晨浇花，一束温暖的光聚焦在蔷薇上，深红的花瓣绽开着，明黄的花心流光溢彩。瞧着红蔷薇，就像被初秋的光温柔地拥抱着。接着，茶几上的月季，也像被聚光一样，被慢慢旋转的太阳照得明丽鲜艳，花色翻新。凌子目睹光流泻在花间，旧日里的时光复苏，思绪回到那一年。

　　凌子的婚姻并没有得到双方父母的看好。她为启明远离家乡，来到他的出生地——萝岗。他为她，第一次顶撞父母。父母认为启明有份稳定工作，条件不差，不需要找没有正式工作、外地户口的女孩。启明却认为，父母供读大学，是为让自己拥有独立思想。这一次，他坚决选择喜欢的女子结婚。

　　他们的创业起步艰难，只靠启明一份微薄的薪水，日子捉襟见肘。结婚那天，50多岁的婆婆说："我老了，以后就不帮你们带孩子了。"凌子听着，心如刀割。经济窘迫的日子，婆婆的决定真是雪上加霜。她咬紧牙关，把不快乐的情绪吞进肚子，暗地里打定主意："我必须先创业。"

　　凌子也是父母的掌上明珠，从小娇生惯养。父母不舍得她做家务，连做饭也不懂。到了异乡，水土不服，加上肠胃娇弱，经常边吃着午饭，肚子就边疼得不行。为此，婆婆说她的肠胃是"玻璃肚"。她看着黑乎乎的鱼腩，无奈地点点头，委屈地表示同意。面对婆婆做的饭菜，她越吃越少，甚至是随便扒两口饭就出门：

"爸妈，我吃饱了，今天得早点去档口。"

其实，凌子不需提早上班。她找了一家餐饮店，点了一碗热气腾腾的面条，吃完，觉得肚子舒服多了。

"不可能每天跑出来吃面条啊！迟早会被识穿的，再说，上早班，婆婆多么用心地送来午餐。"凌子想着。

于是，凌子努力习惯家里的饭菜，可肠胃总是不争气。

有一天，店里有客户在挑款，正是午餐时间。突然，凌子抽起纸巾，对陌生的女孩说："请帮我看下店。"说完，也顾不得女孩回应，就冲出去了。

她回来的时候，脸色苍白，手无力地扶着肚子，像经历了一场生死劫。

女孩关心地问："你怎么了？哪里不舒服呢？"

"哦，没事了，肠胃弱，吃到不干净、没煮熟的东西就不舒服。"凌子虚弱地回道。

"你吃点药吧？"女孩说。

"不用了，等会儿就好了，谢谢你。"凌子捂着肚子，勉强微笑地说着。

"我住附近，我去给你找点药来。"话音刚落，女孩风一样跑了。

没多久，女孩拿来一瓶行军散，递给她："我爸是船员，买来家里备用的，你吃点吧，很有效的。"

女孩的言行让凌子怔住了，陌生的客人却有这般温暖的言语。凌子凉凉的肚子像被热水袋暖暖地敷着，她眉宇间闪过一丝久违的明媚，扬起嘴角，羞涩地笑了。那一刻，就像桌上那捧月季花，明丽柔和。她打开话匣子，和女孩互报姓名，女孩叫沈蔷薇，小名小薇，最擅长煮食。然后，她们惊喜地发现，两人竟是老乡，于是越聊越投机。

从那天起，小薇常煲糖水来档口，给凌子做下午茶。凌子有时也去小薇家蹭吃。小薇朴实、温暖、善良、聪慧。她跟小薇学包饺子、学蒸鱼、学炒菜……慢慢地，她也能做一手好菜，和公公婆婆的关系也更融洽了。

有一次，凌子见小薇打开衣柜，惊讶地数起来："呀！你就一件外套？这衫脏了还穿？走，走，姐带你去买衣服。"说完，就拉着小薇逛起时装店，她选了一件有朵红蔷薇的白衫送给小薇，深红的蔷薇花美美地绽放着，就像她们美好的友情。

凌子吩咐小薇："脏衫洗不净，以后就不要再穿了，脏衣服看不见你的美丽咯。"

渐渐地，小薇看自己不断变换的形象，好像多了个姐姐，教自己穿衣打扮，觉得甚是温馨美好。

小薇相亲那天，凌子陪她去拉头发。柔顺的长发，淡雅清新的甜美打扮，活脱脱像从杂志走下来的迷人女子。

相亲第三天，男方要了小薇的生辰八字。又三天后，就说要提亲。见男方这般着急，小薇母亲纠结了。这一星期来，和麻将友说起这桩婚事，认识的都说，男方家族太显赫，怕嫁过去被欺负，正犹豫着这桩婚事要不要继续。

那天，凌子正好和小薇吃饭聊天。透过饭馆的落地玻璃窗，男子开着新款的宝马来到，彬彬有礼。三人聊了起来，男子虽然有着显赫的家世背景，却并不跋扈。

回来后，凌子对小薇母亲说："伯母，男子的人品不差，再说小薇在私人公司当财务人员，工作也不算稳定，找个家底殷实的也不错。"

没多久，小薇结婚了。离开萝岗，去了深圳。

婚后，小薇一回娘家，就约凌子出来吃饭，聊天讲的大抵是和新家族的磨合过程。

一个女子嫁出去，总有一些不适应。凌子安慰小薇，也相信善良的小薇能处理好婆媳、妯娌之间的关系。男子对小薇第一印象可能停留在外表和品位，可长久的生活还是得靠良好的品德。小薇朴实贤惠、温顺体贴的闪光点，相处久了肯定会令人越发喜欢。

可这次，她见到小薇却吓了一跳，头发蓬松凌乱，衣衫也不得体，好像回到刚认识时。

凌子问小薇："怎么这般狼狈？"

小薇委屈地抱怨："他们家总取笑我。他也老是问我，为什么不把头发拉直？他父母质问我，怎么总是穿同一套衣服？催我去做美容，做保养，买衣服，问我是不是没钱，没钱他们做父母的来付。"

凌子听完，居然笑了："小薇，跟穷人过日子，需要勇气，勤俭节约是美德；跟富人过富裕生活，也一样需要勇气。他们的家族生意正朝现代企业发展，应酬自然也多，女主人当然不能寒酸，不修边幅。很简单，只不过要求你注重个人形象，这很正常。"

"花钱打扮？"小薇不解地问。

"对，从今天起，你有个很重要的任务，就是花钱打扮！"凌子果断地说着。

小薇虽有点迷茫，有点不知所措，但仍同意凌子的建议。于是，凌子陪着小薇挑衣服，做护理，与她探讨时尚品牌的风格，推荐美学书籍，逛博物馆看展览。

慢慢地，小薇不再找凌子哭诉。偶尔电话里，小薇会惊讶地大声嚷嚷："他买了个Prada包给我，太重了，像提着块砖头！""他买了块劳力士手表来，好麻烦，每天要上发条。""他昨天问我要买路虎还是保时捷？"

凌子听了，笑着回她："你这灰公主，以后过富贵日子了，要学会习惯。"

　　果然，小薇渐渐融入男方的生活里。随着公司发展，夫唱妇随，小薇也紧跟时代，学习更多的企管知识。当然，小薇也不再为服饰花费心疼，她更关心的是企业知识的拓展。

　　多年后，依然会回忆她们像姊妹一样的情谊。在青葱岁月，在稚嫩单纯的年华里，嘘寒问暖，给对方铆足劲儿加油。有彼此温暖的陪伴，生活像有了明媚的阳光，又像盛满美丽的花朵。有这样温暖的情谊，生活上的失落沮丧、生意场上的人情冷暖都压不垮她们，只是让心情缓慢地下降到静谧中，像鱼儿往深海处潜游。凌子的肠胃不再娇弱了，营养不良症消失了，体重也恢复了正常，婆媳关系越来越好了，事业家庭也双丰收了。而小薇，逐渐适应各种新的挑战，不仅是先生的贤内助，也成为自强不息、内外兼修的时尚丽人。只是想起曾经如影随形的姊妹，如今却各自忙碌，难得一见。当年的情谊与絮叨，犹如眼前这道隐约乍现的光影，在微风的交织中，斑驳地掠过一丝淡淡的忧伤。

2020 年 8 月 9 日于广州黄埔

记忆中的金鱼巷

陆续跳起几个响雷，外加一条刺眼闪电。我居住的城市，正在下雨，烟囱的烟，黄埔大桥的车，码头的吊机，都被泛成雾蒙蒙的白。炎热随即被驱散，花园和城中村，在雨滴声中睡着了，只有我的使君子，躲在树叶下，偷听雨声淅沥。

我捧起茗，好奇地想，楼下是否也有人撑着油纸伞。说起油纸伞，便想起戴望舒的雨巷，说起雨巷，也就想起童年的金鱼巷。

何谓金鱼巷？唐代开始，五品以上官员就有佩戴鱼袋的传统。而宋时福建转运使三品官谢仲规，金紫袍上配金鱼袋。谢仲规回乡，在巷子建宅。刚开始，人们称这条巷子为"谢衙"。后来，年久宅旧，谢仲规的后人就将原宅改建祠堂，造匾额，上书"金鱼世第"。金鱼巷由此得名。

巷子两旁的旧大厝有几处是文人雅士的故居。除了宋代转运使，还有清代诗人、清末清源书院院长、近现代建筑师、近代爱国华侨等。古大厝，闽南又称之为"五房看厅"。坐在厅中，举目眺望，天光云影，极其惬意。环绕厅的是若干房间和护厝。大厝里通常有一口水井，在前埕或后庭。而前后庭的花园，更是春华夏荷，燕语莺啼，兰馨桂馥。厝内的窗扉秀致玲珑，石雕也很精致。围墙，出砖入石，用清水泥勾缝。屋顶是闽式燕尾脊，梁间飞天，美不胜收。屋檐高高悬挂着红灯笼。古厝大门却极其低调，和寻常人家没什么不同。多的也是岁月斑驳的痕迹，和模糊不见的厝名。

巷子里更多的是寻常百姓住宅，而寻常百姓，也是有渊源衍派的，如"天水流芳""锦绣传芳""紫云衍派"……外墙大部分是红砖入石，也有土墙，有的墙角布满三角梅，一路盛开，非常诗意。围墙偶尔有窗棂，有的窗棂是高的，红砖搭出丰富的形状；有的比较矮，窗景图案不规则，通常是阻止顽皮孩子爬进去。里面灯光不明亮。门匾再上是对称翘檐，木门上有圆圆的铜门扣，光泽暗哑。门扣或有铜狮大张嘴，威严守门。

一条巷子二百七十米，也有穷苦人家居住，他们的房子则是木片墙、瓦片顶。木片墙通常没有窗户，黑黑矮矮，像是过滤了岁月，留下挥之不去的渍迹。木片门是长年不开的，偶尔听说里面有小孩犯伤寒走了，或有个孩子忽然夺门而出，身后紧跟着个女人高举扫把，嘴里骂着"妖秀"冲出来。才知道，还住着个疯子。这时候，能窥见一斑，里面甚是破败。

整条街的房子高矮错落，丰俭不一，或端庄大气，或温和亲切，或沉默不语。灰色的小电线杆是水泥制圆柱，静默地耸立着。交错的电线，拉扯在屋顶上空，偶有燕子停栖在上面，嘀嘀啾啾。

我的童年就是在金鱼巷附近读书戏耍，每逢开学，阿娘会谨慎地把一张五元钱折放在我的里衣口袋，吩咐要好好保护这笔"巨款"。我欢喜得一蹦三跳，和小伙伴们穿过只有两三米宽的窄巷，直入泮宫，去到由孔子庙改造的小学，谨慎地递上学费。散学后，手捧《儿童文学》边走边看，慢慢走在古老的石板路上。当24寸自行车经过，车铃清脆响起，方侧身让开。

金鱼巷口有座人民电影院，三层楼高，大约有700个座位，在当年算相当庞大。楼顶有个特别大的五角星。影院广场是巷子最宽的地方，约有十米宽，也是最拥挤的地方。广场菜头生、瓜子叫卖声此起彼伏。人们从四面八方汇聚过来，入场散场更是人潮汹涌。这里的电影总是最经典，是人们茶余饭后的谈资，是古城的流金岁月。我从小爱在那儿散步，欣赏每一幅电影海报。每有新电影，很快就家喻户晓，大的拉小的，喜悦气氛不亚于过年。像《许茂和他的十三个女儿》《三滴血》《吉普赛女郎》，等等。而《画鬼》堪称当年的恐怖片，那个血盆大口活灵活现。传闻带孩子看的务必谨慎，但我不怕，姐姐们就拉着我作陪。我也常在影院后门，趴在门缝上看电影。有一次看到晚上十点，怕家人责备晚回家，就学着电影对白的神态和家人平日唬我的话："是坏人摸了下头，就晕乎乎跟他走了，走着走着忽然醒了，赶紧跑回家。"听完这段谎言，不知大人心里有何感受。

当装糕人挑着扁担晃悠晃悠走着，一手摇着拨浪鼓，里院外巷的孩子们会陆续跑出来。装糕人头戴竹斗笠，放下担子，拿出两层的小台。上层细窄，有细细小窟窿，可以插入竹签，陈列糕人；下层较宽，是手工台。那巷子宽也就三米，小台和板凳一放，不看都不行。

开始捏糕人了。只见他早备好各色面胚，分团列好，利用些小工具，搓搓挑揉，手指灵活得很，偶尔还要梳子齿压两下……片刻后，一个栩栩如生的孙悟空像是从戏里走出来，头上两条长长的稚翎像是会晃，神态逼真。有人花一角钱买下孙悟空，高兴离去。老阿伯特别擅长捏古装人物，《水浒传》的梁山好汉、《三国演义》的五虎将等都不在话下，我就好奇地站着看着，一个下午的光阴静静地过去。

装糕人出现说明七娘生到了。每年农历七月是孩子们最为开心的日子。七月在闽南属于拜鬼月，城乡各街轮流拜"普度公"。拜完要吃"普度"，也就是宴客，常常是吃完这家吃那家，家家讲究酒局，猜拳行令、拼酒，其豪爽程度令人颇为兴奋。

而七娘生，是在农历七月初七，也就是鹊桥相会的"七夕节"。

或是说凡间女子向织女乞求，希望拥有像织女一样能织出五彩云朵的巧手，因此也称"乞巧节"。一个是牛郎织女，一个是七仙女与董永的百日缘，民间把两个故事相糅合，说是七娘放心不下留在人间的一对儿女，在暗中保护他们。闽南民间便有七夕"拜天孙"的习俗。即孩子出生后的头一个七夕要新拜"七娘妈"为"契母"。到十六岁那年的七夕要"洗契"，意思是已经长大成人，与"七娘妈"脱离关系进行洗礼。

我最喜欢拜"七娘妈"了。每年的这一天，母亲会在大清早备好祭品：瓜果菜肴、胭脂、清花粉、白色紫色的生花和熟花、红髻绳、剪刀、糖粿咸饭、燃香、酒盏、筷子、七娘桥等各七份。在家门口设方桌拜"七娘妈"，母亲要我面向天井，仰望天空，虔诚祭拜。然后，母亲用红髻绳把胭脂、清花粉、生花、熟花捆扎起来，叮嘱我往屋顶抛，说是责罚喜鹊报错喜，让它衔送到天桥边，供织女梳妆打扮会牛郎。

除了装糕人和七娘生，绞面也让人印象极为深刻。邻居林婆婆喜欢绞面，一盒莲花粉，一根棉线，先在脸上扑上一层厚厚的莲花粉，把线对折，用牙咬住一端，线折处在右手指绕两圈，左手拿一端，像个开口8字的剪刀，细细的棉线在脸上绕啊绕，偶尔听到轻轻的绷紧声，利用线的张力柔软地在脸上拉拉扯扯，顿时，所到之处，汗毛不见。"刷刷刷"，没多久脸部就更白嫩。爱漂亮的林婆婆却有个嗜酒如命的男人，白天边喝酒边骂骂咧咧。林婆婆也无所谓，你骂你的，我忙我的。闲了就绞个面，粉白的脸配个粉绿的短褂，自有一种美好。

偶尔清晨，会听到"卖牛奶"的吆喝声，巷子里的大人小孩便拿着白色搪瓷杯走出来，养牛的把牛绑好，现场挤卖牛奶。那牛乖乖地，双腿夹住桶，牛眼闭闭静静，牛尾晃来荡去，很受用的样子。大伙排着队边看边等。那挤牛奶的人，手法娴熟，伴着清晨的阳光，祥和安静，一阵阵牛奶味，在空气中弥漫。

在黄昏逐西的傍晚，巷子里的孩子们聚在一起奔跑、跳绳、跳房子，玩各种游戏。而夜晚，也会在大院子里，看那台9寸电视所播放的《基督山伯爵》《聪明一休》《铁臂阿童木》等电视节目，看完还依依不舍。

金鱼巷，因其有着历史悠久的故事和名流宿儒的古厝，以及声名远扬的影院遗址，也因其深厚的人文内涵，在2018年光荣地被中国美院进行微改造，以旧修旧，成为"网红"名巷。

2018 年 8 月 14 日于广州黄埔

老街印象

　　年少时，从金鱼巷的院子搬到董必武所说的"东西两座塔，南北一条街"中的那条历史悠久的泉州传统商业古街——中山路。

　　这条用红砖砌成柱廊的骑楼，是一条长 5 公里，单延伸的柱廊就有 2.5 公里，被冠于"中国十大历史文化名街"之一的商住楼古街。它包括三段：涂山街头以南至新桥头为中山南路，涂山街头至钟楼为中山中路，钟楼以北至华侨新村模范巷口为中山北路。

　　中山路在宋元时期就非常热闹，至今仍商铺林立，生意兴隆。从钟楼逛到南门，是不少泉州人的生活方式。白日里，中山路人烟辐辏，热闹非凡；夜色中，面线糊、卤味的香气四处飘散，人们陶醉在中山路的"深夜食堂"里。走过花桥坛，迈进秀才读书的地方，也迈进了这座儒雅的文人古城。古城如玉，被时光打磨得温润无比。古城把故事刻进了雕栏玉砌，把历史镂进了飞檐横匾，将深意藏了又藏。一任念旧的人在骑楼下悠悠走过，在时光折叠处，在禅声茶香中，构成难以忘怀的记忆。

　　中山路骑楼的一楼通常是店面、仓库，顺里进是客厅、厨房。二楼是居住的房间、小厅、阳台。二楼外立面，山花墙与红砖墙映衬出入，山花有中国传统的瑞兽麒麟、莲花、凤凰、喜鹊、螭吻、如意、太极、祥云等，也有结合中国传统元素的西方卷花、有翅膀的天使。墙上有的是古罗马风格的拱券木质窗、镂花，以及吉祥图。三楼是天顶大阳台，一排排或花砖或琉璃宝瓶的护栏，滴水兽在角落张着大口。这滴水兽既实用又增添生趣，其中，鱼和虎最常见，寓意着年年有余，猛虎出山。偶尔也能见到象征送子的麒麟，万象更新的大象，以及迎福纳祥的狮子。它们一只只趴在各户人家的檐墙边，疏导天台上的雨水，防止美丽的建筑墙画被雨水冲蚀。滴水兽的材质或是琉璃，或是彩绘的泥灰塑，添加了堆剪的工艺进行装饰。雨天，一道道水柱汇聚在大嘴里倾斜而下，生动地形成具有艺术价值的骑楼排水景观。

但凡有哪位发小老同，途经我家那"555"门牌号的骑楼店面，和我打完招呼，常会再来一句："一起逛逛？"我也乐得其所，甘当"导游"，告诉她，在这条街，不仅有最地道的泉州古早味，如菜粿、牛肉羹、面线糊、蚵仔煎、咸饭、肉粽，还可以寻访弯街僻巷里的历史古迹。

往北走就是花桥坛，里面祀奉着保生大帝花桥公吴真人。泉州的乡贤商贾为纪念其一生"以医名天下，以济人救物为念，而不取人一钱"的义举，自发出资建造花桥庙。庙里的"慈济宫"至今仍沿有赠药施医的传统。

过了十字路口，更是商户如云，小人书店、大上海理发店、修手表、裁缝店、画肖像、罗克相馆、曾有秀才读书的泮宫，等等。从泮宫走进去，不仅有烟火气息浓郁的菜市场，更有赫赫有名的孔子庙、少年宫。孔子庙桥上的72块石板条寓意着孔子的72个学生，那里曾书声琅琅，是我的母校第二中心小学，也是现在的府文庙。

那间罗克相馆也是极有来头，承载着几代人的照相史。据说20世纪30年代，"遁居南闽"的弘一法师（即李叔同）途经泉州西门外潘山，发现路旁矗立着"唐学士韩偓墓道碑"，曾下车瞻谒，伏碑痛哭良久，但始终没找到韩偓墓所在。两年后，他又与同道中人两次前往寻找，还是没能发现韩偓墓踪迹，只得请罗克相馆为他在墓道碑旁照了一张相，并留下题记，以感佩"一代名臣"韩偓。罗克店主帮弘一法师拍照，弘一法师为表感谢，写了"光明无量"的字托和尚送给店主。因为有此轶事，街坊邻里津津乐道，流传下来。

每到过年，父亲就在老街上的裁缝店，量身定制哔叽的中山装。而大姐年轻时，只认定那家有米白色大铁椅子的"大上海理发店"烫发。大姐最爱去店里找"英啊"，每次都对"英啊"的手艺啧啧赞叹，坚定地认为，只有"英啊"做的发型才符合她的心意。

泮宫口斜对面在 20 世纪 80 年代有一家油画廊。每次经过，见到店主作画，便有人驻足观赏。他在整堵墙上，钉好巨型的亚麻布，用亚麻子油调和颜料，浓墨重彩地描绘出巨幅大海的惊涛骇浪，也有时是林间的丰茂百草或耸峙的山岛，我的好奇心常为他的恢宏大作停留。

走过油画廊，便是一家帆布店，灯光灰暗，父辈弓身裁剪缝制。随着子女长大成人，生意交接，铺面越发明亮。在 20 世纪 90 年代，更成为街上最时髦、生意最好的时装店。

基督教堂是"施琅后花园"的所在地。年少的我们逛着逛着，明明家里信奉的是佛教，我们有时却走进教堂，在庄严肃穆的教堂里听牧师讲圣经，学着反省、忏悔、祈祷、唱赞美诗。而今回想起来，哪怕宗教信仰不同也并不觉得这份虔诚有何不妥。泉州古城素有"宗教圣地"之称，不仅有基督教、天主教，还有道教、佛教、伊斯兰教、印度教、犹太教，等等。当多种宗教在这里汇聚，便呈现出一座历史文化名城的包容性。虔诚来自内心，宗教多元地融合呈现善良与平和。

十字路口的罗马式钟楼，永远雪白地环顾四周，它报时最标准，每每走到钟楼下，总忍不住看看手腕上，那花了五元钱买来的电子表的时间与钟楼的大钟是否相符？

有时，泉州和澎湖会在南路的天后宫联合举办"乞龟"元宵祈福活动。澎湖先民大部分来自泉州，饮食文化和生活习惯一脉相承，两岸有共同的祈祷和平的仪式。此时，大人携小孩，小孩扛着大大的糖葫芦走马观花，紧跟着凑热闹。妈祖庙里古乐声声，香火鼎盛。不仅有水果堆砌的"水果龙"，更有由1万公斤大米堆砌而成的"大米龟"，它头高1米、背高1.5米、长7米、宽近5米。善男信女围着它"摸龟头起大楼、摸龟嘴大富贵、摸龟身大翻身、摸龟脚吃未干、摸龟尾吃到有头搁有尾"。从头到尾摸遍大米龟，祈祷国泰民安、风调雨顺。

古城的这条老街，商业气息与历史底蕴就这样奇妙地交织在一起。当你从骑楼下走过，偶尔会飘来琅琅的南音，或一阵阵禅意缭绕的梵音，像解读着抑扬顿挫的岁月。老街里的石头巷陌，担水炊音，洋溢着生活气息。跫音踯躅，伴着一缕缕饱蘸笔墨的泮宫书香，挥毫落下诗画歌赋。城市已经拓展，街边的商铺逐代升级，唯有老街的气韵依旧在灯火里温厚地流传。

2020年5月5日于广州黄埔

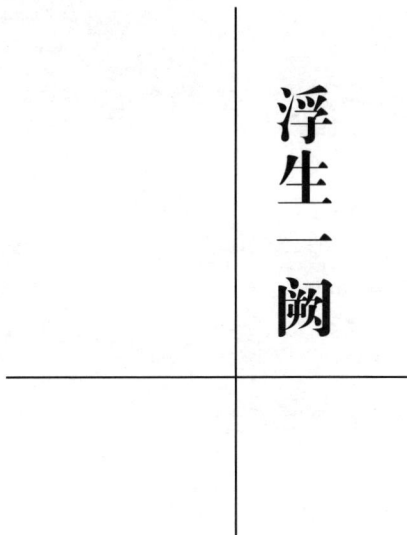

浮生一阕

走在春天里

我爱买书，买后却常忘记阅读。且想起来，也通常是深夜。孩子们熟睡后，才有完全属于自己的时间，像朋友们说的一样，舍不得睡。于书柜前，一本本寻找，见到掩在一叠文件下，半年前买的永井荷风的《晴日木屐》，睡意蓦然消散，心底似有好奇与狂喜，如若捡到宝物，一时兴味无穷。

春天本是赏花的季节，应该像永井荷风一样，拿着蝙蝠伞，穿着和服，趿着木屐咯吱咯吱走后街，穿小巷，到处去散步。倘若是我们，便着轻便的小白鞋，化精致的妆容，挽手工的牛皮包，只有下雨，才会打上一把清亮的透明伞。

这样走在春天里，感受蓬蓬簇簇的小野花，寻觅抽芽的嫩枝。或在春雨里，听雨滴在伞上啪嗒啪嗒地舞乐。不必像荷风摊开旧地图与新建筑对照而伤悼；不必去缅怀往日的古迹有谁与谁的风流，甚而回望儿时的场景；不必刻意感念旧砖旧石携来的已逝或将逝的"名残"之筑。只要是繁花似锦的春天，人们热闹营生的样子就很好看。眼前缭绕满城的绿、明媚的花。

走过簕杜鹃盛满的屋檐和炮仗花盛开的水泥墙垣，漫步木棉花红火热闹的市街，在纷纷扬扬的紫荆花瓣里赏味春光，抬头仰望撑起繁空美颜的粉樱。在人声嘈杂的市场里挑选春蔬与水果，在街头的老字号糖水铺来一碗姜撞奶，偶有一阵脆脆的麻雀欢声掠过，这样就很美好。

但是，这个庚子年寂静的春天，一觉醒来，如在海里。楼外灰雨蒙蒙，远处的树梢张牙舞爪般浮现于空中，放眼望去，天地搪塞在雨雾里，是作家笔下无常悲哀与苦寂诗情作祟。人们躲在家里，祈愿战胜这场来势汹汹的疫情，心思亦不流于野外。

于雨后，推窗望外，清新的空气、满目洁净的楼宇扑面而来。第一次见到城中村上空有白鹭群在盘旋，瞬间错觉回到了集美，红砖墙外有带着水汽的海风轻轻吹拂，这是人与自然的和谐相处。但先生凑过来说："是群鸽子。"家里理科男就是这样，偶尔放天假，也容不得人幻想，硬生生把诗意给砸了。

寂静的开春，饮食简约，作息规律。抑或是在安放心灵，淘洗后患？一切的友爱、善良、团结都在泽被心灵，让我们得以蓄锐，避免大自然的失衡。

心灵的故事，永远不会过时，请多一些善良与爱，宽容与慈悲。就像美好的春光一样让人过目不忘，动听的旋律一样让人驻足，风雨过后，必定是阳光辉耀的春日天空。

发表于《黄埔新时代》2020 年 3 月 12 日

一盆薄荷绿

落地窗外，绿意盈盈，各类绿植仙气十足地把我的目光吸引着。有时盆栽边还长出四叶草，开出的颤巍巍的小花，玫红粉色深浅不一，小巧得让人怜爱。它们喜阳而笑，夜里合拢，倒也逍遥。

晚秋，千年木也长出兰花草，紫色花越开越繁盛，迎着东南的亮杏色，长长枝干对着阳光谦卑地问好。坐在厅里泡茶，猛然瞧见这些开得正好的小花小草，恍如置身山间，自然也随心欢喜。

我偶尔外出旅游，通常有段时间疏于打理，只得由它们自生自灭。娇嫩的很快就枯萎了，那些耐干渴、顽强活着的，却给我另一种惊喜。也不知道兰花草和四叶草的种子从何而来？发朋友圈时，海外同学说是随她造访，花语是幸运。

我喜欢烹煮，曾种过不少香草，如迷迭香、九层塔、百里香、薄荷，等等。烤梅花肉时，从阳台采摘新鲜的百里香，洗干净，很土豪地铺在彩椒肉上。油脂因高温"哔剥"作响，发出"滋滋滋"的美妙乐音，草本的香息便从烤箱溢出，四处弥漫。用它们提味，那自然的草本香便会灌满整个空间，一度让我迷醉。做孩子喜欢吃的鲜虾芒果沙拉，摘几片鲜嫩的薄荷，用盐水浸泡，和着柠檬、腰果、黑醋一起搅拌。当薄荷与芒果鲜虾相遇，散发出沁人心脾的清凉，它们自然成了色香味的主角。而当迷迭香和牛扒一起摆盘，精致的装饰让我都心生幸福。

唯有在煮食中加入香草，厌食的荒谬念头才会得以消失。香草对我而言是"回魂草",草本的香息让我与荤腥握手言和。

一度幻想阳台成为"香草园",可我精心呵护的香草却在夏日一次长游回来后,全枯死了。

我不明白先生为何会在寒冬冷夜里,夜多深都要带着2岁的孩子,每晚迎风冒雨地去帮出游的亲戚浇花,而我们长游归来却是地板发霉,草儿枯死。人心换不到一块,我仿若失去亲爱的宠物,甚至有大段时间不敢走进阳台。那不只是一盆盆小绿植,那是我对生活的执着、热爱与向往啊!倘若能在平凡的日子里找点乐趣,也是我远嫁、疏远亲友的一点安慰。

先生沉默不语,我也不再抱怨,但心事写在脸上。

直到有一天,女儿说想吃芒果甜虾。我惋惜地对她说,家里没有种薄荷了。先生突然抬起头,抢着说,有种。我莫名地望着他,他朝阳台使了个眼色,随身站起走到阳台,打开门。

我好奇地跟着走过去。我许久没关心那些绿植了,自上次如林黛玉般地伤感完后,就没打理过花草。而他,真的在乱草丛中捧出一盆薄荷。他抖了抖花盆上的泥土,在阳光下对我炫耀着。我认得那个花盆,它没有我打理时的精致干净,但枝叶葳蕤,薄荷叶鲜绿。

"怎么还活着?"我惊讶地问。

"我天天浇水,它盆里还有根,就活过来了。薄荷草,生命力还挺顽强的。"他说。

"是哦,不错嘛。"我欣喜地拍了一下他,当作表扬。他挠挠头,"嘿嘿"地笑着。

我摘了一把薄荷叶,给他们做起美味的薄荷鲜虾芒果沙拉。

这道薄荷沙拉特别美味,它充满爱,散发着迷人的香味。

2019年11月7日于广州黄埔

有爱暖如斯

那是 2014 年的秋天，我不能吃大闸蟹、蛋糕、巧克力，也没能出门旅游，更没能拿着相机上蹦下蹿，甚至不能开太久的车，也没人陪我到处闲逛。有次，我想去黄埔医院某科室，抓某人出来，但看见走廊一大堆排队等候的吊滴推床，便自觉离开。

我住在黄埔，天气好的时候，经常有一大群白鸽在窗外呼啸，在阳光脆脆的天空里融合、飞逐。我对着它们微笑，发呆。然后，勤快地走去百佳买菜，得早点儿去才能买到乳鸽。我耐心地煮食，讲究营养搭配，用色香味讨好自己，爱西兰花和小番茄之类的鲜蔬。有时，精心焗半个小南瓜，用来拌通心粉。炖盅里的乳鸽汤香味四溢，和着红枣枸杞子沸腾着。

补血、补钙、控血糖都是要注意的。有时，在朋友圈自发感叹，记录怀孕的闲闷。有时，自己跑去办理脐带血储存。

秋天，空气干燥。又在想，折腾点什么喝呢？用银耳雪梨打成羹，我的清饮，女儿的加蜂蜜，爸爸的豪饮。我吃饱了睡，睡饱了吃，过着"猪八戒"的生活，却有着"猴哥"般的身材。有一次，看着阳台晒着宝宝的小衣服，打着问号："这么小能穿吗？"

某人却一句话砸过来："你那身材能有几斤？"

"哼，宝，咱们要争气，就是几斤也要勾勒出婉转的小屁屁，把这几条小裤裤穿得性感一点。"我摸着 9 个多月，却不显眼的肚子，在朋友圈愤愤不平，引起朋友们的笑。

有时看书看漫画、听胎教音乐，无聊时，跟 Siri（手机语音助理）聊天。跟 Siri 聊天，就像是跟机器人说话。

Siri 可不是好惹的，挑衅它时，刚开始，好言相劝。

"是我使你不高兴了吗？"

到后来，直接击中要害。

"我看你好像不太开心？"

"笑一笑，十年少。"

我怼它："无聊！"

"心静自然有聊。"它顶嘴。

调戏不成，倒被说教。再后来，说不过它了。

我还有个 5 岁的女儿，准吃货、独立、好卖萌。她爸做酸奶，她就做酸奶冰棍。

"酸奶冰棍好吃吗？"我好奇地问女儿。

女儿眉开眼笑，可爱极了："酸奶冰棍？酸死了哈！"

"酸死了还笑？"

"因为这是健康食品啊！"女儿爽朗地回答。她最近陪我吃西柚和青色猕猴桃，吃出酸瘾了。她经常做点小家务，主动擦家具，收拾碗筷，拖地。

生活平淡，有女儿讨我欢心，自己刷牙洗脸，冲完凉，披着青蛙帽浴巾，走到沙发边来卖萌："妈咪，冲完凉好舒服。"说完，就要我搂着她说，"宝贝，妈咪爱你。"

日子真实。有时周末，女儿约爸爸去高德汇的小 Q 反斗城，玩机动游戏。我远远站着，看见爸爸玩得比女儿还欢乐。有时，女儿也淘气，在我房间又吵又蹦，被我喝住，勒令出房。她路遇我的结婚照，停下来，教训起照片上的人："谁让你们结婚的？谁让你们结婚的？对我那么凶，一点笑容都没有。"

我说她是"小屁孩"。人家正儿八经地告诉我："妈咪，我不是'小屁孩',我是'小孩'。"

她摔跤,膝盖擦破皮,我去小区东门的药店买云南白药。买完走了,药店老板追逐出来,叫住我。我以为忘了付钱,哪知老板说:"你怀孕,不要碰到那药粉。"我感动得直点头,感谢他的特别提醒。

送女儿去学钢琴,走到冠豪大门口,保安特地告诉我:"电梯边有摊水,经过时,留意下。"

那个下午,女儿照常去幼儿园,爸爸去上班。我想着顺道,不如往黄埔邮局,领取海外同学寄来的婴儿奶粉。我把车停在邮局门口,大腹便便地走进去,看见一整箱的奶粉,无奈地对工作人员说:"真是抱歉!太重了,改天让我老公来取,可以吗?"话音刚落,旁边一位在寄包裹的帅哥说:"你车停在哪里?我帮你搬吧!"

啊!哪里都有闪着金子般光芒的爱。走在黄埔的秋阳里,一直被呵护着、被暖暖的善意包围着。

2020 年 11 月 5 日于广州黄埔

斗牛记

　　心若纸鸢，随风放飞。有时候，旅行是一场冲动。在失眠的夜里做攻略，天亮就登上疾驰的火车。这样的行程虽然来源于一道闪念，但路途怦然出现的惊喜，不期而遇的精彩却深深根植于记忆中。

　　天高云淡，从阿诗玛故乡出来，走进石林县三家村，只想吃个地道农家菜，路上塞满车，在如此荒芜之地塞车，实属罕见。原来，前方正在斗牛。彝族司机说，如果想看，得自己走进去，人太多，车子开进去出不来。

　　每年初一到初五，三家村都会斗牛，家家户户把牛牵出来参加比赛，只要参加就会有 5000 元奖励，赢的则有 50000 元。牛按体重分成若干级别，比赛在同级别间进行。在彝族，牛是财富的象征，当地人崇拜牛图腾。

　　火速吃完农家菜汽锅鸡、野生菌汤、薄荷羊肉清汤、以菜炒鸡蛋，走了约 20 分钟，人山人海，全是附近村民。他们穿着鲜艳华丽的彝族民族服，妇女拖曳着漂亮的百褶长裙，头戴银饰帽或"鸡冠帽"。一路卖吃的玩的，伴着灰尘和紫外线，在凹凸不平的山路上，甚有节日气氛。走着走着，人越来越多，连四周石林坡上都爬满村民，密密匝匝，非常壮观。我挤不进去，便拿着相机跟村民商量，这辈子可能只看一次斗牛，想拍几张照片，村民热情地把好位置让给我。石林中间是块宽敞椭圆状的草坝，草坝上，主祭向东南西北方分别祭祷，口中念念有词。接着，斗牛裁判检查牛的犄角，估计是看有无猫腻。之后，牛号角吹响，擂鼓声大作，响彻草坝上空。裁判宣布比赛开始。主人引导牛上场，一头身上写着红色字"杠上花"，一头写着大大的"99"。两头牛相见，分外眼红，彼此都知道来意，来势也特别迅猛，很快就较起牛劲，喘着粗气，激动得浑身晃动着，两只圆鼓鼓的牛眼暴逼对方，似乎在恐吓对方。此时，石林上的村民们相当激动，喝彩声随着猛牛的两头相抵此起彼伏。两牛你来我往，你进我退，相持不下，实力相当，奋力拼搏。慢慢地，"杠上花"表现弱势，连连后退。突然，"杠上花"又竭尽所能，突发猛力，狠狠地顶了"99"。"99"落荒而逃，原来脖子出血了。它进攻快，逃跑也快，猛然冲进人群，掀起一阵慌乱。主人即刻追赶过去。

在激烈的搏斗中，整个场面异常火爆，高潮迭起，喝彩赞叹声经久不衰，非常痛快！比赛结束，获胜的牛披红挂彩，由主人牵着绕场一周，喜气洋洋，接受并感谢大家的欢呼和祝福。

彝族斗牛活动历史悠久，村民参与度相当高。与西班牙斗牛不同，这里只是牛与牛斗，没有残忍恐怖的血腥场面，适可而止的娱乐活动更能体现出彝族人的善良与淳朴。他们崇拜牛图腾，勤劳踏实的牛给他们带来富裕生活。养牛不仅为耕田还有额外创收，偶尔增添娱乐。他们爱护、尊重、体贴每头牛。虽然斗牛惊心动魄，却每每有惊无险。他们经验丰富，分寸把握得相当好！

当我把这一切绘声绘色讲给蹲在饭店门口，吸着竹筒烟的彝族司机听，他点头笑笑，建议我在第二年六月，去他家乡欣赏火把节。

发表于《黄埔新时代》2019年3月12日

一株美物

买了一株吊钟，插入稳重的大理石花瓶，置于我的书桌左边。无意间，营造出一棵树的氛围，清凉与平静布满室内。有时，树下看书倦怠了，移目对此君，思绪转而飞向青山林荫中。

吊钟天生带点性冷淡风格，清幽绝伦的仙气，天然的高级感，无需讲究器皿，随手一插，便是一道风景。我拍了照片发到朋友圈，潜水的微友纷纷冒出来赞叹。

吊钟比马醉木难侍候。马醉木换换水，自个儿生长，便喜见它抽出新嫩的叶片。而吊钟则不同，一来就得先削五公分树皮，剪十字，早晚绿叶淋水，还得留意器皿重量。否则，枝干喝着水，器皿不受力被晃倒。自从买下吊钟，白天作为案旁知己，夜里搬到阳台，任凭星月照耀，露水洗涤。一夜之间，绿叶是否抽新芽，是否枯萎，竟成了心事。早晨起来，为它姿态持续而欢喜。喷壶装满水，洋洋洒洒，看着叶子，带着粒粒晶莹剔透的露珠，心情为之大好。

每天搬来搬去，也是甘于受虐。但是，人家颜值高啊，有条件被宠。朋友说，来生想做一棵吊钟，等吃等喝等受宠，当然，必须遇对人。

对叶沉思，想起学校后山的点点滴滴。吊钟生在荒草离离的尘世，而不杂于尘世。它虽然孤单清寂，泪滴凝露，却又仰望天空，充满深情凝望天日。在无人知晓的山间，独自枯荣，不以为憾。

在山则开花于山，水培则绿于室内。盛开时不骄傲，枯萎时不悔恨，清雅一世，神仙一样的存在。

身处人如云、事如雨的生活琐碎中，家庭、事业、子女、个人的细事不断，忙里忙外，急人所急，却甘愿每个月挑选欢喜的水培绿植、应季鲜花，为其支付买花钱，享受生活的美学时光。无论生活多么艰辛匆忙，潜意识里，想留一份清淡的时光，给欢喜的事物。如同吊钟，不论是开花山间，还是雅居室内，一样仙气盈盈。

2020 年 6 月 25 日于广州黄埔

秋意满人间

八月中，柿子泛黄，零落篮上，聚成一堆，圆滚滚甚是吸引人，欣喜挑了几个，谨慎提着，回家细洗，品尝，果然清甜。

秋来时，栗子甘美粉润，开始走俏市场。想起萝岗朋友的那片栗树。此间，秋山上，栗子的外壳会自动爆开，果实掉落。山的侘寂，被毛栗的纷落击响起来。

秋蛰低吟，蝉声凄切，是在渐别夏日。那黄菊开，蟹儿爬，初秋的趣味盎然而至。

十五夜，月圆如灯，复照人间。烘焙月饼，置办中秋晚餐。孩子们提起灯笼，楼下狂欢，点起蜡烛，煲蜡过节。

秋的感受想必是有来由的，忙碌的人没有秋天。林清玄写道："能与落花飞叶同呼吸，能保有在自然中谦卑的心情，就是住在最热闹的城市，秋天也不会远去；如果眼里只有手表、金钱、工作，即使在路上被落叶击中，也见不到秋天的美。"

南方的秋天，在物种美食上得到大自然的恩惠。但秋老虎发威，天气依然炎热。想着若放慢脚步，告别单一枯燥的日常，尝试新的生活安排，许能见到林清玄笔下的秋天？

入秋以来，加入文友的"双万"群，每日行走万步，看书万字。个把月后，腿部肌肉果然结实收紧，书籍闲置的情况也得到抑制。

走过池边的柠檬桉，似曾相识的精油味儿扑面而来。不由得想进一步与秋天私语，便打开识花君，方知柠檬桉也就是尤加利。

初秋的它一样没有花朵，湿润的树干被干爽的白桦皮裹挟着，挺拔屹立，似乎在告诉人们："要像我一样正直哦！"那大面积的浪灰白和岭南特有的柔绿点缀着南方的秋日。

继续行走，影子沿着岸边洒下来，阳光又热辣起来。转过身，呵！好大环斑斓生风的三角梅，艳艳地扬在桥拱间，池面水波潋滟，小艇悠闲自得，古亭红墙绿瓦，琉璃瓦上阳光熠熠生辉，满园诗意。

小径左边是落羽杉，右边是柠檬桉，在此间疾步，做些肌肉拉伸的动作，骨骼竟玲珑脆响，幽默地猜想自己是天地间的风铃，凉风来，沙沙作响。

或许我们都该放慢脚步，与自己做做有氧拥抱。让俗世的心在浩瀚的书海里驰骋涤荡，与秋日的优雅闲寂荟萃，边走边体会这落满人间的秋意。

发表于《黄埔新时代》2019 年 9 月 17 日

立春的雨

　　庚子年的立春，一整日的春阴。一场春雨，寂寥地缱绻大地。人们依旧宅家，在暖和的厨房里包着饺子。在茶室里温和地泡着茶，或有清扬的古琴声相伴。写字读书倒是避开人群的好方法。有人仍爱做运动，在狭窄的空间里铺上瑜伽垫，滚翻、压腿、反背……一起躲避着这场猝不及防的意外。

　　医生依旧上班，每天问他，上午有病例吗？高危的？疑似的？下午有病例吗？他说，上班时没有，交接班时有，他错过了。或说，下班时才来的，但已经在回家路上。他的答案一样，回答却五花八门，甚至说："今天没病人！"

　　一切轻描淡写。

　　回到家，他把口罩脱下来，告诉她，回家的口罩是新的，上班的口罩医院会统一处理。边说边又提着鞋子，谨慎地放在大阳台。衣服也丢进洗衣机打滚，安静地洗手。她知道问不出所以然，有几天便忘了问。

　　孩子午睡时，她一遍又一遍地用消毒水拖地、擦拭家具。空气弥漫着浓郁的消毒味，怏怏地在时间间隙里打漏。刷刷刷，不停地刷，似乎才能安心。

　　春在闲适与冷清之间，在烟空大地上静静萌动，印着新叶的萌在席卷，高大的树摩挲着立春的空，拂面而来的是吹面不寒的风。飘飞，凝视，一切观之若画。总有一天，疫情会结束，人间依旧春暖，市井依旧喧嚣，故人依旧，山河无恙，你我皆安。

2020 年 2 月 5 日于广州黄埔

弄　香

　　寻一场茶约。

　　听朋友说，某舍花雅茶雅，趁着周日有闲，欣然前往。

　　轻声坐下，但见茶席铺开，白与藏蓝相融，宽厚的梨花木之上，杯杯盏盏整齐明亮。

　　茶主人静一老师一身旧蓝禅服，神容淡定，他捣出一块弄花，古树普洱。以80摄氏度净水高冲之，第一遍洗茶，却见洗茶汤色清妙，无一丝茶渣。食指直搭茶盖，高冲第一泡，盖好，随手迅速绕壶，于公道杯中见初汤如淡菊，曼妙无比。逐杯分享，轻轻啜饮，茶汤在舌尖清悠绕转，顺着舌尖慢悠悠滑入喉咙，好似寻得一觅清香，又似无。心不甘，辗转寻觅，仍不见其踪，只余温润。此时，第二泡，水温稍高，约85摄氏度，茶叶微展，高冲注入净水，合盖，又是旋转绕壶，再斟酌入杯，茶香微开，茶气漫入，似乎有栀子味忽现，却又隐身不见，似迷藏之，又淘气不见。再寻，仍是若有若无。第三泡，水温至高，约90摄氏度，稳稳高冲，静谧视水注入，合上壶盖，也是随手一转壶，好似人间仙气弥漫。呷满口，温热浓烈，惊觉有莲花在舌底徐徐盛开，口腔开出了花朵？此时，呼出茶气，如莲花微徐，韵味悠长，唇齿留香。

　　茶人柔软而唯美的心在一杯茶汤里轻显。主人对茶的修持，或许只是替我们尝试地打开一道门，而我们在茶香里遇见的欢喜与静寂，足以疗愈尘世的喧嚣。我喜欢看弄茶人专注从容的脸，那是一种对生活的淡定雅然与情绪上的纯净。

"掬水月在手，弄花香满衣。"唐代于良史指出花香有无其实禅意也。"无由持一碗，寄与爱茶人。"白居易的诗更是穿越千年，道出爱茶人士的潇洒。

2018 年 7 月 1 日于广州黄埔

春半月

二月十六日，黄埔公园。

春风徐徐，浅灰色的踪迹短暂地成为水君子谦和的邻人，惹得蝴蝶逶迤飞来，来意不明的美丽让人侧身避让，提防着。

黄葛榕和乌桕叶子都是枯旧的，玉兰树的叶常青，不温不火。我经过的时候，有叶子正好扬下来，轻轻在我肩膀打了声招呼。香樟树的叶子则绿出透明感，伸向苍穹的新绿映衬得天空更加明媚，让人的心情也跟着明朗起来。

刚出来的叶子也不全是新绿透明的，像朱缨花的叶子就是褐红的，微弱的，轻薄的，慢慢地由底部到叶尖浓成绿，枝头偶尔还有红红的浆果与绒花。

两棵看似枯老的藤反而率先长出红艳艳的花，细长细长的，渐渐细致到枝头，在枝头轻轻地晃啊晃，优美地吸纳着春光。

岸边也有钟爱的白洋荆，只是长得太瘦弱了。叶子被毛毛虫啃得千疮百孔，却依旧开了花。雪白的花萼舒展着，清脆的几朵，微微地成长着，舍不得这阳春。

垂柳大部分还是枯叶，像披着一头乱发，慵懒迷糊地睡着觉。

我打树下走过，行色匆匆。人世间有多少美好时光能慢慢品味？

2019 年 3 月 4 日于广州黄埔

码头晨曲

晨曦倾洒，大吉沙在薄雾中苏醒，江面仍在沉睡，七八点金帆静静摇曳。

楼房面朝港口，却异常幽静。偶有小鸟停栖在格子窗前，啾啾鸣叫，摇头晃脑。或扑腾羽翼，迅速飞走。

微紫的天空泛出一团淡淡薄光，薄光里藏着一窝明媚的蓝。那些淡光越聚越多，越来越亮，多得有点刺眼。蓝儿被风携带着，左右横斜。

这时的紫荆开得最是好看，满树繁英。花瓣偶尔散落，桃红在空中戏耍旋转，嘻嘻哈哈，又似给宁静染妆。

一团刺光突然袭来，金光乍现。天空，云稀雾薄。旭日初升，隐而现，现而隐，一阵阵剧烈波动，突然，像冲破了铅色，稳稳倚着自身带来的白光。

整个港口彻底苏醒，黄埔东路车流逐渐喧嚣，震荡清晨的空气。兰花草扬起紫色姿态，蓬勃生长。

薄薄的冬日覆上港口。天空越来越清蓝，更衬得紫荆树姿丽无比。蓝调里，跳跃着明媚的嫣红，疏逸秀雅，柔和了冬的寒冷。

一阵风吹过，委婉而华美的尾声簌簌落下，落在浮光掠影里，落在大自然的芳心里。爱怜地拾起紫荆，花瓣脉络橘黄，是风雨拂过的印记。

它们，也曾锦阵花营过。纵使有过惊世骇俗的生命华彩，也是蜻蜓点水般落下。飞花刺穿了冬的寒冷，纵然坠落，也坚决把最华美的一面展现出来。焜黄华叶，徘徊芳踪，不去惊醒沉睡的大地，也不带走任何遗憾。这短暂而别有深意的告别仪式，不隆重，却惊艳。

2018 年 12 月 14 日于广州黄埔

园子里

　　微博时代，一直躲在"角落"里看樱园，看她们青衫布衣长袍，一脸素净。看她们做牛肉干晒腊肠养花养草酿果子酒，看她的荷塘、她的猫和她炖的鸡汤，还有她绝情又秀雅的文字。

　　也是樱园，令我这种超懒又洁癖的人开始喜欢上绿植。憧憬石头森林有绿意？那就来吧！于是，在自家小园子拔草播种呵护绿植，买来白色风车做花架，把多肉植物插成一道道风景，再把有雅花的布艺沙发一置，小桌子铺上格子布，哗！感觉来了，烤个小饼干，泡壶茶，发发呆，看光阴散落下繁英绿叶，看植物也有睡眠。你看，白天，三叶草叶子张开。晚上，合拢睡觉。绿植予我惊喜，我在变色我在长芽，有时看上去茸茸的，那只是在休眠，到了阳光猛烈的季节，蓝天空透，破颜微笑，绿意盎然，足够惊喜吧？好吧，那就扫扫尘，夹夹枯叶，祝你们光合作用愉快吧！倒也其乐融融。

　　若想散散步，楼下刚好也有大园子。这个园子，夏天有玉兰花，冬天有桂花。在湖边走着，暗香飘来，伴着金灿灿的阳光，微微如丝绸的风，还有嘀啾啾的鸟儿在草地上欢快地弹奏。湖里的水潋滟静默，泛着新鲜空气，倒影里的树叶和蓝空微微舞跳。园里有歌者，湖对岸的在歌咏祖国大好河山，气势磅礴。湖右侧的男人唱粤剧，气度若石，铿锵有力。湖边还坐着两位老大爷在唱英文歌，唱得像跟英文字母捉迷藏似的，倒也罗曼蒂克。阳光与绿植结伴，蓝天与白云缱绻，所有的植物都在迎接游人的到来。

也喜欢在雨后的林间小道跑步，喜欢微微浸透着湿润的青草味道，喜欢玉兰花瓣飞在我的发上，喜欢汗珠子滚过眉毛穿过睫毛滴在脸颊上，漾在脸上开出透明的花，一路飞跑，和着鸟儿一起歌唱。

或是拉着儿子路过芒果树，见到硕果累累，总忍不住对儿子说："我摘个芒果给你！"人家看了看，却淡定地回答："都还没熟。"走进园子里，草丛新开一地紫色小花，直问我："妈妈，这是什么花？叫什么名字？""这是蓝猪耳，蓝色的蓝，猪的耳朵，因为这花像猪耳朵！""蓝猪耳为什么是紫色的？""因为这种紫色叫紫蓝色！"

夏光明朗，鸟儿啾，蝉儿鸣，玉兰花瓣舞落一地。芊芊的夏日，荔熟芒香，水君子疯长着花。从园中经过，听到花儿们交谈，它们芳香，恬淡平和。

2018 年 6 月 24 日于广州黄埔

香雪园读梅

　　冬至后，萝岗的梅花次第盛开。若说黄埔的赏梅胜地，最风雅的自然是香雪公园。这里花韵清疏，暗香浓烈，仿若一处释放心灵的净地，承载着诗意的想象，滋养着无尽的艺文之事。此时，约上二三好友，乘物游心，一身寒香，乃闲旷之奢，似胜人间无数。

　　园子行路两旁，是千千万蕾的梅树，斜枝疏影，清冽淡雅。绛红点绿的花萼，对着阳光的一面，舒展开来。背着阳光的花苞，生命暗涌。走着走着，横来一枝斜梅，朵朵花蕾簇拥争宠，爱怜地捧起，赏心悦目，闭目嗅花，更是玉屑寒香，为之醉美。池塘里，莲事已竟，花絮不舍，慵懒水面。有人架起"大炮"，隔岸打鸟；有人匍匐在地，只为拍下草地上的梅枝疏影。青蓝的天空，是白梅的背景。如此清雅，漏下来的日光洒在行人身上，流淌着诗意。

　　传说南宋中书省朝议大夫钟玉喦告老还乡，在家乡萝岗修缮书院，延师讲学，种下梅林。后代子孙为纪念他，遂把书院改名为"玉喦书院"。

　　玉喦书院有韩愈"鸢飞鱼跃"、郑板桥"春夏秋冬"四季竹的字画和拓片，朱熹"忠孝廉节"、文天祥"幕府杂诗"的诗词匾额。书院的东南向便是香雪梅林。

　　香雪梅林，即使在交通不便的古代，也吸引着文人骚客、达官贵人，山长水远，迢迢来赴。他们舞文弄墨，留下无数咏梅诗篇。明代大学士方献夫、何维柏、尚书湛若水、王弘诲、大理寺评事刘维嵩,清代两广总督张之洞、学者朱次琦亦慕名而来,吟诗作对。现代大文豪郭沫若也忍不住题诗:"岭南无雪何称雪,雪本无香也说香。十里梅花浑似雪,萝岗香雪映朝阳。"

黄埔人以"香雪"比喻此地梅花,便由此而来。

20世纪80年代中后期,岭南气候变暖。梅林连续几年发生虫害,青梅产量下降,而萝岗橙价格飙升,村民纷纷伐梅种橙,美好的传说传承断代。直到21世纪初,广州开发区接管萝岗,当地政府重建香雪公园,再现十里梅林。

梅林,并不盛放于众芳之时。它们不争不抢,恬淡平和,风雨兼程,只为属于自己的花期。香雪园的梅花品种有绿萼、青梅、垂枝梅、朱砂梅、宫粉梅。

绿萼,顾名思义花萼为绿,花瓣洁白,香气浓郁,是最有君子气质的梅花。它们不畏严寒,温润如玉,又坚如铁石。以"一夜欲开尽,百花犹未知"的魄力和胆识率先垂范,就像是我们开发区人,勇立潮头、奋楫争先、敢为天下先的独行!

花冠洁白似玉,霜色中带着微绛,鹅黄花苞不疾不徐,在寒风中伸向天空的就是青梅了。青梅自有种无畏谁先谁后的盛放姿态,任你威风凛凛,任你五颜六色,任你珠光宝气,任你果实累累,任你咄咄逼人,我有我的自在与清雅。只要储备足够,花期到,青梅果照样丰收累累。这便是青梅的沉静与悠然了。

那犹似一头乱发,垂头丧气的垂枝梅,便让人感到凌乱与可怜了。它其实有个很好听的名字,叫作"照水梅"。它们的枝条下垂或斜垂,硬是有意把枝干折曲,朝着水中虚假的荣光弯腰,有点像谄媚的小人,靠着阿谀奉承的姿态,便获得了荣光。只是跪久了,永远立不起来。

园子最里面,是朱砂梅和宫粉梅,其花香浓郁清冽,呈深浅不一的桃粉。这两种梅也被称为"红梅",在园子最深处的角落里,像极了特立独行、与世无争的隐士。红梅淡然的心态暗合着一些文人独守内心清净、高洁自立的追求。众荷喧嚣，有人沽名钓誉，互相吹捧，营造光环。而能独守内心清雅，拥有独立思想，真正抵达心灵净土的，又有多少人？

由此可见，"萝岗香雪"不仅是一处楚楚可爱的花木景观，更是一个带文化内涵的历史人文景观。古往今来，"香雪"留下悠悠哲思，直教人要独具慧眼，豪放秀逸。

2021 年 3 月 21 日于广州黄埔

赏樱小记

羊城天气无常，适值正月，春空烟迷，携上孩子驱车到华农。雨花频频弥漫，仿若轻烟，抚摸着樱花树和紫荆树。

儒园的樱树已长出嫣红的花，樱花流红，朵朵娇美。微雨飘浮，若晕开了的玫色胭脂，轻施香颊。又有团团锦簇，俯啄仰饮这春天的甘露。枝头偶尔零星地散落着片片嫩叶，叶子新绿，也是极为赏心。欢腾的花美艳地映衬着翠色的新叶，静静地从枝头散射出浓烈与清新。潇潇细雨，轻轻地从樱花的间隙里漏下来。

春天，谁也夺不走。土地复活了，它饱吮着雨水的养分，满足地苏醒。

地上樱花零落，片片点点，散在赏花者的脚边。雨慢慢消停，烟霭还未散去，走向小山坡，继续迎接花的清香和叶的绿润。

在山坡顶，举目四望，男女老少，极尽各种尚美姿势迎接花事。长枪短炮、各类手机，人人都是摄影师。

沿着湖边鹅卵石小心翼翼地走。粉的、白的紫荆都是繁花一树，浪漫唯美。湖边一株紫荆脱颖而出，垂下一串白色花。花瓣上濯濯闪闪的水珠互相凝望，秀雅清澈地跃出春雨天，这是一个多么馨洁的细雨日啊！

开车往里驶，悠见黄钟木也争相展悦诗风。满树明黄的花，开得人心情透亮。枝头的花蕾，披着褐色的茸毛，像只只可爱小猫咪的尾巴。不禁又下车欣赏拍照，空气里还荡漾着水汽，这水汽也曾凝结成珠，将须臾的生命倾之于今日的花树。

　　心中不禁泛起对故乡亲人的思念，此时此刻，多么想将眼前美景分享给他们，刚想寻觅些言词发个朋友圈，孩子戏耍的闹声却旋即消泯我的愁闷。

2019 年 2 月 10 日于广州黄埔

夏浅春深时

马醉木长出新绿的叶子，这是初夏。暮春过分暧昧与潮湿，令人怠惰因循，偷闲躲静。"夏浅胜春"，宋人就认为初夏最可人。初夏晴空浅碧，云影坚定。天光果断地，洋洋洒洒地赐你一身金色。此时，万物并秀，植物在原色里笃定地舒展，怒放。植物的世界，纯粹、温热，不带一丝杂念。

不带一丝杂念。这句话对我有杀伤力。如果真的纯粹于一物一事，没有过多的繁文缛节，清简会更惹人喜爱。

这时，我喜欢在家里摆上马醉木、吊钟之类的水培绿植。黄埔的夏日特别炎热，家里若有个绿叶扶苏的角落，这比起摆放娇艳的牡丹等姹紫嫣红的繁花会更实在，且清爽很多。水中的牡丹，只有四天生命。而马醉木，则有三个月。当然，谷雨前后，是欣赏牡丹的最佳时期。买过三次牡丹，牡丹又称"谷雨花"，盛放期虽短暂，却是灿灿然地昂首怒放。"啪"一下，硕大一朵，"啪"一下，又碗大一朵，看着它们炸开，惊讶于它们的迫不及待，但也蛮有趣味，那种放肆的美，玉笑珠香，锦瑟无端。

牡丹的美，必然会引发无限的遐想。有人劝慰牡丹，你必须按照流程来，你这样太过招摇。花的世界都是温和、缓慢地生长，凭什么就你"啪"一下盛放，而且，还要美得那么惊心动魄，肆无忌惮？

殊不知牡丹为了这一刻的盛放，积累了多少的晨露与养分？

许是牡丹如路边的野花，浅薄卑微却顽固地生长，大众的，有着挣扎的痕迹，方觉理所当然？粗生，微小，固然亦是另一种坚强美好的存在，但总有些需经岁月沉淀，才能绽放摄人心魄的美，方能令古人今人，为它咏叹，为它吟诗作赋。

不是不爱牡丹，而是世人不懂牡丹。或许忘记初心，以牵绊捆绑，谓之公关；或若有谷雨来时，采摘一束，瓶装水插，仅做欣赏。牡丹隐匿于一株马醉木，朝闻道夕死可矣。仅在花下陪陪小儿看书，也是另一种清简，也就不觉时光缓慢。映着书文里的彩色光篇，不知不觉，日光昏昏，又到暮色四合之时。

而后吟，世人爱慕姹紫嫣红，我独青睐绿叶扶苏。

2020 年 5 月 15 日于广州黄埔

那年的游日

我们仨是大学时的闺蜜，各自定居中国深圳、中国广州、日本。

今早，雅青在闺蜜群里发了张三年前在日本的合照，告诉我们，她刚收到体检报告，身体已无恙。

时隔多年，她终于战胜了病魔。

在抗病的那些年，我时不时收到她伤心的微信，有时说要化疗，有时说手指黑了肿了，有时说头发掉了，爱漂亮的她买了很多很多的帽子，每天都很坚强地把自己打扮得漂漂亮亮。

每一次读她的微信，我的心总是锥心地疼。我会先放下手中的活，认真地回复她，安慰她，嘱咐她一定要坚强。语气也尽量风轻云淡，并许诺，等她可以出门，我们就相约，一起探望名古屋的同学。

后来，我们真的去了日本。见到久违的宫崎。宫崎开着车从名古屋到大阪机场，接上我们，陪我们到处游玩。每天8小时的长途，从大阪到名古屋到京都，不停在寂寞公路上行驶，累了在加油站的咖啡吧休息，喝咖啡提神。宫崎告诉我，她已经习惯这样出行，从名古屋独自开车去东京大学，看望就读的儿子。我问宫崎为何不坐火车？她说，喜欢一个人开着车，自由穿梭，领略沿路的风景，比如经过富士山，经过各地的寺庙。

我们在金阁寺留影、喝抹茶；在东京的街头穿和服、撑洋伞；宫崎在富士山脚下讲日本人的脆弱，讲风俗、讲文学书里出现的场景；我们沿路品尝美食、泡汤、买"仙贝"投喂奈良的小鹿。

如今在回忆里，好像又从禅房花木中走出。那时，夜色即将收拢大地，白日与黑夜的交接仪式美得毫不设防。

那时，霞光里的静谧惊艳了我们仨。

我们拍了很多很多漂亮的照片。

我依然记得，沉浸在名花之里的幽寂之中，是嫩嫩的粉与浅浅的蓝，颜色宛如初生的轻淡。随着暮色温雅地收敛，渐渐变成金与深蓝。渐变的过程，就是名花之里和雅青笑容的绝美写真。可天际的美忽而不见了，不知被谁收藏了？我正寻找，宫崎说，一定是被我和雅青拍没了。

雅青便右手指月："说吧，月亮，是你吗？"

月亮不作答，悄悄隐没云层，像顽皮的孩子不肯认错。

我们仨忘乎所以地陶醉于每一幕风景，忘记了雅青的不适。

在鱼生店，我们钓泰鲷鱼，一半做鱼生，一半煨煮。

在京都，烤肉、寿司、拉面，逐一尝遍。

在东京涩谷站，我们寻觅到"忠犬八公"的铜像——电影《忠犬八公的故事》里的八公。我们跟它拍照，好像徜徉在它的依恋和不舍里。宫崎说，真实的故事发生在日本大馆市，主人是东京大学的一位教授，在上课时心脏病突发去世。小八之前每天在涩谷车站接他回家，他死后，小八继续在那里等待了九年，直到死去。

用一生等一个永不回来的人。小八的故事令人动容。我们在铜像附近的车站"八公入口"静静聆听关于它的故事，为那只疲惫又失望的忠犬，心疼而感动。

而远在名古屋的宫崎看着合照，回忆了几乎穿梭了半年。她心有余悸地说，我们回国后没多久，她也出游，到过台湾、香港，在国内往返的动车也经过了武汉，还到过广州，跟我一起吃过姜撞奶。那时，也听说有人得了严重感冒，只是尚不懂疫情。

那年从日本回来，从香港转机，我带着儿子经历了最慌张的一天，我担心突然出现的乱港分子，担心偶遇机场暴动。所幸从东京到香港机场，一路平和、安静、整洁。从香港机场快线到西九龙，也没有一丝危险。港人友好礼貌，主动替我改签，见我推着行李带着娃，甚至指引我走优先通道。

疫情改变了生活。回想最后一次出游已是三年前，如今三人各守一城，唯有在群里看着照片叙旧。只是，浅草寺的风铃声仿佛又在耳边"叮当"响起。远方的宫崎也跟着叹息：唉，奈良的小鹿失去投喂，饿疯了。

2021 年 9 月 24 日于怡海楼

俯首即拾

七里香

倘若夏季回到南城，闻见如山谷般空旷清新的味道，那就是七里香了。诗文童年居住的地委大院，有处繁衍成篱笆墙的七里香，葱郁蓬勃。每年从夏到秋，躲藏在浓密叶子的簇簇小白花就静静地探出头来，仿佛约定好似的，吹起阵阵花香，芬芳的花径散落着羊蹄甲的花瓣。诗文不禁俯身嗅闻，采一小撮，插在车前的空调口，白花黄苞，枝条娇小玲珑，在黑色的风格前，像一段灵动的芭蕾独舞，也像一段几乎忘怀的往事，要从那一阵清香里，随风起舞。

诗文进入大学的第一天，在校园遇见子彦。多年未见的子彦，不再是从前那个拖着两行清鼻涕，一起朝看九点花开，夜听虫鸣，捕捉金龟子，数着甲虫背上的点点，两小无猜的小伙伴。他阳光帅气，笑容满面，彬彬有礼。他们曾经是小学同桌，后来，诗文家搬离大院，又考上不同的中学，便少了联系。但城市小，都在市中心附近，偶尔还会相遇。再见的子彦，没有了童年的无拘无束。有时，一副欲言又止的样子，有时脸红红的，诗文看他可爱的憨态就瞪着，笑着，随后爽朗地摆摆手，天真雀跃地离去。

诗文万万没想到，原本少言寡语的子彦，主修的竟是法律，有点不可思议。诗文从小口齿伶俐，看起书来闷声不响，讲起话来滔滔不绝，编起故事绘声绘色。而那时的子彦总是安安静静地听着，写着，微笑着。他们的课桌从没有"三八线"，两人放学，拉上三五个小伙伴，继续在地委大院滚铁环、跳房子……地委宿舍楼顶有座废旧的瞭望台，他们爬上瞭望台，边假装握紧旋转方向盘，边听诗文讲编造的小故事。

散学的光阴就这么过去，子彦有个大五岁的姐姐子兮，一被瞭望到提着两瓶热水壶从楼下经过，没多久，她便会走到楼顶上来："弟，回家吃饭了。"

子彦通常是揩下鼻涕，求饶着："姐，我还想再跟诗文玩会儿嘛。"

每逢这时，诗文看一眼子兮，便会说："子彦，回去吧，我也要回家了。"

说完，散了。

大学是所侨校，生源一部分来自东南亚等地的华侨家属子女。每年的平安夜，学生们聚集活动中心，载歌载舞，圣诞气氛活跃热烈。在外籍教师带领下，沿海城市的这所大学散发着独有的魅力。青春真好，年轻就该活力十足。

诗文和好友含章一走进活动中心，就像吹来一道清风。

诗文苍白瘦弱，总爱穿一身浅色的运动套衫。男生们背地里给她起了个绰号——"仙女"。舞场里，诗文轻盈飘逸，果然"仙气"十足。淘气的男生们有时也聚在宿舍楼的阳台，打赌她几点经过，等"仙女"来到，一起往楼下吹吹口哨，好像这样就能吹来好心情。

有"才女"之称的含章，出生书香世家，知性可人。只见她身穿白衣绿绒吊带裙，长长的秀发半遮掩着一双清澈的大眼睛，令人爱慕不已。

子彦看见诗文进来，微笑地看着她，慢慢走到她身边。诗文像从前一样，摆着手打了招呼。子彦身穿一套深色立领学生装，挺拔昂扬，像民国时代的英俊少年。他在诗文面前，比了个邀舞姿势，诗文有点惊讶，看了含章一眼，含章笑笑，眼神像会说话。

诗文不舍地放下含章，与子彦共舞。一支慢四步，又一支慢三、伦巴……他们边舞边聊，不知不觉，成为彼此专属的舞伴，聊着跳着，又觉音响声太大，便走出舞池。子彦建议到操场散步，诗文见含章仍在跳舞，便跟随子彦走出活动中心。

深邃的夜空，寥落的星子闪着，远远望去，东区的操场空旷无人。漫步在开着曼陀罗的花径上，夹道树上一朵朵白紫荆开得正欢，轻风吹着诗文白色的裙裾，裙裾在夜里发着光，两人的剪影映在路灯下，在青石板路上拉长、消短……他们回忆着，像是久别重逢的亲兄妹，回忆起孩提时代，一件又一件有趣、难忘的稚事。

第二天，圣诞节。子彦邀请诗文到他的小木屋。子彦没有住学校提供的宿舍，和其他同学合租了校园后山的一个小单间，两个男生把房间打扫得异常干净，两床两桌两书柜，陈设整整齐齐。床头柜铺着白色镂花桌布，墙上贴着一面 16 寸的五星红旗，简洁温馨。

子彦从小习书法，尤擅行书。墙上贴着书法作品"枯藤老树昏鸦，小桥流水人家，古道西风瘦马。夕阳西下，断肠人在天涯"，意境风雅，诗文出神地望着枯山水和潇洒的字体，无声地沉想。

子彦看诗文想了那么久，便说道："我最喜欢马致远的这首小令，秋意虽萧瑟，但有书法运笔的遒劲与洒脱。"

诗文随口说道："也是，萧条自有萧条的美。"说着，走到子彦的书柜边。

"你喜欢太宰治？"诗文指着一排太宰治的书说。

"是的，文学我偏向于阅读日本文学。"说着，子彦眼神掠过一丝桀骜不驯。

"《人间失格》其实是他的自传，"诗文说，"也是他的最后一本书，他有才华但是太颓废了，你喜欢也要辩证哦。"

"胆小鬼连幸福都会害怕，碰到棉花都会受伤。"子彦又说，"诗文，面对幸福来临，你胆小吗？"

"我当然胆小，他内心有深切的苦楚，自我放逐，等同于自我毁灭。"诗文说，"人还是有所约束好，不要丧失为人的资格。"

子彦接过话题："自谑写颓废，没什么不好。道德与情义下必然隐藏阴暗面，否则，人性如何解放？"

"难道你也颓废求解放？"诗文瞪了子彦一眼。

"看哪方面，不能一概而论。"子彦说。

失而复得的友情令人欣喜，成人之后对人生的感悟又令他们侃侃而谈。从那天起，他们一起上食堂，一起去图书馆，一起坐校车往返市区。周日，一起探望旧日的同学，好像要把久违的时光重新打捞一场。

这天，子彦说小叔要给他带部进口的剑牌摩托车。子彦自幼家境优渥，父母均是高管，亲戚多在海外。20世纪90年代，在读大学生若开着一部进口的摩托车，则格外惹人注目。校园里有的女孩迷恋帅气、风光的男生。诗文的父母只是清贫的教师，诗文对服饰打扮，只有品位没有数量，对名牌也讲究不起来。诗文有书，有清澈的友情就已足够。

子彦有足够的实力叛逆、追逐并引领潮流。他幻想带着诗文骑着爱车风驰电掣，他要享受青春带来的刺激与鲜活。而诗文，只有梦，梦中有花有诗意栖居，有清茶小点的温馨就已足够。她不是浓妆艳抹，紧衣红唇，猛烈蹦跶迪斯科的潮流女主角。如果是校园里姹紫嫣红的花，诗文就是那素雅简洁的七里香。

这天，子彦打电话要诗文下宿舍楼，诗文身穿大件兔毛衣，柔和素雅的清粉，颈上围一条白丝绸围巾，轻轻款款地走来。瘦瘦的诗文被大毛衣包裹着，袖子太长，手缩进袖口，像戴着手套，脸被粉色的毛衣映得白里微红，她像个羞涩的孩子。当她款款走到子彦身边，子彦深吸了一口气，出神地凝望着。他打心眼里喜欢诗文的柔弱与娇小，他不禁闪过一丝幻想，随即又为自己的想法惴惴不安。

随后，子彦沉静地说："走，去买橘子。今天我生日，我最爱吃橘子了。"

没多久，子彦提着一小袋芦柑从小卖部走出来："诗文，找个地方剥橘子吃。"

他们沿着网球场方向走去。南方的夜空下，一场美丽浪漫的童话掀开帷幕。他们走着，越走越安静，偶有一两声慵懒的虫鸣，虫声涤荡着子彦的心，好像提醒着他什么。最后，他鼓起勇气，拉起诗文的手，诗文的手指纤弱，下意识颤抖着缩回，却被子彦更有力地紧握着。

大树下，枝叶繁茂得像深邃的夜空，树叶间偶尔闪落着迷离的星子，王子公主走进场景里，诗文闻到一阵甘草味，这甘草味随着子彦的靠近，越来越浓，她感到体温在上升，她情不自禁地闭上眼睛，越来越浓的气息裹挟着她……突然，这气息像火花一样点燃，"啪"的一声，焰光四射，照亮她漆黑的身影。

时间过得飞快，诗文突然转过身，往宿舍方向疾奔。果然，宿舍门已关。

子彦走到一楼宿管居住的地方，敲着窗户轻声地叫："阿姨，请开门。"

过了一会儿，门咣当咣当地开了，诗文冲进宿舍楼，蹬蹬蹬冲上了二楼。

她推开宿舍门的那一刻，慌张的心终于淡定下来。

这时，含章正好抬头："哇！诗文，你的脸好红。"

诗文的心怦怦怦地跳，不知道该怎么回答，就听而不答了。

"啊？怎么这样？他真的爱我吗？他真的爱我吗？他怎么这

样？他怎能这样？"惶恐不安的诗文带着满脑子的疑问睡着了。

第二天清晨，诗文在上课的路上看见子彦，子彦依旧微笑着。诗文第一次不知道该说什么，两人默默走着。

接下来的日子，诗文常带着疑问行走。

她脑海偶尔闪过对白的纠结：

"他真的爱我吗？"

"没有告白，怎能确信？"

"儿时的玩伴发展成为初恋情人？"

"唉！怎么这样？"

"不，这不是我想要的。"

"可是……"

一阵恍惚，又一阵自言自语的眩晕，诗文甚至感到一种前所未有的负疚感。她开始逃避往日的轨迹。图书馆，不去了；饭堂，改变习惯去另一家；走路，像打游击一样，行色匆匆。但是，她发现，档案史的笔记本遗忘在子彦的小木屋里。

"哦，天呐！该怎么办？明天有课。"她焦灼不安地想着。

想着，她身不由己地往后山走去。

天阴沉沉的，诗文忐忑地告诉自己，他是我童年的玩伴。他是真心的，定然是真心的。走到小木屋门口，正想敲门，听见里面有人正大声说着笑，诗文要敲门的手又放下来，犹豫片刻，转身往回走了。

她默默地走到宿舍，刚好听见宿管处的小喇叭正叫着："203，诗文电话。"

诗文接起电话，是子彦。

"诗文，你的笔记本在我这里。今晚一起温书吧，我吃完饭，就过来接你。"子彦在电话里说着。

诗文迟疑了一下，又想到笔记本，答应了。

半个小时后，子彦出现在女生宿舍203室的门口。

"外面小雨，诗文，披上风衣吧。"子彦说着。

诗文穿着一套白色套头运动衫，她披上黑色休闲的海军领风衣，跟着子彦走出门，含章和室友们望着他们远去的背影，嘻嘻哈哈地聊起来。

微雨中，子彦打着伞，诗文捧着书。走在校园的小路上，穿过校内的各大食堂，漫过凹凸不平的石头路，走进通往后山的小门。子彦的木屋有点山居的浪漫，他把伞放在木板的过道边，拿出钥匙来开门。诗文没有告诉他，自己刚才来过。

"室友回家了。"子彦看着一脸清纯的诗文，指着靠窗的书桌说着。

寂静的小木屋里，两人安安静静地写着。偶尔听着雨打屋檐，温吞的雨水声打破后山的宁静。诗文忽然幻想，若归隐在这山间，闹中取静，也着实不错。想着想着，又感觉自己的想法过于遥远而陌生，她抬起头，对着窗外发呆。

这时，子彦拿着诗文的笔记本走过来，他坐在诗文后面的榻榻米上。

他轻轻地好像是开玩笑地说："诗文，你的字这么整齐，是划线写的吗？"

说的时候，话音却像吹起一股气息，在诗文身边丝丝游荡。

"诗文，转过来。"子彦温柔地说着。

"诗文，看着我的眼睛！看着我的眼睛！诗文！"子彦继续地提着要求。

诗文不敢抬头。她忽然紧张起来，她怕见到他温柔而充满深情的双眸，也怕听见自己慌张的心跳声，她继续低着头，想说点什么，却又不知从何说起，她内心慌乱又不知所措。

子彦拥着诗文，环过手抱着诗文，突然往后一仰，两人同时跌在榻榻米上。子彦揽着诗文，窸窸窣窣的声音响起。

"哦，不，不，不。"诗文用力推开子彦。

诗文满脸通红，她听见自己的心怦怦怦地跳，慌忙站起来，走到书桌边。

她低着头把所有的本子放进文件夹，小小的声音微颤着："明天上早课，我，我得走了。"

子彦怔住了，他凝视着诗文开门，好像清醒过来："我送你回去。"

说着，他也一头扎进夜色中，陪着诗文默默地走回熟悉的小路。

对诗文来说，她需要的仅仅是一场柏拉图式的精神恋爱，简单而无所求，心无旁骛地读完大学。在青春的荷尔蒙里，她是懵懂的。每次梦里，却好像有一股力量在渴望子彦紧紧拥抱她。她深知，子彦是优秀的，帅气多金，浪漫有才。但是，她尚未做足准备，更无法接受来得太快的一切，她忐忑不安，充满负疚感。当然，她也知道，往后会有比她更漂亮的女生迫不及待地赶来，取代她，在她面前炫耀地紧紧地拥抱着她的子彦，潇洒地疾驰而去。子彦不会拒绝任何诱惑的，她想着，忽然忧伤起来，好像明白子彦的所求。厘清之后，她突然决定不再见子彦，也不再接他的电话。

了无音信的几天后，子彦跑来诗文的宿舍，邀请诗文一起散步。路上，诗文沉默不语，她似乎无法再保有之前的天真。他们郁郁寡欢地走着，子彦试图拉起诗文的手，她拒绝了。

子彦问："为什么？"

"哦，对不起，我不想这样。"诗文认真地说。

"都是成年人，没什么不妥的。"子彦说。

"不。"诗文轻轻地摇头，她眼睛看着地上，子彦没有看清她的眼神。

"好的，诗文，我知道了。你是我这辈子最不能忘记的女孩，我会永远记住你的。"子彦说完，竟然绝情地走了。

诗文怔怔地望着子彦离去的背影。

子彦果然走得干脆利落。诗文的嗓子像有股苦涩在蔓延，她欲言又止，转头冲向宿舍，眼泪委屈地夺眶而出。她倚着墙坐下来，庆幸此刻宿舍无人。她忽然感到前所未有的轻松，好像搁在心里的那块大石头落地了，她不用再去纠结不断盘旋在心间的疑问。想着，又松了口气，眼泪也突然止住了，她轻轻倒了一杯水。

这时，含章回来了，诗文突然大声说道："含章，咱们去二食堂吃肉粽，我请客。"

"哇！今天怎么这么有米？"含章高兴地挽起诗文的手，"走！"

第二天，失魂落魄的诗文买来绿色的摩尔香烟，她第一次用长长的手指夹着细细长长的摩尔香烟，对着窗外，一根一根地点燃。

分手后的痛苦开始弥漫，诗文想痛哭一场，她心里渴望的初恋应该是纯洁美好、历久弥新的，可怎么就如此脆弱呢？甚至要搭上童年美好的回忆？她想不通，她感到子彦并不爱她，而是青春的荷尔蒙在作祟，这种荷尔蒙每个女人都可以满足。不用她，她不会是唯一的。想完，她掐灭了烟头，深深地倒吸了口凉气，随即又燃起一根。

她的心是疼痛的，她完全没有想到，子彦那么轻易就答应分手。更难受的是，她不知道该如何疗伤。她开始不断地做梦，梦见美好的光阴，童年、少年、青年，不同时期的镜头反复切换在脑海，切换在她的脆弱里，甚至梦见笑起来有些羞涩的子彦朝着她奔跑过来。伴随着海边清新的空气，他们的笑容纯真无比，就像海报里的男女主人公，白色的衣衫与蔚蓝的大海，美得那样清澈纯净。而醒来，却只是一场梦。她没有召回他的能力，子彦真的开着摩托车兜风，疾驰而过的女郎果然性感美艳。啊，她是被抛弃的，诗文忽然沮丧起来，痛苦地流泪。

她把子彦的照片一张张地找出来，她点燃打火机呆呆地看着照片慢慢变成灰，好似能减缓被抛弃的痛苦。但是，痛苦没有减轻，她继续做了一场又一场的梦，梦里的天空一半是血腥，有一张无形的网把她卷起，抛开，卷起，抛开……抛到另一半的蓝天白云里，她在飞翔，她俯瞰着网球场，有人在那挥拍，青春的，洁白的，阳光的。她飞着飞着，越过血色的天空，忽然又是一片海阔山遥。

她试着在弗洛伊德《梦的解析》里寻找答案，可真相就是答案。她开始习惯一个人。一个人去图书馆，遇见子彦，视而不见。一个人去做运动，子彦在健身房，视而不见。一个人去食堂，子彦擦肩而过，视而不见。不知道自己怎么变得如此冷漠了。独处时，迷茫的思绪漫过她的脆弱。她佯装坚强，她拒绝所有男生的讨好与追逐，她独来独往，开始旅游。她不停地寻找机会外出，在自虐式的旅行中释放不安的念想；在高原反应的晕眩中畅快地流泪；在西湖诗意萧条的树荫下无限感伤……然后，回到学校，继续装作不在乎。

日子一天又一天地过去。

直到毕业的那天，诗文收拾好行李坐校车回家，她刚坐下，子彦正好也赶上来，子彦选坐在她的后面，当他从身边走过，两人陌生得就像不认识。

"如果冷漠不想说再见，寒风之中何必开口，静悄悄地松开手，坚强离去不必回头，泪眼模糊我的爱，喊你幸福祝你快乐……"子彦在后排哼着歌。

子彦一遍又一遍地哼着同一首歌，越哼越大声，明显是唱给诗文听，诗文听着听着，逐渐明白词意。

下车后，子彦说："我帮你拿打字机吧。"

诗文微笑着说："哦，不用了，不重。再说，我走另一个方向呢。谢谢！"说完，诗文像小时候那样，摆摆手定定地说："子彦，再见。"

多年以后，含章的老公告诉诗文："子彦离婚了。他的房间还摆着你大学时的照片。"

诗文微笑着，摇摇头，叹了口气。

此刻，含章看着车里的七里香，问道："诗文，在外漂泊不累吗？子彦还单着呢！"

诗文又摇头。

有些时候，不舍与伤痕值得永远珍藏。若及早抉择，何尝不是一种幸运？选择失去，尽管过程痛苦，亦如攀延的七里香，暗香涌动诱惑，但抵得住颓废，又何尝不是正确？清楚自己内心深处想要的，不离不弃执拗地生长，才会找到值得珍惜的安稳。

2020 年 4 月 9 日于广州黄埔

你不慌，世界不慌

高龄产妇禾之走进产房，亲友们默默祝福。临产前几天，她有点不淡定，毕竟四十多岁了。然而，一切像是冥冥注定，亚麻酸刚吃完，叶酸吃到最后一粒，念了无数遍的《地藏经》念到最后一段，于是，禾之毅然决定，按照原先的计划——剖腹产。

第二天清晨，禾之产下个男孩。

那晚，爱美的禾之梦见自己又有了水蛇腰，穿着一条桃红丝绒连衣裙，搭着细高跟鞋，恢复了之前的身材。生完孩子，禾之虚弱得不能翻身，麻醉退后，腰部疼痛难耐，护士给她进行局部热敷，缓解症状。

三天后，禾之回家。

一

雾蒙蒙的阴雨天，阿原抱着儿子，哼着歌儿，高大的身影在落地窗前，随着节奏慢舞。突然，儿子打了一声大响嗝，就把自己吓哭了。禾之慈爱地将之搂在怀里，哭声逐渐消停。未满月的宝宝在自己的手指抓到脸时会哭，放屁太大声也会把自己吓哭。当小宝宝好像很不爽，他讨厌湿湿的尿片，也不喜欢把小屁股暴露，更讨厌饿肚子。每当他用哭声尽力表达，总能及时得到回应。

禾之出神地望着儿子，拿起手机抓拍。初生儿像"小佛祖"，笑起来自有番福相。有时睡着睡着就笑了，有时半睁着眼，欲睡又未睡时，眼珠子骨碌碌转，满脸的婴儿肥，看着看着，谁都想亲一口。禾之躺着、坐着、靠着，便拿起手机，喜滋滋地从各种角度捕捉儿子的一颦一笑。

阿原自成功把完儿子的三次"小号"后，非常高兴。昨天再接再厉，把下"大号"，更骄傲了。他坚定地认为，这是他和儿子成功沟通的重要标志。这会儿，又往娃娃池加了艾草水，让儿子游泳。儿子第一次套着游泳圈，紧握拳头，在娃娃池蹬来蹬去。阿原见着，更是欣喜万分。

游泳完，他耐心地帮儿子洗澡。

"小爷般的享受！"透过洗手间透明的落地玻璃，躺在床上的禾之出神地望着阿原对儿子的细心呵护，由衷感叹着。

房子的东面是个大阳台，在客厅的玻璃门右边，是一个一平方米左右的凹槽，养着几只鸡。禾之五岁的女儿莘月，站在客厅里，观察着玻璃门外的鸡，害怕又兴奋。

保姆正在厨房里加热猪脚姜醋。

在黄埔，坐月子必定吃姜醋。

一个月前，阿原的大佬捧来了个大瓦煲，买了足有一斤重、大块头的姜。

当保姆接过那袋姜，随手拿起刨刀时，大佬说："阿姨，本地人煲姜醋，姜是不能去皮的，不去姜皮才可以帮助产妇去风。"

保姆一听，放下了刨刀。

"阿姨，洗洗姜！"大佬说。

姜洗干净后，禾之拿起厨房纸递给保姆，让她用纸吸干水分备用。

只见大佬将足有三斤的致美斋甜醋放入大瓦煲，对保姆说："到时翻煲时，不能加水。"

说着，把姜掰得极大块，又"啪"一声用刀背拍松，放进沥水篮，就拿起炒锅，把姜倒进去。紧接着，煤气炉另一边的大火也飞速地被拧成小火，他拿起锅铲，麻利地炒起来，又加了盐，继续翻炒。

他把干身姜倒入大瓦煲，加了勺盐，继续说道："片糖要分几次加，慢煲一个小时，甜醋要盖过姜。试下味道，太甜就再加甜醋，太酸加片糖，越煲越有味。"

听得保姆直点头。

"煲姜醋要多次，滚了之后放隔夜，第二天再翻滚，多煮几次，姜才会出味道。"大佬说的是粤语。

大佬是阿原的亲哥，讲起广州煲猪脚姜头头是道。直听得外省籍的保姆佩服不已，夹杂着半生不熟的粤语笑着说："你们广东人真会吃，你细佬回来，肯定嘴馋，煲好嘢，能放一个月吗？"

"边有甘快煲好？甜醋煲好一夜之后，再落猪手。"大佬大声说着，"如果放姜时就放猪手，就太油了。"

第二天，大佬果然买来新鲜的猪手，让保姆将猪手脱毛洗净，再斩小件焯水。捞起过冷水后，他接过来用厨房纸吸干水分，放入瓦煲。

"阿姨，这些熟鸡蛋要剥壳。"大佬说。

保姆接过篮子，坐在饭桌边，剥了起来。

"煲滚的姜醋要打开盖子，防止水分掺入，一定要等到姜醋冷却再加盖子。"大佬临走之前，走到禾之身边，吩咐道，"禾，到时记得叫阿姨勺给亲友吃，可增添宝宝的福气。"

猪脚姜最好吃的时候，是放在阴凉的地方等上一段时间，且要确保醋盖过姜和猪手、蛋。

此时，禾之和大家姐围坐在餐桌边，正吃着姜醋。

保姆走过来问："大家姐，今天杀鸡吧？"

莘月听见，不高兴了，转过来说："我不想听你们说杀鸡，这鸡我要当宠物养，养得白白胖胖，下蛋孵小鸡。"

大姑姑笑了，望着莘月，说："把这鸡杀了吧，妈妈坐月子，要补身子。"

"不要不要，妈妈补身子可以去外面买杀好的鸡。"莘月把头摇得像个拨浪鼓。

"那我们留一只给你当宠物，其他杀了，好吗？"姑姑走近莘月，低声地询问。

"不好。"莘月仍是摇头。

"那或者买只小鸡给你当宠物，这些杀了？"姑姑继续想办法。

"姑姑，你这不是找我麻烦吗？"莘月撅起嘴来，干脆一屁股坐在地上，盯着玻璃门外的六只鸡，好像守护神似的。一会儿，又站起来，学着母鸡"咯咯咯"，表演"金鸡独立"。

"估计杀一只，莘月就要哭一场。"禾之边吃着姜醋边想着，对走回桌边的大姑小声地说，"家姐，杀鸡前，先得哄哄莘月，说放了才行，不然，她从早上哭到晚上，烦哦。"

"小孩都这样的，有年除夕，我家婆杀鸡，准备年饭，我囡也像莘月这么大，知道鸡被杀后，站厨房门口豪哭，大过年的，唉。"姑姑说。

二

12月的天气，禾之后悔让初生儿游泳。深夜，儿子感冒了，禾之将儿子搂在怀里保暖。抱着，自己又困又累，腰酸背痛。不抱，又担心儿子太冷，感冒加重。想到儿子和爸爸睡觉会暖和些，便把爸爸叫过来当取暖器。

"这是下下策。"禾之心想，也实在想不出更好的办法。阿原躺下后，不到两分钟，呼噜声果然此起彼伏，禾之睁大眼瞪他，想踹他一脚，却感到被窝暖和极了，想到儿子需要保暖，禾之把伸出去的腿又收了回来。

阿原的呼噜声，抑扬顿挫，越打越疯狂。

"他给了温暖，也给了我黑眼圈。"禾之失望地想着，被呼噜声震得无法入眠。阿原用呼噜声给儿子催眠，儿子用感冒的鼻鼾声回报，一晚精彩，唯独禾之无眠。凌晨3点，失眠的禾之疲惫却清醒。

"儿子感冒的鼻鼾声终于在阿原温暖的热气场中安静下来。我是不是该安静走开？让他们的声音更自由地声张？"禾之想着，脚却不由自主地踹向阿原。

最后，是阿原走了，拿着枕头走了。那一刻，禾之觉得阿原像个盖世英雄。

半夜不断被唤醒的阿原，清晨醒来也是昏昏欲睡的状态。他对着镜子晃了几下脑袋，好像要把自己摇醒，镜中的自己，睡眠不足，眼圈明显淤血，滞留着黯黑的卧蚕。

第二天晚上，阿原忍不住了："老婆，我白天要上班，每天面对的是病人，是生命，工作不能出错，不保证充足的睡眠，怎么上班？"

"嗯，好。"禾之点了点头。

自那之后，禾之的生物钟彻底凌乱。这可不是移民倒时差的节奏，白天也是醒着的。儿子拉不拉粑粑，半夜都得起床换尿片。儿子喝完奶，担心吐奶，禾之静坐着，手心轻轻向上，推着儿子的后背，直听见打出饱嗝，再放下。有时，奶吐出来，半夜要更换床单。

渐渐地，禾之抱儿子的各种动作，越来越娴熟。她站着时，可以单手抱，另一只手给他洗屁股。抱着用厚毯子包裹着睡香了的宝贝，就用脚掀开被角。

"连脚也用上了……啊……我真是超人。"保姆一休息，禾之更是手忙脚乱。

怀孕时，阿原妈每个月给禾之 2000 元，说帮补请保姆，自己年纪大，到时就不过来带孙子了。这年头，保姆也不好请，禾之好不容易请到一个合适的，人家却不肯过夜，只肯白天来搞卫生做饭，晚上 7 点半下班。想着儿子晚上定是要找自己的，禾之就同意了。

禾之越来越能干。替儿子理发，她用橄榄油按摩头皮，把头顶上白白的胎脂慢慢、缓缓地去掉，再用婴儿剪轻轻地推，推到头顶，保留部分发量，左看右看，发型真重要，儿子变成酷炫小潮娃了。她满意地抱起儿子走进冲凉房，调好温水，哼着歌儿，帮儿子洗头洗澡。

一切完毕，她不由得赞叹自己，如此浩大工程，全程独自完成。虽然忙碌两个多小时，看到儿子清爽干净，禾之却颇有成就感，辛苦却暗喜地想着："等他爹他姐回来，认不出啦！"

女儿放学后，第一个反应果然是："哇！弟弟变帅了！"说完，抱起弟弟依在沙发上，弟弟条件反射地在姐姐衣服上蹭啊蹭。

只听见，姐姐淡定地安慰："弟弟，姐姐还小，等姐姐长大了就有奶奶。"

禾之扑哧笑了："与生俱来的母性啊！"

"妈妈，今天是平安日，圣诞老人会送我礼物吗？"女儿好奇地问。

禾之回答："嗯，那你今晚在床头放只袜子，看看明天会不会收到礼物？"

莘月幻想开了："妈妈，我最想要芭比娃娃。哦，不！我还是要一部火车吧。"

一会儿，莘月又说："妈妈，圣诞老人送什么，我就要什么吧。"

沉默良久的爸爸忽然说："哎哟，如果圣诞老人送来一碗白米饭呢？"

不喜欢吃米饭的莘月惊讶地笑了："啊？白米饭？"

结果，莘月也没兴趣去床头挂袜子了，念完书直接睡觉。

第二天一早，禾之听见女儿起床，兴冲冲以最快的速度脱掉自己右脚的袜子，塞了份小礼物。

禾之拎着袜子，走进女儿房间，讨好地说："昨晚，圣诞老人找不到你的袜子，就把礼物放妈妈袜子里了。"

莘月惊喜地拆开了，看后更松了口气："阿弥陀佛！不是白米饭，是巧克力！"

自从阿姨回乡那晚开始，听着不同的摇篮曲入睡的弟弟从22：00睡到6：30，竟也坚持了一周，他每清早哭："饿啊，很饿啊。"像在与禾之对话。

禾之白天与儿子对话、按摩、做操……数着节奏，玩躲猫猫游戏，逗着儿子："PEEKBOO……"儿子就咯咯咯笑起来，嗯咕嗯咕地回应。

姐姐放学归来，先跑来看弟弟："弟弟，你郁闷吗？"

"天天跟这些尿片、奶瓶打交道，能不郁闷吗？"禾之替弟弟说，却像说出了自己的心里话。

昨晚莘月主动约定，放假要做妈妈的小帮手。今儿果然起了大早，喂弟弟，甜心得让禾之由衷感到欣慰。

只是弟弟饿了，姐姐喂哺，喝得有点急。

禾之吃着早餐，听见姐姐轻声细语地安慰："弟弟别着急，这些牛奶都是你的。"

"妈妈，咱们今晚吃云吞好吗？"女儿喂完弟弟问禾之。

"可以呀，阿月来包好吗？"对禾之来说，她更想大睡一觉。

"好啊，妈妈，我们幼儿园有学，我想包给妈妈当晚餐。"莘月抬起头，扬起眉儿，忽闪着黑溜溜的眼睛。

"真是棒姐姐。"禾之以欣赏的神情看着姐姐,好像在感谢"小棉袄"的贴心。然后,用力站了起来,她的腰部仍然隐隐酸痛。

禾之把云吞皮、拌好的肉馅放在饭桌上,拿了条围裙替女儿围上。只见莘月左手摊着云吞皮,右手用勺子挖了点肉馅,放在云吞皮上,手指沾了点水,对折过来,捏紧,又向后弯,包成元宝形状。

"嘿!还挺像样的!"禾之看着女儿小心翼翼的样子,稚气的神情可爱又懂事,在心里默默说着。

就这样,女儿包了两大盘后,眯着笑眼跑到厨房,禾之把云吞放进冰箱速冻,转身竖起大拇指,在女儿额头上点了几下:"好棒啊!我的宝贝!"

莘月会做不少家务,保姆的老家在建房子,儿子身体又弱,经常返乡回去照顾。新保姆来不及请,禾之盘算着幼儿园也放假了,女儿也学着做点家务。她用金莎巧克力当作做家务的奖品,爱吃甜品的女儿可开心了,小小的脑袋常想着做力所能及的家务。

云吞吃完,阿原抱着弟弟坐在沙发上,玩起自拍,一会儿又站起来,踱着步子唱歌:"成个老衬,从此被困。"(老衬,广州话,傻瓜)

又唱道:"床前明月光,牛奶喝光光。"

"不对,是'床前明月光,疑是地上霜',爸爸念错了。"莘月像个小老师般,严肃指正。

爸爸佯作没听见,继续念:"床前明月光,你吃饭来我喝汤。"

莘月"训话"了:"爸爸,你不可以这样教弟弟的!"

随着莘月日渐长大,观察事物更细致了。有一次,阿原煲鸡粥做马蹄糕。

莘月吃着吃着,疑惑地问:"爸爸,马蹄糕怎么没有马蹄?"

阿原不好意思地挠挠头,说:"爸爸赶着上班,下次一定刨马蹄，一定。"

莘月就弯起一双笑眼可爱地说："我也要刨马蹄。"

三

冬日的阳光像水晶一样明丽。晴暖时，禾之带着两个孩子，走过紫荆花道，坐在东门公园的湖边石凳上。这里，桂香浮动，紫荆花开正艳，风一吹，洋洋洒洒，花瓣嫣红了一地。莘月扎着羊角辫，也穿着紫荆花色的毛粒绒外套，她在遍地落红里捡拾花瓣，无意中的桃红撞色，美得令禾之注目许久。她像站在一幅画里，人与花景融为一体。绘画出身的禾之真想拿起画笔，把这幕美景勾勒出来。这边想着，思绪被儿子的声音打断。儿子躺在推车上，正把手指吃得"吧喳吧喳"响，时不时又"嗯咕，饿，很饿，芽啊"自言着。

街头，灯笼一串串亮起来。繁华的商业街拥挤起来，洋溢着人们购买年货的节日气氛。大棵的桃花盛开在商场里，金灿灿的朱砂橘硕果累累。树上挂着烫金的红色利是封，寓意着"大吉大利"。花街附近，特辟甫地陈列、售卖着金橘树，大盆小盆，排列整齐。

年三十晚，阿原家聚餐，爷爷奶奶封利是给子孙们。这一年，是阿原家最值得庆贺的一年。兄弟俩年头年尾分别添丁，弄璋之喜，都凑了个"好"字。这团圆饭，自然吃得心花怒放，爷爷的笑声特别洪亮，奶奶的笑容特别灿烂。

饭后，阿原抱着儿子，禾之拉着女儿逛起花街。

人头攒动的"行花街"，来往的人捧着有吉祥意头的花，欢欢喜喜。据说，年轻人扛着桃花枝走几圈，第二年会有"桃花运"。而那金橘树卖到年三十，竟也所剩无几。人们喜欢硕果累累，枝繁叶茂。剩下比较空的，花民是宁可打烂也不搬走的。美曰：岁岁（碎碎）平安。

每年底到正月，这座繁华的大都市便安静了，平日的拥挤堵塞不见了，车道冷清，坚守在本地的，几乎是正宗的"土著"。

初一拜神吃斋，生活烟火味十足，茶楼里人声鼎沸，娱乐所麻将温泉不亦乐乎，人们也会外出旅游消遣假期。

年初八，禾之一家人来到香雪公园。

此时，梅花期已过，枝头是繁盛青涩的果子。

阿原忍不住说："人家看的是开花，我们是来看结果的。"

"也挺好的，找个空气好的户外地方，推推BB车。"禾之说。

若迎合季节欣赏梅花盛放，工作繁忙的阿原，休假也未必能巧遇。春节，禾之想念家乡，想念姐姐们买的红膏母鲟，阿嫂烹制的海鲜火锅，家乡的茶和年味。倘若在婆家，眼看姑姑们回来的热闹场面，自己却有寄人篱下的感觉，难免触景生情。

禾之想着，突然听见阿原正大声呼唤女儿："莘月，不要奔跑，回来喝水。"

女儿不予理会，继续奔跑。

跑了几圈，站在梅树下，两手掌互贴着，对着禾之，天真地咧开小嘴，花开般的笑容灿烂无比，禾之随即掏出手机，抓拍下来。

接着，禾之拿起美琪魔法棒，指着女儿念道：巴啦啦沙卡拉，喝水咕噜咕噜。

莘月即刻仰头喝水。

阿原见了，睥睨撇嘴道："二货妈妈。"

"管她二不二，莘月喝水就行。"禾之嘀咕着，并不理会阿原的嘲笑。

没多久，阿原也拿起魔法棒玩弄："巴啦啦魔法棒，变。"

禾之扫了一眼阿原，忍不住"噗嗤"笑了。这时，她的电话响了起来，是快递员。

"行，唔该你放在菜鸟驿站，我们回来再拿。"禾之对着电话说。

过完年，禾之网购的爬行垫、健身架、玩具、辅食神器等陆续来到。

"家里正成为儿童乐园。"禾之看着客厅对莘月说。

女儿迷上"巴啦啦小魔仙"，每天看偶像动画片，耽于幻想的世界里。有时，跑来厨房，把妈妈称作"小蓝姐姐"，自己扮演起美雪、美琪的角色。这会儿，玩具到了，开心地拆着，见是"小魔仙的立体拼图"，便撒娇着，要妈妈陪玩。

两人从下午2点拼到晚上7点，巴啦啦洋娃娃的"豪宅别墅"大功告成，小家具、花园、厨房、客厅拼得惟妙惟肖，小灯光灼灼闪耀着，各个房间氛围灯柔和变幻、闪烁着。

小莘月露出招牌式的笑容："妈妈，这个比巧虎玩具好玩多了。"

"嗯，是好玩又漂亮，可妈这老腰坐了几个小时，眼睛盯着，手指粘贴迷你LED管，好酸好累。"禾之说。

二胎妈妈，要做到两孩子均匀陪伴并不容易。

这时，恰巧弟弟安静地躺在爬行垫上，听"喜马拉雅"播放的故事。他摆弄紧握手心的彩色牙胶，摇摇晃晃，试着往嘴里塞，牙胶上的部件有软有硬，他张嘴摸索着，一舔到牙胶，就用力啃起来。

阿原看见儿子把牙胶啃得津津有味，笑道："嘿！你妈真贴心，还买了这玩意。"

4个月的弟弟，边啃牙胶边把健身架踢得"哗啦啦"作响。禾之瞄了眼挂在墙上布谷鸟的钟数，起身走进厨房，从消毒柜拿出喂食瓶，把温着的米糊装进瓶身。辅食瓶身和奶瓶一样，只是奶嘴是根软软的勺子，挤一挤，出一小口，儿子盯着奶瓶，吃着勺子里的米糊，笑着嘀咕着，不时发出各种音节。

进入辅食添加阶段，贝亲研磨器可以把蛋黄研磨得像奶粉那么细腻。禾之有时把蛋黄粉加在牛奶里让弟弟吮。有时用研磨器做土豆泥、青菜泥、混合着胡萝卜的三文鱼泥等。

"小区门口开了家 BB 游泳馆。"躺在沙发上的阿原说道。

"嗯，昨天经过，见到了，装修得真不错。"禾之边喂儿子吃米糊边答道。

"是的，广告单写着有暖气、音乐，还有按摩池。"说着，阿原掏出手机。

"那给弟弟开张卡？"禾之问。

"可以，家里游，费水又冷。"阿原边看手机边应道。

没多久，阿原替儿子开了游泳卡。有专业的宝宝游泳馆，儿子的游泳进入状态。

又半个月后，禾之问："崽崽，灯灯在哪里？"儿子瞄向灯，握着拳，盯着灯，张着嘴一阵"嗯咕"。禾之也听见儿子叫过一声"阿原"。这些简短的发音，足以慰劳禾之的疲劳。

陪伴孩子成长，禾之逐渐适应，也乐在其中。

儿子抓握、抬头都不错，蹭啊蹭，移动头部，挪动身体，却不懂如何翻身。禾之拿了个镂空的大响铃球，给儿子抓，抓着抓着，他想放嘴里舔，刚松手，球却顺着脸儿滚到左边，为了继续舔球，嘴儿跟着球转，身子不知不觉也跟着转到左边。就这样，儿子翻了第一次身。

自会转身，又常趴着，屁股翘起，小脚跟着蹭起来。有时，"蹭蹭蹭"用力往前爬，边爬边啃手，口水流在围兜上，这些迹象表面，是准备长牙仔了。

这天晚上，姐姐提议烤骨头形状的饼干给弟弟当磨牙棒。见到姐姐有兴致，禾之顾不得腰酸，手把手教姐姐烘焙，搓面团，压模，劳累却喜欢姐姐好学。第二天，弟弟拿起骨头磨牙棒，往嘴巴塞，果真吃得像手指头一样有滋有味。弟弟那口水啊，流得防不胜防，禾之抓拍弟弟的口水照，百看不厌。

姐姐喜欢烘焙，有时边做数学题边叹着气，对阿原说："爸爸，我老是想到食物。"

禾之做马芬时，没有用裱花袋挤，直接用橡皮刮刀刮入模杯，做出来的马芬歪到一边。

莘月说："马芬不好看没关系，好吃就行了。"

接着，母女俩的米饭也玩起花样，禾之把米饭做成熊猫形状。女儿学着做成兔子形状，或在白米饭里加点寿司醋、奶酪等。

弟弟每晚睡觉后，禾之就开始琢磨烤箱食谱，准备第二天的早餐，比如烤披萨、蛋糕、草莓果酱的点心等。

弟弟夜晚的睡眠是不定时折腾的，有时能从凌晨3点闹到早上7点，禾之手忙脚乱。但沉浸在母爱里，满满的爱让她特别兴奋。她的睡眠质量越来越差，日夜带娃，晚上烘焙，有时还要起大早，往工厂验货。

禾之逐渐将生意交由主管打理，只负责换季时的订货验货。面对当下的日常，换一个角度来热爱，累并快乐着，活在当下。

换季后，弟弟身上衣服一减少，动作更灵活了，扳、瞅、啃、蹬，三两下就把健身架给拆了。他开始认生，爱尖叫。翻身、蹭前蹭后、打转对他来说都极有趣。他从床上向后蹭，蹭一下停一下，蹭一下停一下……当脚尖踮着地时，开心地"咯咯咯"笑着。运动量大了，饿得也快。清晨五点，准时用脚蹬醒禾之，喝完奶，心满意足，又沉沉地睡去。而禾之，醒了就是醒了。

四

周末，阿原对禾之说："村子十年内拆迁，旧房拆建了，爸说得把另外一栋楼也建起来，回去商量一下。"

听说孩子们回来，爷爷提早拿了个"雪糕筒"，放在村里最靠近家门口的停车位上。接着，时不时望向门铃，像是孩子们一到，就要站起来开门了。

门铃响起，他果然即刻开门，对着孩子们一一点头，算是听见了问好，随即坐回沙发，边看粤剧边和阿原聊建房。

这时，阿原妈从厨房走出，问道："今日甘得闲一起返来？"

"系呀，妈，请假休了一星期。"阿原说。

"嬷嬷。"莘月用广州话问候完，就东看看西看看，去找玩具了。

"莘月乖！晚餐在这吃吧，我去市场买多个菜。"奶奶赞道。

"妈，吃不了多少，不用买了。"禾之说。

"难得回来一趟。"说着，奶奶就出了门，往市场方向走。

走着，看见路边有人卖小扇贝，停了下来，与小贩讨价还价。

小贩说："收工，最便宜的了。"

"甘死鬼贵！不买！"说着，阿原妈就往里走。

"俾你啦！俾你啦！"小贩同意后，却骂骂咧咧着，"鬼甘识讲价。"一边把阿原妈挑出的扇贝装进塑料袋，又数了数，按个收了钱。

这边，禾之扶着弟弟坐在地垫上。儿子像发现新大陆似的，对着脚拇指垂涎三尺。阿原走出家门，看建房倒水泥。

莘月找了一根棍子当金箍棒耍。

禾之转头对莘月说："不要玩棍子，小心有花瓶。"

莘月说："我是孙悟空，妖怪哪里跑。"说着，一棍打在地上。

禾之见状，放弟弟躺下，走过去，把棍子收了起来。

"莘月大个佐，调皮了。"坐在沙发上看电视的爷爷笑着说。

"吃饭了。"阿原妈大声唤着，随即端出一盘清蒸扇贝。

爸爸也回来了。一家人坐在饭桌边，边聊边吃。禾之随着阿原夹了个扇贝，刚靠近鼻子，却闻到股怪味，她皱起眉头，放下扇贝，见女儿正准备把扇肉往嘴里送，着急地喊道："不要吃，变质了。"莘月一下子囧了，看着大家，依依不舍地搁下扇贝，放在骨碟上。

"哪有，乱说！"阿原凶狠地瞪了老婆一眼，慌乱中，又看了下母亲，眼里充满愧疚，好像在安慰母亲没事，又故意把碗里的扇贝肉嚼得津津有味，嚼完，又继续夹了一个，香喷喷地吃起来。

禾之一下子愣住了。

阿原妈沉着脸，并没有因为阿原的话而有所缓和，她看起来极不开心。

禾之埋头吃饭。而女儿，也不敢再夹扇贝，扒完碗里的饭，走进客厅看电视。

过了个把小时，阿原说，回去了。四口人告别老人家，钻进车里，空气僵硬，一路上，禾之没有说话，阿原也不出声。刚到家，阿原突然快速地冲进洗手间，"呕——"巨大的呕吐声穿过房屋，禾之吓了一跳，接着，听见哗哗哗的水流声。

第二天，阿原回医院上班。女儿自个儿走去小区的幼儿园，禾之边照看着弟弟，边吃着早餐。

阿原打了电话来："老婆，我住院了。"

"什么？为什么突然住院？"禾之惊讶地问。

"嗯，需要做个手术。"阿原的声音听起来有点虚弱，说完电话挂了。

禾之慌起来，想往医院赶，可儿子睡得正酣。不能把婴儿留在家里，抱着儿子去医院也不行。想到大家姐，或许能过来照顾。想着，就拿起电话，告诉了大家姐。大家姐匆忙赶来，禾之嘱咐了几句奶粉尿片之类的话，匆匆往医院赶。

她先到阿原上班的科室，同事告诉她："今早黄医生不舒服，吐了一大摊血。"随后告诉禾之，他在三楼的住院部。

　　禾之跑上三楼，见到阿原躺在病床上，正输着液。看见禾之，阿原想说点什么，却虚弱得说不出话来。禾之握了下阿原的手，暗示别说话了。随后便走出病房，找到了主治医生。

　　过了一会，禾之电话响了，是大家姐。她催促着："你快点回来，我上班迟到了。"

　　"家姐，您请下假，阿原住院了。"禾之说。

　　"怎么回事？"大家姐紧张地问。

　　"医生说吐得太用力，靠近胃的贲门裂了，必须赶紧做手术。"

　　"甘麻烦。"大家姐无奈地说道。

　　禾之又打电话给保姆："阿姨，你赶紧回来吧，我忙不过来。阿原住院了。"

　　"我这边事情还没处理完，最快也得一周。"阿姨回乡办理离婚手续，身份证却丢失了。

　　"你尽快吧。"禾之无力地说着。

　　"好的，我一拿到身份证就去买火车票。"保姆许诺着。

　　第二天，禾之医院、家里两边跑。

　　大家姐对禾之说："我没办法帮你照顾儿子，我要上班。"

　　"那我叫奶奶过来帮忙。"禾之说着，拿起电话。

　　"不行！我妈身体不好，不能让她知道阿原住院。"大家姐紧张地制止。

　　"来家里看着弟弟就行，其他的事我来。"禾之小声地说。

　　"不行！不能让她老人家知道儿子住院。"大家姐着急地拒绝了。

　　"那怎么办？你又不请假，姐弟俩那么小，我怎么忙得过来？"禾之第一次顶撞大家姐。

气氛尴尬，两人都沉默着。

第二天早上，天阴沉沉的，不一会儿，雨滴滴答答下了起来。

莘月拿起伞："妈妈，不用你送，我自己去上学。"

禾之听完女儿的话，紧紧地将她搂在怀里："莘月乖，下雨天路滑，走路不要玩水坑，注意安全。"

"知道了，妈妈。"莘月走到电梯口。

邻居老爷爷正好也走了出来。

"莘月自己上学啊？"老爷爷说完，看见禾之怀里背着弟弟，又说道，"出边落雨，我会顺便帮忙看着莘月。你不用下楼了。"

禾之微笑着点点头，表示感谢。

"这心随天气一样，尽是阴霾，太阳快点出来，一切恢复从前的样子。"禾之祈祷着，头有点晕。嗯，得送点粥去给阿原做早餐。她勉强打起精神，却觉得眼睛不舒服，她走到镜子前，看见左眼因细血管爆裂，血染红了她的眼睛。

"太累了！真受不了，还是别等保姆了。"禾之想着，从手机里找出家政中介的电话，拨了出去。

"刘姨，早上好！有没有帮我物色到保姆？"她问道。

"有，有，今天有个保姆很不错，等下她过去找你。"刘姨说。

这时，听见钥匙的开门声，禾之转头一看，是大家姐。

"我请了两天假。"大家姐说着，走了进来，继续说道，"送早餐给阿原吃了吗？"

"还没，我现在就去。"禾之边说着，边挂了电话。她见大家姐来了，高兴地解开身上的背带，把儿子放在摇椅上，继续说道："等会有个保姆来见工，若我未回来，让她等等我。"

"好，你赶紧去吧。"大家姐说。

禾之也顾不得眼睛不适，装了一煲瘦肉粥，匆忙赶往医院。

到了病房，电话响起，禾之陪阿原吃完粥，又匆忙回家，见到了新来的保姆。

这保姆穿着得体，说话也大方，主动地询问了厨房用具摆放位置，又看了各个房间，所提问题，看得出是极有经验的保姆。

"也好，请个熟手，工资高点，不用再花时间调教。"禾之心里盘算着，并告诉她每天工作 8 小时，一个月休息 4 天。谈妥薪资，问到第二天能开始上班，便拿出了 200 元伙食费，说道："阿姨，明天先去市场买点儿菜，再过来。"

第二天，保姆顺道买了青菜排骨过来，走进了厨房。禾之想，以后可以松口气了，便抱着弟弟回房间睡觉了。

三小时后，禾之发现保姆不见了，电话又显示关机。

"天！"禾之只得打给中介，请中介寻找。

四天后，中介通过朋友找到保姆，要求她把剩下的 150 元菜钱拿回来。

这时，保姆主动电话给禾之："老板娘，咱们先去中介对质，你跟中介说我没拿你菜钱，我就把菜钱退回给你。"

禾之一听，回道："去中介对质我没空，但直接去公安局我倒有空，咱们直接去公安局吧。"

那保姆一听，也不敢再说什么，就答应把菜钱放在中介处。

"一百五十元不多，但费心费时。"禾之想，"我已经够疲惫了，实在无精力跟个陌生保姆这样斗智斗勇。"

虽第一天看穿新保姆的品德，但找不到合适的帮手一样让人失望。

"以后还是要长个心眼，不能一累就放松警惕！"她一边告诫自己，一边庆幸自己随时看着儿子。

这时，儿子流着口水吃饼干，他继续对脚丫子充满兴趣，蘸下脚丫子做酱料的模样，令禾之忍俊不禁。他的爬行也开始不局限于爬行垫，对风扇腿、餐椅腿、桌底等"脚丫子"充满了探究兴趣。

他好像懂得挂念姐姐，时不时发出"姐姐"的音节。傍晚，见爸爸送姐姐去游泳，郁闷地叫着"姐姐"。禾之抱起儿子下楼散步，弟弟的叫声方停止。

那晚，准备出牙的弟弟又发烧了，禾之深夜喂水、敷冰降温、换床单、换衫换尿片，又是一个通宵达旦。第二天，高烧仍在挑战，为让姐姐顺利完成毕业典礼，禾之抱着发烧的弟弟送姐姐去图书馆，参加毕业排练。

在禾之的坚持下，姐姐顺利地参加毕业表演。看着莘月作为班代表，生动地把鲜花献给幼儿园的老师，看着莘月在舞台上做告别的表演，笑容单纯而美好，那一刻，禾之欣慰无比，也忘记什么叫疲惫。

姐姐放假了，阿姨也回来了。姐姐的训练开始由阿姨负责接送。可惜，这样美好的时光没过多久，阿姨因儿子传出肾炎，又一次提出返乡。禾之望着一片狼藉的家，无奈答应。

这时的弟弟学会招手说"bye-bye"。他不满足于安分地坐在BB推车里了，他从禾之身上练习到爬楼梯，熟练地爬进踏踏米书房。姐姐看书，他也翻书陪着；姐姐打个哈欠，他在一边笑得直流口水；姐姐喂西瓜，他吃得特别开心；姐姐外出和小伙伴们攀架，他兴奋且目不转睛地望着。

五

趁着放假，禾之订了高铁票准备回娘家。禾之的娘家在沿海城市。当年瞒着父母，来到陌生的城市，禾之自由又孤独。

在异地打拼，禾之又是幸运的。创业过程对禾之来说，既有趣又可排遣孤独。创业给她带来的坚韧与成长，期间的获得与磨合令她拥有更广阔的眼界。能否平衡事业与爱情之间的关系，是女人是否幸福的前提。禾之与阿原的感情在几年的风风雨雨里，愈发坚定。阿原无需应酬，不喜喝酒泡吧，他照顾家庭，爱看书。他安静、严肃，喜欢在茶米油盐里盘算着日子。

他唠叨禾之费钱买花花草草之类的小摆设，却又认同托盘上小绿植点缀的幸福惊喜。

禾之生活在假想的浪漫王国里，阿原却总在她美梦时，吆喝她去洗碗。禾之和朋友最热闹开心的相聚时，阿原会严肃地对大家说："已经很晚了，你们要回去了。"而禾之，总是忘记时间，忘记存在，只愿提取随心而来的喜悦。

阿原只求在清粥白米中了却余生，禾之喜欢品尝风味，并乐此不倦，不断奔波。

禾之幻想着美梦，阿原却总是当头一棒。阿原知足不乐，禾之乐不知足。

两人一路磨合，竟也逐渐习惯。

假期，阿原陪禾之返乡。

知道小姨回来，外甥女腾出江景湾的房子让禾之一家四口人暂住。江景湾在来雅百货附近，紧靠禾之母校，交通方便，驱车半小时可达市区。阳台可远眺丝绸之路起点——后诸港的月亮湾，潮起潮落的古港，更有一番美景。

每到黄昏，日未落，月亮湾布满附近居住的人们。在表姐的陪伴下，一群人来到海边散步。儿子第一次看海，张皇失措，阿原托起他的胳肢窝，尝试让他站在沙滩上。他看着不是彩色的沙滩，毫无兴趣，依旧把拳头塞进嘴里，绷紧双腿抗拒下水。禾之见状，抱回儿子，遥指着水天一色的海告诉他，大自然很美丽。又望着沙滩的细浪漫卷，解说着。阿原陪着女儿，女儿坐在气垫圈上，哈哈大笑。她从小不怕水，这会儿，更是尽情与浪花玩游戏。

晚上，一大家人在古厝享用地道的闽南菜。亲人们问长问短，热情地给阿原夹菜。土笋冻、海蜇皮、卤面、四菇汤、牡蛎煎、麦螺、青斑……禾之不知道阿原喜欢否？这里有的美食是她童年的记忆，是她离乡也常思念的美味。

"这醋肉和鸡卷是闽南人过年，家家户户必做的火锅料。"她对阿原说，"来，你也试试。"

"咕噜和淼淼，你们怎么都那么萌。"女儿又多了几个娃娃伴，又是抱又是亲。

一大家人谈天说地，其乐融融。

第二天清晨，他们来到禾之的母校，走在熟悉的校园内，看见廖先生的雕像依旧笑眯眯地坐在秋中湖边，熟悉的湖面上养着一群鸭子，水中屹立一间木鸭子巢。时过境迁，校本部留下的仅仅是记忆，石头屋令一切建筑略显朴素甚至过气，唯有当日的小卖部发展成大超市，学校的主校区已迁至厦门。

中午，在泉州酒店自助餐厅，禾之和好朋友们叙旧。

丽玫说："世事难料，没想到事业型的禾之要带孩子，还要买菜做饭。"

"食人间烟火的日子，生活就是这样。"禾之无奈地说。

"还真看不出来。"华萍说道，"没想到咱们的禾之还是贤妻良母型。"

"极爱现在的生活！感谢老天！在来得及的年华里嘚瑟一番。"禾之爽朗笑着说。

禾之是幸运的。在朋友们以为的女强人角色里，却忽然华丽转身，陆续生下两个孩子。并且，洗尽铅华，为之转换"角色"。

接着，她们从街头走到街尾，在新门街宝晋庐欣赏各款茶器茶皿，又走进天后宫品尝石花膏。

莘月喜欢凉凉软软透明状的石花膏，大呼过瘾。

禾之温柔地告诉女儿："石花膏是由石花草制成的，是台湾海峡中低潮带天然海藻，跟海蛎等壳类长在海里的黑礁石上。石花草熬制后，用纱布过滤，冷却后入冰箱自然凝固而成，刮成一条条，再加入蜂蜜水，就成了石花膏，是妈妈小时候最喜欢的午后甜品。"

这样一星期下来，走走逛逛，姐弟俩收到公主裙玩具等礼物。四姨家每天炖瘦肉水给弟弟喝，大姨总是起早去市场挑最新鲜的螃蟹，蒸好，一口一口挑剪给莘月吃。晚餐时，表姐们抢着请吃饭；午餐时，舅妈忙着变花样，咸饭、蚌菌汤、海鲜锅不断上阵。姐姐总是说，好好吃啊！连弟弟也张大嘴"啊啊啊"地表示还要。

阿原这边叹着气说："唉，又是螃蟹，餐餐都大螃蟹。"那边厢，三两下又津津有味地消灭一只最大的螃蟹。

临走前的一晚，莘月哭了，她说："妈妈，我舍不得离开。"

禾之抱着她，小小年龄，似乎也懂得人情冷暖。

说完，她却听从禾之的建议，依依不舍地把地板拖得干干净净。

故乡留存着童年，成为生命里的一部分，成为成长思辨的烙印。每一次回到故乡，禾之惊觉故乡又老了一岁；每一次回到故乡，不久却又背起行囊，又做了一回过客。

六

回到广州，禾之继续打理家务，带孩子"遥控"生意。每天尝试变换菜式，花样推新。趁阿原休息时，她跑工厂检查出货。

莘月将进入小学阶段。她喜欢捧出书包慢慢欣赏，戴着眼镜扮演小老师的角色，她对上学充满遐想。莘月就读的学校就在小区，随着9月份的到来，学前教育和军训结束后，莘月正式开启小学生涯。

这时的弟弟11个月，姐姐给他起好了名字——曙阳。曙阳管爸爸叫"爹爹"，肚子饿，想喝牛奶哭着"啜奶奶"。他要禾之陪他晒太阳，出门前抓住禾之的眼镜帽子，艰难地说"得"（戴）。他喜欢开灯按电梯，指着灯叫"凳"。也爱爬上沙发，抓起听筒放耳边，叽里咕噜地讲着。自从学会下沙发，每天在地上爬得衣服脏兮兮，口水依旧流不停。他爬到厨房门口，站起来，用力拍着门，大声叫着："阿姨，阿姨……"

禾之期盼他学走路，禾之实在抱不动了。

开学后，莘月成绩不算拔尖，她天真善良，特别爱笑。她拥有同龄人一样的淘气和探究心。她喜欢《疯狂动物城》里的树懒，她仿效树懒的速度，一个砂糖橘，可以慢条斯理地把其中的一瓣分成六口吃。她热爱运动，她活泼、刻苦，她第一批加入少先队。

但对阿原来说，莘月最令他焦虑的是算术题还需用手指来数。

莘月周四数学测试。

放学后，阿原问："月，考得怎样？"

"呵呵。"莘月笑着。

"60分？"阿原心里担心考砸，平时辅导作业，对女儿的数学思维甚是焦虑，为了不让自己失望，故意从低分猜起。

"多点吧。"莘月头也不抬地回着。

"70分？"阿原再问。

"再多点吧。"莘月好像不想回答，又耐不住地想证明什么。在与父亲越来越多的争执里，交流的言词越来越简单。

"80分？"阿原不相信地问。

"再多点吧。"莘月不服气地回答。

"90分？"阿原倒希望是这个分数，但对莘月信心不足。

"差不多吧。"莘月眼睛望向一边，声音小得像在喃喃自语。

"那到底几分？"阿原着急了。

"呵呵，不知道。"莘月看见父亲着急了，笑着放下书包，跑开了。

阿原找出试卷一看，100+6分。

禾之看着阿原，摇头叹了口气，回过头和女儿相视一笑。

莘月上小学后，反倒越来越依赖禾之，她吃饭需要禾之鼓励，洗手需要禾之陪，写作业也喜欢禾之伴着，甚至睡觉也要禾之。为此，禾之向班主任请教。

"她毕竟还是个孩子。"班主任说。

"还是个孩子！是哦，她才一年级。二胎生下来，似乎忽略了她。总以为她是姐姐，什么都懂的姐姐，其实她还是个孩子，她仍然需要我陪伴。"禾之恍然大悟，也暗暗下决心，多陪伴莘月。

最恐怖的是晚上，两姐弟抢妈妈。大的要禾之陪读英语，小的要陪入睡！爸爸呢？爸爸呢？哦，爸爸就像鞋柜上的那盆小兰花，漂漂亮亮摆着。阿原有时也陪莘月写作业，只是一个爱看手机，一个爱发呆。两人都有各自沉迷的时候。

有一晚，阿原陪伴时，手机看入迷了。9点许，发现莘月并未动笔。一怒之下，揍了莘月。刚要入眠的禾之被莘月的大哭声惊醒，慌忙起身，冲过来安慰，阿原怒气冲冲地走开了。

禾之抱着姐姐安慰："乖！莘月，别哭了，弟弟刚睡着。写作业不可以发呆的，小孩不能太晚睡。"

莘月委屈地点点头，在禾之的陪伴下，努力写完了作业。

有时阿原陪读时打起呼噜，且呼噜声震天动地。禾之哭笑不得，心里想，唉，许是工作劳累吧。

禾之疲惫不堪，那边刚哄了弟弟睡觉，又担心姐姐这边。她像个陀螺，又像黏合剂，协调着一家人的融合。

每晚，她帮莘月盖好被子，关灯说晚安。走回自己房间，弟弟却醒了，弟弟总有不同的借口醒来，换尿片，喝水，做梦……

禾之有时抱着弟弟，陪伴姐姐。有时又担心弟弟太吵，姐姐要背书，弟弟爬来爬去，差点儿把姐姐的作业给撕了。

禾之把他抱到客厅，他爬来敲门。

姐姐生气地说："弟弟，你吵到姐姐了，姐姐要背书的。"

弟弟继续边在姐姐房间里玩耍，边嘀咕："吵到姐姐了，吵到姐姐了……"

有时，弟弟会帮忙刨铅笔，铅笔刀多好玩，可以探究又算帮忙。他嘟着婴儿肥的脸，全神贯注地转着铅笔，好似在说："姐姐，你就别嫌我吵了，我这不是在帮忙吗？"

然后，摇摇晃晃倒铅笔屑去，坐下，手动刨，倒笔屑，坐下，手动刨……他也很忙呀！

姐弟俩把禾之和阿原耍得晕乎乎，像极了停不下来的陀螺。

欣慰的是，一学期结束，莘月从一头雾水到迎头赶上，并被评为"三好学生"。

禾之的心情随着孩子们的情绪变化不定。

七

进入小学后，莘月仍坚持游泳。学校举行游泳比赛，她轻松拿到自由泳第一名，之后便被区队录取了。

游泳训练是一项需要长期坚持的技术活。训练基地坐落在另一所小学里面，从巷子弯来拐去，走路比开车快。为此，禾之买来电单车。她用帽子、口罩、墨镜全副武装，把弟弟放在靠前的座椅，面向自己，后面载着姐姐，接送训练。

禾之在心里盘算着，再苦再累也要坚持。莘月喜欢，或许以后能成为特长。但是，尘土飞扬、烈日炎炎的郊区，口罩墨镜作用不大，半学期下来，她惹上过敏性咳嗽。

有时飘泼大雨，她选择走路，那小巷子有两米长的积水。她一手抱着弟弟，一手打着伞，让女儿揪住她的衣服，踩着石头蹚着走。这时，若大风一刮，她抱着弟弟更是摇摇晃晃，她用手捂住弟弟的头，揽紧在自己的怀抱。

有时，她也迷茫，莘月并不是游泳"天才"，靠的无非是意志力的坚持。风里来雨里去，那到底有没有坚持的必要？想到来日方长，为孩子培养坚忍的毅力，她咬紧牙关，继续坚持。

曙阳陪着接送姐姐，只兴奋了一年。随着语言能力的发展，学会表达，也学会了拒绝。

冬天来临，当禾之拿起睡袋，他马上滚到床边，坐起来，摇着头，嘟着婴儿肥提问："穿这个，怎么睡？"

对睡觉喜欢翻来覆去的曙阳来说，哪有乖乖被捆绑的时刻？虽担心夜晚着凉，禾之亦好言相劝，他却依旧把头摇得像拨浪鼓，无可奈何的禾之只得由他盖着薄被，在半夜里翻滚折腾。时不时"啪"一脚踢在禾之肚子上，时不时又一拳打在禾之眼睛上，一张 1.8 米宽的大床，无论禾之怎么躺，弟弟总能迅速地感知如何贴近妈妈。到了清晨，禾之通常只有一个侧身的床位。

第二个拒绝在第二年寒假。聪明的弟弟似乎知道自己只是个"跟屁虫"，且北风吹得他的眼睛根本睁不开，也看不到什么好风景，陪着接送并不是什么好玩的游戏。长期下来，枯燥无味。虽然也戴着口罩，但小脸蛋被风刮得粗糙了。再听说陪姐姐出门，就摇头拒绝："外面好冷。"

这一天，外面下着雨。

莘月说："妈妈，不用你们送了，我自己走去。"

说完，她拿起一把蓝色的伞走了。

禾之忽然想到莘月拿的是一把卡不稳的伞。外面的雨越下越大，从家里走到训练基地是一段逆行的车路，BRT（快速公交系统）在施工，坑坑洼洼，大车还不少。

禾之越想越担心，便对着曙阳说："阳宝，你不到两岁，阿姨还没来，妈妈不能把你留在家里。"硬是哄着正在搭建乐高的

227

儿子起身，抱着追了出去。

从家里到游泳馆，这段路遇到下雨天，最适宜的出行方式是步行。

走到公园门口，阳宝紧紧抓住禾之的衣服，说："妈妈，这雨就像搅拌机在搅拌。"

姐姐走得飞快，喊也喊不到。好不容易抱着阳宝走到十字路口，看见莘月正站在路边，委屈地哭着。

原来，莘月摔跤了，衣服也湿透了。

禾之庆幸自己追了上来。一边抱紧弟弟，一边拉起莘月的手，说："反正衣服湿了，坚持走过去吧。来！妈妈陪你走。"

"等下带弟弟回家换衫，再帮你送衣服。"禾之继续安慰莘月。

回家后，弟弟怎么劝都不肯出门了，嘀嘀咕咕责备禾之："妈妈风风雨雨带我出门……"

"风风雨雨，你还懂得风风雨雨？那辛辛苦苦呢？懂不懂？姐姐等下起水，没衣服穿怎么办？"禾之一口气说了几句话。

这时，阿姨过来煮饭了，禾之放下弟弟在家，叮嘱阿姨照看。

大雨如注，想着莘月起水没衣服换，担心会着凉，禾之披上雨衣，心急火燎地推出电单车，出门了。

到达时，姐姐刚好起水，禾之松了口气，将衣服递过去。她在外面等候，见到姐姐哼着歌儿走了出来，那一刻，阴霾烟消云散。

禾之带着姐姐风驰电掣往回赶。在楼下，她吩咐莘月下车扶着大门，自己开着电动车"倏"地一声，却因大堂的地板太滑了，连车带人摔倒了。她想站起来，腿却痛不可忍，疼得她的眼泪忍不住打转。女儿过来扶着她，她使劲站起来，左脚一落地又是剧痛，她强忍泪水，拐进电梯。

禾之痛快摔了一跤，那左膝盖弯了就伸不直，伸直了又弯不了，走路困难。禾之本以为可以借此休息了，可阿原工作忙得不

228

可开交。禾之吩咐阿姨加班。

阿姨回说："老板娘，我明天有事，其他日子都可以。"

第二天，禾之想冒着脚伤开车。两辆车一起抗议，第一辆没电，吩咐莘月回家拿另一辆的钥匙，却依旧是发动时，电池不足发出长吱声。

"既然如此，唯有敬畏老天安排！"禾之自言自语，"还是乖乖回家躺着吧……谢谢冥冥之中怜悯我的神。"

禾之因电单车三次摔跤，手腕痛过半年，一切只为莘月的坚持。

莘月从小喜欢游泳，三个月不到，在各种小池里泡得兴高采烈，不曾为呛水掉过眼泪。她五岁学游泳，如鱼得水，玩得不亦乐乎。自进入泳队规范训练，拉伸、压肩、铁皮拉力等的陆上体能计划随之而来。莘月发现游泳不再是单纯的玩水，不再是像条小鱼一样自由自在，想怎么游就怎么游，而必须揣摩动作，定量训练。她日复一日重复着相同的动作，并且，几乎是无间断的训练。

她把汗水和泪水融进池水。泳池里，没有语言交流，听得最多的是手掌划破水面的声音，或是队友后面的追赶声，以及教练命令加速的吹哨声。她的朋友也是她的对手，她又孤独又辛苦，却从未想过放弃。许是缘于母亲的鼓励："莘月，你是奥运年出生的，你是福娃贝贝，天生爱蓝色，天生是水上运动高手。"

她在凌晨五点跳进冰冷的池水，眼睛周围是深深的泳镜勒痕。她在市运会的比赛里，夺下女子 F 组自由泳全能冠军。

"即使游泳没有给她带来纯粹的快乐，那也是她一辈子的记忆。"禾之看着领奖台上的莘月眼眶泛红湿润，不由地想着。

市运会比赛的殊荣，令莘月被选入市队。

而弟弟则越来越有趣，常逗得禾之开心地笑。他语言发展迅速，手指灵活，似乎比同龄人更懂事。

清晨，他主动背起小书包，看了一眼地板，语重心长地对禾之说："妈妈，我要去上学了，地板很脏，你拖一下。"

放学回来，阿原问他："阳宝，去幼儿园认识了几个好朋友啊？"

"零个。"小小的他淡定地回答。

"啊？零个？不可以这样哦！三人行必有我师！要多认识些好朋友，互相学习！"

"三人行必有尿裤子啊！"他回答很干脆。

这边，禾之听得忍俊不禁。

他开始不再黏着妈妈，主动拿走枕头和被子，说："妈妈，我要自己睡觉。"

他安慰禾之："等姐姐放假会跟你睡的，姐姐也是很爱你的。"

那天，姐姐比赛回来，禾之把车开进车库，说道："弟弟，把后排灯关了。"

弟弟抬起手，姐姐挠他胳肢窝，弟弟又抬手，姐姐又挠……

莘月边挠边说："抓痒痒咯。"

弟弟忍着痒把灯关了，接着老气横秋地说道："姐姐，你再淘气，妈妈把你煮熟，吃了。"

"啊！为娘有那么凶吗？"禾之扮起鬼脸问道。

"哈哈哈哈，没有。"姐弟俩齐声回道。

……

生命是旅程，冬去春来的一波波，从眼前消失到成为回忆。经历过成长的岁月，那些隐藏在烦琐之后的努力，在搏击中会看见尘世的辽阔与宽容，它们通过坚持找到属于自己的位置，你不慌，世界也就不慌。

2020 年 12 月 25 日

私语的青春

一

水身材比例均匀，穿什么都好看，今天是温婉诗意的淑女装，明天可能是叛逆的洋装短裙。水好阅读，好看的丹凤眼有点近视，眯起眼像在文字里遨游。而明子，霸道又骄傲，是水的搭档。明子见到水捧着小说会抢夺，水若不给，两人便争抢起来。

争抢，并没有影响彼此的友情，她们像两只漂亮的蝴蝶，偶尔踩着"永久"牌自行车，在古城兜圈，悠哉地聊着故事里的人物。每当这时，水极其开心，笑起来，发丝斜坠，嘴角微扬，滔滔不绝。然后，又用阅读积累下来的语言，挖苦对方，嘲笑彼此青春期的矫情与造作，乐此不疲。嘲讽，没有使对方生气，也没有什么事会让她们停下"毒舌"。

在 M 大，她们同宿舍。寻常里，两人互相激怒且磨合，已成习惯。到点吃饭，又拉着手，说说笑笑去食堂。她们的友情被女生们划重点，保持距离。原因无外乎，两人都美丽耀眼，个子高，皮肤白得太霸气，眼睛又大又美，像一片宽广清蓝的海水。漂亮女生说什么都是对的，何况阅读面广，讨论事物尖酸刻薄，是辛辣无比的女生。

在水看来，明子所有的缺点都是优点。她是耿直的，她讨厌溜须拍马，她喜欢和明子无所顾忌地谈天说地。

大部分女生不想落荒而逃，也就不会自讨无趣地与她们争执。

当然，主要还是性格，没有人愿意讨好说话恶毒，总是一针见血的人。

久而久之，两人被归类为"上层建筑"，暗示"高攀"不起。水却认为，明子才华横溢，个性十足，品位、长相惊艳无比，又能仿写一手好字，且论起观点，出奇制胜，幽默有趣。再说，也没气死谁。所以，为了斗嘴有伴，水和明子互相依赖。

她们一起报名M大的模特队，每天坚持"猫步"训练，待食堂几乎没饭菜了，才被"放逐"。于是，两人更被饿得只剩"风骨"。

明子给他起了个绰号叫"荷西"。"荷西"来自内蒙古，身上永远有黑色衫的搭配、络腮胡子、黑框眼镜。水在白天的校车站遇见"荷西"，正是凤凰花开得如火如荼的时候。他好像要跟她打招呼，又好像不是。水也喜欢穿黑色T恤，搭暗红高腰花绒裤，背黑色大包，酷得像从杂志走出来的模特，矫情地举着一把油纸伞，苍白的脸天生冷漠。水的冷漠常令旁人不安，不敢靠近。她也时常感到无限的孤独，水与那些透过车窗的风景一样，与人相距遥远。她不在乎别人夸，也不在乎别人嘲笑，她的不在乎通常惹人讨厌，但她仍然不在乎。

大学里有间实验酒吧，"荷西"既像老板，又像顾客，其实是旅游系的高才生。他酷炫地教师弟调酒，昏暗的灯光，霓虹偶尔掠过。他穿着衬衣、黑马甲，端着酷酷的表情，站在吧台后，抛抛甩甩，一杯杯漂亮、斑斓的鸡尾酒就在漆黑中发着亮光，燃烧着叛逆的青春。

有时周末，水和明子坐在学校的酒吧里，抛开白天人群中的素颜。看着漆黑中，他们竭力地嘶吼，给他们送上掌声。水常点一杯鸡尾酒——"血腥玛丽"。有一晚，他让人送来一枝玫瑰，水顺着服务生所指的方向，在远处看见"荷西"，他微笑着对水举起杯，很帅！明子说他长得像"荷西"，水像"三毛"。

生日前那个星期，水在学校的百货店，见到柜架上有一排星座杯子。她好奇地一个个找过去，找到属于自己的星座，正拿起杯子，旁边的"荷西"，手也伸过来，只有一个，"荷西"扑了个空。水"哦"一声，又把杯子递给他。

"荷西"摆摆手，好奇地问："你也是双鱼座？"

"是的。"水抿着嘴答。

"我是 3 月 12 日，你呢？""荷西"问道。

"呵，我也是 12 日！"水微笑地看着"荷西"。

"那么巧，你读哪个专业？""荷西"的嘴角跟着闪过羞涩的微笑。

······

水就这样正式认识了子昊。

他们相约过生日。在水的宿舍，舍友们为"荷西"和"三毛"唱生日歌，拍照，聊有趣的事。

那晚，水是焦点。她接过"荷西"的生日礼物，苍白的脸儿泛起微粉，她收起平日里如簧的巧舌，羞涩微笑。而"荷西"，更是左右逢源，与舍友们聊得就像久别重逢的故友。

从那天起，子昊每次来找水都有借口，比如打羽毛球，听讲座，看展览。

二

"五一"前，子昊约水去鼓浪屿旅行，临出发前一晚，水才知道并不是旅游系的活动。思想斗争后，水决定用一碗牛肉羹，怂恿舍友陪伴。

舍友爽快答应了。

三人成团。路上，反倒是子昊和舍友聊得热火朝天。水听他们时笑时评，插科打诨，插不上嘴，干脆望向窗外。一幕幕风景快速退去，子昊身上没有水想要的那种文雅与冷漠。他好像和谁都可以聊得极欢，唯独与水，只有拘束的几个词。水像多余的装饰一样，和他们穿梭行走，匆忙赶路。在前往厦大招待所的公交上，她孤独地站在车后门，站在一个貌似要下车的乘客身边。

到集美，乘客下车，水刚想坐下，一条大长腿突然飞快扫来，挡着她的视线，旋即，迅速占据座位。她本能地在退避中望了他一眼，四目对峙，那是一双有一点点"我赢了却很慌乱"的大眼睛，在杂乱无序的车厢里，睫毛又黑又长。水用安静的眼神看了良久，流露出"可有可无"的表情。然后，目光转向窗外，继续发呆。"飞毛腿"的眼睛顺着她的视线，一路望着窗外。

厦门大学到站。"飞毛腿"没抢先下车，三个男生和水他们一前一后，不打招呼地蹚向招待所。招待所却挂出"满房"的牌子。大家失望地折回厦大门口，"飞毛腿"走过来要搭讪，水瞥了一眼，迅速归队。

舍友的养母在气象局工作，她在电话里建议，坐轮渡去鼓浪屿，岛上有气象局的招待所。

登上轮渡，海风飒飒做响，五月的厦门不冷不热，是一件春衫搭长裙正合适的天气。瞭望无垠的海，心境自然开阔，先前的不快随之消散，风景与人心里有奇妙反应，融合在一起就像某种美感，无言地蔓延开去。

沿着暮春中纤细的小径行走，这个有"钢琴岛"之称的鼓浪屿甚是安静，哥特式的建筑映入眼帘。悠扬的钢琴声偶然飘来，和着习习清风，恍若隔世。这是个令人梦幻、沉醉的小岛。

穿过半座小岛，在无人的坡道上，子昊按图索骥，推开招待所的篱笆门，一道明黄的花枝扑入眼帘。那一片风姿绰约的软枝黄蝉，在黄昏里兀自陪伴霞光，在院落墙头肆意美丽着，把大伙的疲劳一扫而光。

招待所是典型的闽南院落。两层楼，花砖红厝，悠悠古韵。关键是，气象局的家属子弟住房优惠，真是"山重水复疑无路，柳暗花明又一村"。差点夜宿街头的他们，在招待所痛快地吃着价廉、干净又美味的晚餐。

夜晚的鼓浪屿，宁静风轻，星星迷亮。舍友是港澳生，脸儿白皙、微胖，扎着兔尾巴的发团一晃一晃着，可爱不失得体，红色羊羔绒外套裹得整个人热情洋溢。她暖心健谈，招人喜爱。饭后，继续在楼下和前台工作人员拉家常，嘘寒问暖。

水回到房间，子昊敲门进来，坐在床边，看她停下收拾，像个自己以外的自己，轻声地说："我陪你去散步？"

"不用。"水拒绝。

"去楼下散散步嘛？"子昊继续说。

水仍是摇头。

"走嘛，走嘛，我陪你去散步。"子昊几乎用央求的语气继续说道。

她依然摇头，心想，明明是你要散步，为何说陪我？想着夜色安宁，和他独自散步的尴尬，水微笑地拒绝了。

子昊对水的言语，不知为何总会产生一种隔膜和难以言表的寂寥。这种感觉在他们之间，像屹立着的坚实的墙。于是，水觉得，我完全只属于自己，任"荷西"和谁，在我面前依依情深，也无所谓。

不知如何形容子昊的心情，他没有想象中的局促不安，只是叹一口气离开，又去楼下，继续找人闲聊。

第二天，天气依旧晴朗，鼓浪屿的海湛蓝清澈。

"他们总有说不完的话，仍然像一对情人腻着。"水想着，独自溜到一边与浪花嬉戏，任浪花打湿裙裾。

"为何总是满腹心事，永远像有散不去的忧愁？"子昊把相机的镜头对准水。

"镜头里的自己，表情定是冷漠的，哪怕海边的阳光如何灿烂，我在他隐隐地呵护下，依旧拘谨孤寂。唉，多么希望有人能阳光灿烂，笑容可掬地走来，笑得心花怒放，把青春期故作的忧伤统统淹没。但是，子昊，你不是，我们是两个相反的方向。"水看见子昊拿着相机对准自己的方向，故意越踱越远，自个儿捧着浪花，顾影自怜地想着。

这时，有人走近。水抬头一看，是昨天的"飞毛腿"。

他认真地点头微笑，又试图把手上的相机递给她。水向后退了一步，听见他用广东腔的普通话说：

"靓女，可以麻烦你，帮我们拍张合影吗？"说完，指了指远处的两个男生。

水回过神，摆摆手说："我手没力，拿不稳相机，让他们帮你拍吧。"

说完，随着方向跟子昊和舍友招手，子昊小跑过来。两个男生聊起来，谈到彼此的院校，"飞毛腿"顺势问了水就读的班级。

子昊帮"飞毛腿"拍完照。

"飞毛腿"掏出衬衫胸口的笔，写了张纸条："这是我学校的地址，希望多多联系。"

水接过，低头一看，字迹潦草，软弱无力的一行字——"梁原，广东某大学医学院某某级某临床诊断专业"。水礼貌收下，回头走了几步，却丢进垃圾桶。

她不知道"他"在哪里，总觉得应该在一个遥远的地方。水想象不出"他"的样子。有那么些时刻，她渴望与"一个人"，默默地关注，书面倾诉，把年轻的孤独，书写成一个人自虐式的旅游奇闻，在信件里告别郁郁寡欢，告别语不惊人死不休的"毒舌"，仅此而已。但是，定然的，只有精神柏拉图，才能满足青春期的幻想与内心极度的倾诉欲。那些青春期矫情的"愁滋味"不知如何正常表达，活在假想的世界里，或许在等着心中的英雄，踏着祥云来拯救吧。

三

从鼓浪屿回来，一星期后，水收到"飞毛腿"的信。她没有打开，用眼神嫌弃了信封上的字迹，随手放进抽屉。

"哎哟，有情书收哦。"舍友的声音没心没肺地响起来，引来大伙关注。

紧接着，大伙一起拥过来。

水扫了一眼好奇、八卦的小眼神们，辩解道："什么跟什么，收封信，怎么变情书了？"

"那什么时候回信啊？哎哟，这一来一回的，有故事咯……"舍友说完，唱起歌来，"等你，等你……"

"荷西呢？"另一个舍友接过话题。

"荷西昨天不是约你去参加书法展览吗？"水直问舍友。

"呦！这句有点酸。"明子放下手中的书，抬起头，将挑衅的眼神望向水。

"确实，酸溜溜的。"舍友肯定道。

"放心，收到第二封信，会回的！"水眼角一瞥，继续埋头看手中的书。

一周后，果然收到"飞毛腿"的第二封信。白色卡通人物的信封，依旧是张牙舞爪的蓝色钢笔字，显得信封有点儿不干净。水看着潦草的字迹，皱着眉，把"飞毛腿"的第一封信从抽屉底找出来，摊开揉皱，阅读起来。

医学院的日子确实煎熬。"飞毛腿"向她埋怨了魔鬼炼狱般的学医生涯，课程多到让人无法想象，日子永远像高考，每天要夜自习，总有考不完的试。一长串拗口的医药名称，要记的知识点非常多，就算平常再努力，考试前也要熬夜，甚至通宵。学医的苦与生命紧紧系在一起，令人不敢懈怠。

相比"飞毛腿"艰苦的大学生涯，水突然对自己的学业羞愧起来，便提笔安慰他，为他打气。

她在结尾写着："我的生日即将到来，希望你能提前送我一份世上最好的礼物，就是你期末的好成绩。"

为了兑现这份礼物，"飞毛腿"加倍努力地苦读。

他在来信中回道："为了读医，熬得像个瘦鬼。"

暑假来临之际，水收到他在信中夹的纸条，一条各科的期末成绩分数。

"他是拿着生命在读书。"水对舍友感叹道。

相比较周围，有的同学甚至沉迷扑克牌、酗酒、名牌，而他潜心苦读更有意思。水想着，开始对他刮目相看，决定继续与他通信。

她告诉他，国庆晚会上，她参加的模特时装秀非常成功，照片被贴在学校的宣传栏上。演出结束了，以后可以正常时间吃晚餐，不用担心自己继续消瘦。国庆也不打算回家，走秀筹了点钱，计划旅游。

国庆前，水去学校报团，欲参加五日游。可是，水刚走到旅游系，报名名额满了。

子昊正好在另一边，看见水要往回走，他走过来说："还有最后一个名额，你可以报名。"

负责登记的女孩，满脸疑惑地看着他，他仍然对女孩说："先报吧，有办法的。"

水听着就交了钱，确认了出发的日期和地址。

上了车，水才知道，是子昊把自己的位置让给了她，子昊垫了张纸皮坐在地板上。在整个夜晚长途跋涉的颠簸中，他反复改变身体的姿势，微胖的身体屈坐地上极度疲劳辛苦。水一时尴尬无比，虽内疚，却没有走上去说"谢谢"的勇气。面对子昊，她的感激之情颇显木讷，"谢谢"便永远潜藏了。两人像回到不认识时，陌生却自然。

"荷西"与"三毛"都不执着，缘分也仅仅如此，无大悲亦无大喜。尽管对"荷西"有所仰慕，但乐趣也无非是和明子闲聊神侃，喝他们调的鸡尾酒。

青春就像闹钟，滴答滴答，逐渐催眠，逐渐听不见声响。青春，莫名其妙地推开故事里的人物主角，似乎若隐若现，又似乎，未开始已然结束。并且，也不是特别想念。

是的，他仿佛来过，仿佛存在过，然后，又走了。仿佛也一样在冷漠与太累太过用力地付出前停止所有幻想。而她，偶尔会想起他，想起酷酷的他是多么不舒服地坐在颠簸的车厢里，一点都不高级，而这样的不高级却拜她所赐。

四

武夷山归来，又接到"飞毛腿"的回信。他由衷感叹："真羡慕你，不仅能看到风光，日子过得也风光。"他依旧是没日没夜地读书作业，对付医学考试，心力交瘁。国庆期间，身体不适却讳疾忌医。读他的来信，水的心情跟着沉重。

"他总是那么忧郁，信间透出深深的孤独和悲伤。在生命面前，他的高大恍若虚设，他每天面对生老病死，定有许多的感触。他渴望能尽快、从容地拿起手术刀，从死神手里夺回一个个生命，却苦于经验未足，无力把控，死亡的震撼令他爱莫能助。而我，除了旅游，泡图书馆，就是追逐热门电影，相比他的专业和抱负，我逍遥却卑微。"她在日记里写道。

渐渐地，通信成为他们的习惯。来不及回信，亦会失落。读彼此的文字，成了生活里灿烂的期待。在越来越长的信笺里，他们把学业压力、对未来的期待都付诸文字，互相安慰、鼓励。

元旦四天假，她决定去他就读的学校走走。

当她坐着长途汽车，脸色苍白、疲惫地出现在他面前时，天色已晚。A大的夜晚迷亮深邃，他带她到女生宿舍借宿。第二天，他给她讲述城市的风土人情、历史文化，他们在他喜欢的旅游点留下一串串脚印，他的谈吐学识令水倍增好感。两天的陪伴，他们从文字走进真实，彼此的印象更为深刻。他瘦削、节俭、内敛，他有点羞涩，却客观、厚道、板正，他与水身边的几个混世同学不大一样。

缘分与现实的距离是无关的，甚至它是抽离生活的，是虚空、凝固、复杂的，是情感与梦境，是自己的，与他人无关。

水山长水远地跑去见一个萍水相逢的异性。许是两年的通信，许是他对生死的感知，忧伤地刺激到她的心灵，许是人生际遇的单薄无奈激励着他奋进。这些在通信中交织出来的火花，都足以化为见面的勇气与力量。

当水坐上告别的公交车，霏雨绵绵，他骑着自行车追逐公交，她转头凝望，灰雨蒙蒙的城市里，他满脸满身尽是雨丝，水抑制不住离别的眼泪，见他越踩越快，直到看不见。水深深体会到与他离别带来的痛楚，她忍不住在车厢内放声哭泣，眼泪忍不住地流，车厢寥落的人，看着这一幕，也陪着叹息，陪着沉默。

五

水离校那天，和明子一起收拾行李。

像有默契般，她突然对明子说："我还是睡个午觉再回家，好困。"

"那我先走了。"明子说完就走了。

水正打算午休，突然听见有人敲门。开门一看，竟是"飞毛腿"，他风尘仆仆地出现在水的面前。

"你怎么会来？"水惊讶又兴奋。

"想在你毕业前，也来看下你就读的学校。"他温和地说着，嘴角掠过的微笑，就像湛蓝的天空那么令人心生喜悦。

水完全没有想到"飞毛腿"会来学校找她，他学业繁重，生活拮据，怎么可能会有路费。她按捺住慌乱的心跳，羞涩又紧张地带他观光校园。

蓝花楹盛开的校园，美得像沸腾着紫雾，小道上、草地上，落花铺陈，朦胧清雅，似梦非梦，令人不忍心踩踏。水安排他住进学校的招待所。他拥抱她，在体验恋爱的层面，陌生又害怕，像走进一个悬空的地带，这悬空的感觉却又令人伤心。彼此都知道，爱起来是一种艰难，可却爱得愁肠百结，不能自拔。

接下来两天，他们逛了水信件里描述的风景。爬上清源山，水透露出对未来无力把控的悲观。

他盯着石阶上的蚂蚁，说："蚂蚁尚且热爱生命，何况人？"

是啊，何况人，有什么理由不为自己的前程努力一番。未来也许能掌控呢？

但是，初恋太遥远了，他就像是个梦，一个大学生涯里的美梦。若走入这个梦里，她还得接受孤独、清寒。像水这种娇生惯养的女子，哪里能熬得过银两算计的苦日子。

明子直接把他归类为"穷鬼"，建议水从梦境剥离，回归现实。可水却执迷不悟，把他当成"潜力股"。在毕业四处投放简历的同时，水寻找有外派机会的工作。

水找到一家报社实习。在城市与乡镇企业间来回奔跑，采访乡镇企业的老板们。她去英林采访农民企业家，那叼着烟、穿着皱巴巴灰不溜秋的衬衫、卷着半边裤管，从保安室铁床的上铺滚下来，趿拉着一双两块钱的人字拖的人，告诉水，他就是老板。

"头面人物大多灰头土面，形象十分不堪。"晚上，她把白天的际遇与心得写给远方的他，用自嘲式的幽默描述周遭所见，告诉他会继续寻找适合自己的工作。

她继续投简历、做梦、关起门来写信。可总有些感受是无法用语言表述的，在现实里找不到驻足处，便渴望逃离。

那天，水收到机场面试后的录用通知，却以等候劳务派遣为由，拒绝报到。若与他无缘，在陌生的国度，放逐思念，何尝不是解脱。

三个月后，水收到新公司的录用通知，担任广州分公司的人事部助理。当她拿着广州的机票准备回家，电话却响了，是新加坡劳务派遣的通知。造世主爱捉弄人，望着手上的机票，水突然觉得，与"飞毛腿"缘分未尽。

2020 年 7 月 12 日于广州黄埔

附 录

一枝素雅自芬芳

—— 孙仁芳散文随笔集《拾花入梦》读后

康细民

读孙仁芳散文随笔集《拾花入梦》，惊喜之余，欣慰有加，进而还泛起了那么一丝惘然若失的意味。这种感觉，近乎一个耽于离别、疏于陪伴的家长突然面对一个仿佛一夜之间长大的孩子。

何出此言？因为仁芳是我的学生。

准确地说，是我教过她三年初中语文，兼班主任。这是我大学毕业后开启十年教书生涯的第一届，存入记忆的班级座位图中，五十八名学生屏住呼吸眼睛扑闪，始终保持着激动地等待康老师上课的最佳状态，仁芳穿粉色连衣裙坐左侧靠窗那一排。她的笑意中带点调皮，但眼神里偶有忧郁，也许是光线所致，抑或角度使然，反正是有过那样的一瞥让我一直记在心里。

自从三年前加上微信，打开图像，这种被距离固化又被时光简化的印象方才得到一次刷新：以前短发齐耳，如今长发及腰；以前苍白清癯，如今神采飞扬……

恍如一瞬间，暌违三十年。

也许那时候，她就是那个"望着天空的女孩"，那种一闪而过的眼神其实就来自遥远的星光，而这点微亮很可能会逐渐变成一盏足以照亮一生的心灯；也许那时候，她已经躲进了文学梦，就像角落一枝瘦瘦弱弱的小花，在对春色无边的憧憬中悄悄地怯怯地独自开放。

互相联系上后，仁芳有两次让我感到吃惊——

第一次是去年发现她在写作时。当时她发信息来要我帮忙"把脉作文"，我问"谁的"，已然习惯性地推定是孩子的，结果她回答说是"我的"，还附上个捂嘴偷笑的表情符号。一文读毕，大吃一惊：这个同学交上来的已经不是当年那种作文。

　　第二次是上周知道她将结集出版时。她把文集初稿发到我手机上，5个小辑、60余篇、250多页，集香拾瓣，蔚为可观，这么一读，又吓一跳：这份写作爱好居然已经坚持多年，并且正在开花结果。

　　以我看来，仁芳善描写、会讲述，笔触跳脱自然，文风清新可喜，不只文字有颇强的表现力，题材也有很好的适应性，大抵开笔写去常有故事，信手拈来足成文章，也就是说，从数量到质量都很不一般了。

　　"感人心者，莫先乎情，莫始乎言，莫切乎声，莫深乎义。"（白居易《与元九书》）从仁芳的一些生动叙述中，我们不难想见当年她揣着一本魔幻现实主义文学名著，只身从泉州奔赴广州的那种刻骨铭心的情景，特别是投身在这一趟堪称人生重大转场之旅时那种似乎也有点魔幻意味的心境——离乡的痛和异地的爱交织在一起，有多爱就有多痛，有多痛就有多爱，泪眼蒙眬，落日苍茫，千愁万绪，一往情深……看到这一点，再接着读她的其他篇目，再回头阅她的心路历程，就会别有一番滋味：写背后的古城老家，自有一种怀旧思乡的疗愈之效；写眼前的都市名区，又有一种同频共振的挚爱之情。

　　我发信息赞道："对文字和文学，看得出你是真热爱。"

　　她回复说："是的，哪怕二十年来为生活奔波，也一直有碎片记录。有人说晒、炫，我却觉得是文字瘾，这瘾想戒都戒不掉。"

　　写作态度之认真执着于斯足见。

　　尤值一提的，是她的生活态度。

因为爱情哪怕山高水远，因为爱花直接开店创业，因为爱文学坚持看书动笔。这样的爱，纯真、热烈、果断、专注，令我不由想起两句至情至理的名言，一句是雨果的喻世绝笔："爱就是行动。"一句是冰心的倾情巨献："有爱才有一切。"

我进一步想，于我而言，乃是以文为业、逐梦而生；于她而言，则应该说是以美为业、因爱而往。这里的美，当然可以具体到她很早就心随意动的花卉艺术和经营得风生水起的鞋包产品，但更重要的是体现为她对生活品质和精神境界的高度重视，转化为她用自己的才情和方式实现对美好生活的努力追求，升华为她对笔下所津津乐道的"美学时光"和"花样人生"的积极感受。

比如她谈创作："我喜欢用水培绿植、应季鲜花、器皿闲茶来享受当下的美学时光。无论生活多么艰辛匆忙，深意识里，留一份清淡的余地给欢喜的事物，并从中获得文字和思考，去感知生活中的美好。"

又如她写插花："后来，我又让花儿开放在更多地方，从'桌上一直有花'到处处一直有花，开在包包上，开在鞋子上……幸福像花儿一样，生活何尝不是像花儿一样，拼命绽放，不留遗憾。"

这样的仁芳，既洒脱自信又恬然自足，既踏实可感又文艺可爱。相信读者从这部《拾花入梦》中得到美的享受、爱的启迪之际，也会留下一个如此鲜明的印象——

面前有花，手上有笔，心中有梦，眼里有光。

2021 年 5 月 26 日于泉州东南苑

（作者系泉州晚报社新闻研究室主任，主任编辑，福建知名记者、作家）

后 记

多年前，在忙碌的店务中，我对成为好朋友的熟客说：如果有一天，内心足够平静，对物质的欲望归于理性，我会把这些年的努力书写成章。

一个他乡的女人要在事业与家庭之间，兼得"鱼翅"和"熊掌"，求得双丰收，游刃间，必定会被活生生的现实引爆。我不是光鲜体面的超人，一定是被现实的事情硌着了，我难受，满满的倾诉欲必须释放，以救赎自己。而文字，是我不离不弃的贴身行李，它宽容我、迎接我，幽默地替我表达喜怒哀乐。

我初衷是为自己而写。写作，是与自己妥协的方式，是我鉴别事物去伪存真的好选择。我看到迷惘中努力寻找方向的自己；看到为梦想奔波的激情岁月；看到不愿妥协执着倔强的自己；我幽默地剖析生活里的苦，学会以草木之心生活。

一个人奋斗很多年，用文字记录，可以排遣异乡的孤独。从1995年9月选择定居黄埔至今，二十余年，黄埔的变化我是在场的，我见证了黄埔从城市郊区往粤港澳大湾区平稳地发展；感受到村民喜新又怀旧的矛盾心理。我用心书写真实的生存场景，记录身边的喜怒哀乐，并把它们发到论坛、博客、朋友圈，逐渐遇见了很多贵人。有一天，有文友对我说，这些文字整理起来是一篇不错的散文。有一天，有师友对我说，你可以去投稿。有一天，编辑跟我约稿。有一天，有人说，我喜欢你的文字。种种鼓励，坚定我写作的信心。

董卿在《朗读者》里的开场白说道：从某种意义上说，世间的一切，都是遇见。冷遇见暖，就有了雨；冬遇见春，有了岁月；

天遇见地，有了永恒……

而我在文学路上遇见了诸多的良师益友，才有这些被称为作品的文字。

回想出书的过程，虽有种种不易，却让我经历思考与启发，也更加深切理解坚持写作的意义。拾花入梦，梦有果，勤为探。我浅薄的人生阅历和多年的工作自由，使得我并不完美。

像我这种身边都是家人、发小、终身朋友，过着平凡社会生活的自由职业者，能够出书实乃一种意外的惊喜。

我更要衷心感谢区文联、区作协的大力奖掖和热情鼓励。由衷感谢庄汉山主席给予的栽培；感谢文联调研员、中国作协会员赵绪奎老师写作上的支持和关心；感谢有幸遇见黄埔区作协文学顾问魏微、张鸿、黄礼孩老师；感谢广东财经大学江冰教授为文丛撰写总序；感谢中山大学谢有顺教授拔擢推荐；感谢中国作协会员、市作协副主席、当代诗人顾偕老师不吝墨宝为书赐序；感谢泉州晚报社新闻研究室主任、主任编辑、福建知名作家、记者康细民老师撰写读后感；感谢本书的特约编辑戴建国以及文学路上有缘遇见的沈雅琴、林如敏、林兆均、吴小攀、杨兮、卢欣、陈会玲、赵艳梅、张英、王国省、万绍山、夏蔚平、蒋晚艳、陈水冰等诸位师友们……正是你们的支持和帮助，给予我极大的鼓舞、勇气、信心和精神力量，才有了《拾花入梦》一书的诞生。师恩如海，衔草难报。我衷心表示感谢！

对读者，我也有一个愿望。如果您能从书中读到女性在事业与家庭间的取舍与平衡，在迷茫、艰难、顾此失彼的育儿生涯里，获得些许前行的力量，幽默地看待人生中的喜怒哀乐，那也是我此书出版的目的之一。

诚挚感谢您的雅读。

2021 年 9 月 28 日于怡海楼

图书在版编目（CIP）数据

拾花入梦 / 孙仁芳著 . -- 武汉 ：崇文书局，
2021.12
（香雪文学系列丛书）
ISBN 978-7-5403-6614-8

Ⅰ . ①拾… Ⅱ . ①孙… Ⅲ . ①散文集－中国－当代
Ⅳ . ① I267

中国版本图书馆 CIP 数据核字（2021）第 275119 号

特约编辑：戴建国
责任编辑：何　丹
责任校对：董　颖
责任印制：李佳超

拾花入梦
SHI HUA RU MENG

出版发行：长江出版传媒｜崇文书局
地　　址：武汉市雄楚大街 268 号 C 座 11 层
电　　话：(027)87677133　邮政编码　430070
印　　刷：武汉市楚风印刷有限公司
开　　本：880mm×1230mm　1/32
印　　张：8.5
字　　数：170 千字
版　　次：2021 年 12 月第 1 版
印　　次：2021 年 12 月第 1 次印刷
定　　价：43.00 元

（如发现印装质量问题，影响阅读，由本社负责调换）